陆　源/著

晓　瑾/译

守卫者系列 1

THE GUARDIANS PALADIN

少年侠

百花洲文艺出版社

BAIHUAZHOU LITERATURE AND ART PRESS

少年侠

序幕：天堂

　　宽长的神殿天花板上悬着灯笼，幽暗的光线笼罩着殿中聚集的众神仙。神殿四周的赭色石墙和石柱在昏黄的光线中荧荧闪着微光。殿墙上没有门窗，自由瞬移的神仙们是无需出口的。四面墙上画满了小幅的壁画，描绘着每一位神仙的传奇经历。

　　在其中一个角上，美猴王孙悟空的故事被绘成了一辑小漫画。在另外一个角上，八仙们的四处游历展现在一组袖珍画上。

　　而凌霄宝殿，玉皇大帝临朝的金碧辉煌的大殿，则画满了整整一面墙。尽管只是壁画，但仍然使凌霄宝殿有一种摄人心魄的魅力。天庭中成百上千的神仙都尽在画中，环绕诸位神仙头顶的光晕似乎有着脉动，发出栩栩如生的光亮。

　　此刻神仙们没有关注墙上精美的壁画。他们的目光全都聚集在巨型壁画对面，悬在半空中的一屏发光的水幕上。一位颀长的女仙，观音菩萨，身着一袭飘逸的淡蓝色长衫，手中捧着一个净瓶，缓步走向水幕。她伸出一只手轻轻吹了一口气，一瓣莲花从她掌中升起，缓缓地飘向水幕。花瓣一接触水面，鲜艳的红色即刻涌了出来，漾满了整个水面，随着涟漪轻动，似乎快要漫过水幕的边缘。

一片红色仿佛照亮了整个神殿，观音菩萨退去后，水幕上开始闪现画面。

四个男孩跪在一个临时搭建的祭台前，结拜为兄弟，一个接一个地高声诵读着誓词。接下来的一幕是，四个长大了的男孩冲在一队大军的最前面。战号和呐喊声恣意冲天，他们所向披靡地斩杀敌人。随后的一幕是，四人中的一个登基称帝，臣民欢呼庆贺。尔后的场面变得一片混乱。

一幢房子被焚烧崩塌在地，鲜血浸透了砂石。一尾箭刺穿了皇旗，一个面容尖瘦的男子开心地笑着。接着，四个结拜兄弟再次出现，三个结拜兄弟一个接一个地死了，唯一幸存的是皇帝本人，他也因为悲伤看上去充满了挫败感。

此时，又有四幕场景慢慢展现。一个男孩站在他母亲简陋的牌位前烧完了最后一张纸钱，平静的脸上露出决绝的神情。另一个男孩快步穿过御花园，脸上写满了沮丧失意。一个长有一双大黑眼睛的女孩赶在一队围拢过来的御林军之前，纵身跃入了水渠。最后，水幕上出现一个面容清峻的女孩，她躲在一丛灌木后面，竭力不让自己哭出来。

随着画面渐渐隐去，一个声音说道："命运之弦将会把这些孩子们聚到一起，如同他们的父亲被活生生地分开一样。"

1^章

中原王国，五年后

刘阳踢了一脚石头，刚碰到旋即蜷缩了回去。他一瘸一拐地走到路边，坐在一块大石板上歇气儿。他轻轻脱下一只鞋，看到脚上又起了新的水泡，不禁皱起了眉。不过，相比起来，还是包袱带深深地勒进肩膀上的肌肉来得痛。此时，刘阳出了洛阳的城门不过半个时辰，开始意识到带一个沉重大包袱的后果了。

这会儿他明白了带着一整锭金子到处走是件挺愚蠢的事。他把金子埋在了地下，希望能记住埋的地方。没过多久，他又卸下更多的东西。先扔了一个锡杯，接着，是几卷画轴。到最后，刘阳只剩下了几件必需品：毛毯，火石，火绒，一些食物和一把剑。

他的剑确是一件美物。剑鞘由纯金打造，上面镶嵌的珠宝多到令人眼花缭乱。倘若谁敢拿到正午的阳光下去端详，定会被灼瞎双目。剑身打磨得比人们用的小铜镜更亮。

有了这把剑，刘阳几乎是天下无敌的。或者说，他周围的人让他一直这样认为的。作为当今皇上的次子，刘阳与他的哥哥刘疆相比，过着更加被娇宠的生活，刘疆必须学习将来如何继承大统。

虽然给兄弟两人设置的课业都差不多，但跟其他诸事一样，刘疆总是处处显得更胜一筹。即便如此，弟弟刘阳的博学多才也被认为仅次于朝中最有学问的丞相。

可在功夫上，刘疆此时已经能飞檐走壁，在屋顶上来去自如，而刘阳却连翻身上马都有些困难。当然，刘疆已经二十岁了，比刘阳年长四岁，已完全长大成人。可年龄差别只不过是其中一半的原因。老实说，刘阳的师父们从来不像他兄长的师父那么严格。无论怎么看，刘阳的武功都只能算是稀松平常，而自控力可以说是一点都没有。

可是，他的自信心却膨胀到了几乎有害的地步。因此，在过去的三天里，当他脚上还没有因为起水泡而一瘸一拐之前，刘阳一直是大踏步地向前走着，仿佛整条路都是他的，自信没有人敢向他挑战。事实上，也一直没有人向他挑战，主要是因为，他还根本没有走出皇城京师兵巡防的范围。再加上他选择的这条小路一直没有太多路人，就算有人经过又恰恰留意到了他的剑，也都会认为那是一把假货。

今天早上，刘阳走出了城门屯兵巡逻范围的最后一圈。他坐在石板上歇了好长一段时间，暗骂自己倒霉。有一瞬间，他甚至想过回家，但很快打消了这个念头。如果现在溜回去的话，他精心策划的离家出走计划就没有意义了，只能回去继续当他没有人会对之有任何期望的二皇子。

不，不能回家。刘阳决心要自己闯出个名堂来，要成为一个英雄。脚上起水泡不能成为障碍。他站起身，开始刻意地在路上阔步走了起来。

一会儿工夫，刘阳望见路上有一辆马车雷霆般隆隆地朝他奔来。他让到一边继续往前走，没太去注意这辆严严实实的马车。

一声痛苦的嘶叫声打断了他的白日梦。刘阳一抬头，正好看到两个留着络腮胡子的男人把刚过去的一辆马车推翻在路边。两个男人手持大刀，眼中闪着贪婪，一看就知道是盗匪。车轮撞上了一块大石，驾车的女子一下子飞了出去，重重地摔在地上，一路翻滚着。两个盗匪向她围逼了过去。见此情形，刘阳急忙拔剑冲向两个强盗。

刘阳一边跑，一边高声叫骂，两个盗匪便掉转身迎向他。刘阳举剑刺向右边的盗匪，可盗匪只笑了一下，轻轻一抹便把刘阳手里的剑挡落在地。刘阳低头震惊地看着自己的双手，转身想去拾回他的剑。

另外一个盗匪用拳头截住了他，一拳打在了他的小腹上。刘阳被打得弯下了腰，盗匪又一脚踢在他的腿上，他被彻底打垮在地上。好在刘阳正巧摔在他掉落的剑旁，他忙拾起剑，刚好挡住了向他砍来的一击。可不幸的是，他的剑又一次被震落。盗匪咧嘴一笑，高高举起刀。刘阳被惊得动弹不得，直直地瞪着刀劈落下来。

眼见自己要被劈成两半，一柄镌着龙纹的剑横空而出，刚好挡住了一击。强盗一脸愕然，样子实在有些滑稽，刘阳还在呆呆地瞪着盗匪。然后他的目光才转向救了他的侠士，侠士从头到脚穿着黑色连身衣，连脸上也蒙了黑布。

蒙面黑布之上是一双普通的黑色眼睛，可是双瞳中却闪烁着金色的光芒，显得很立体。这双眼睛似乎闪动着智慧之光，蒙面人瞥了一眼刘阳，然后转过身去瞪着两个盗匪。刘阳连看都没有看清楚侠客的动作，出手一下子钩掉了盗匪手中的刀。

这时，刘阳的救命恩人举起一只手隔空一送，一个盗匪立刻向后飞了出去，撞到他的同伙滚作一堆。两个盗匪手忙脚乱地爬起来拔腿就跑，边跑边害怕地向身后看。

侠客不慌不忙地一挥手，从衣袖里射出两枚银针，两个盗匪被打倒在地，痛得大叫。几秒钟后，两个盗匪连滚带爬地起身，飞快地逃掉了。其实两个盗匪大可不必着急，因为侠客根本没在意他们，侠客已经快步赶到躺在地上的女子身边，扶她起身，又发力把马车抬回到路上。

这会儿，女子已经回过神来，她深深地俯了下去，口里不住地感谢侠客出手相助。待马车隆隆地离开之后，侠客转过身来对着刘阳，用凌厉却又不带任何感情的目光只看了他一眼，便已经把他的一切，从一身不起眼的旅行装束到他的剑，都收入了眼中。"你不属于江湖。"只说了这一句，侠客便要离去。

刘阳终于能说话了，他问道："你对两个盗匪做了什么？"

"我点了他们的穴，废了他们的武功。"

"我也想要学。请做我的师父吧。"

"你应该回家去。"

"我不回去。"刘阳固执地说。

"你一个人没法在外面生存的。"

"帮帮我吧。"刘阳应道。

很长一段时间，刘阳的救命恩人一动不动。突然，侠客伸手揭去了蒙面布。刘阳惊讶得张大了嘴巴。这侠客不是刘阳想象中的年长男子，而是一个比他大不了多少的绝色少女。她比刘阳还高两寸，有些像自己的表姐。可是刘阳想起侠客出手的样子，不管这个少女长得像谁，她的功夫估计连朝中的大将军也会自愧不如的。

尽管她的眼神没有流露出任何感情，但刘阳仍能感觉到她的秀目中深藏着另一种气质，跟他表姐娴静的个性截然不同。刘阳在脑中整理了一下思路，可脸上还是一副张口结舌的表情。

侠客，张小龙，把蒙面布塞进腰带里，抬眼看着刘阳。看出了刘阳的惊讶，她略略有些得意，可又不想把这情绪流露出来。小龙冲他点点头，刚转身要走，刘阳再一次叫住了她。显然，他根本没江湖经验，听不懂她劝他放弃回家去的意思。她回过身，耐心地等着他开口。

"拜托。"刘阳说。

小龙的本能和理性在激烈地交战着，心中一个声音告诉她不能向任何人透露自己的身份，特别是这个少年，他有可能是个奸细。可她想起刚才他不要命的打法，不是装出来的。如果把他一人扔在这里，他迟早会送命的。

小龙有些左右为难。但她转念一想，眼看着他去送死，刚才又何苦要救下他呢？她这么想着，又朝他看了过去。刘阳也正目不转睛地盯着她，年轻和天真一览无余。她看着他衣服上的污渍，松松地握在手中的剑，最后她还是听从了本能，也许她自己也没什么江湖经验。

"我的名字叫张小龙。跟我来。"

少年冲她两眼放光。"我叫刘阳。"他告诉她。

小龙花了很多年的时间训练自己控制表情，所以她只是点了点头，就沿着道路往前走。但她心里一直细细思索的是，刘阳恰巧冠着皇姓会意味着什么？最后，她暗下结论，看得出他是一个贵族，不过可能只是一个皇族远亲罢了。

不管怎么样，小龙不打算去问他。就算他是皇帝的亲戚又如何？她很久以前就已经下了决心不去主动寻仇报复了。她逃亡的时候在一些兵荒马乱的地方待了很长时间，又怎能不明白仇恨会怎样将一个人吞噬掉？如果命运把机会送到她的手里，到时她一定会讨回公道。可是在这之前，需先把寻仇报复放在一边。

不过，要想让皇帝出现在她面前，就跟让月亮沉入大海一样不可能，所以小龙知道，她完全不必担心报仇之事。她发过誓，无论如何，如果有机会报仇，也只要皇帝一人性命而已。她不会杀光整个皇族。这不是正义之事，就像她的全家遭遇一样冤屈。

小龙放下疑虑，抑制悲伤。她带头在前面走，眼睛看向前方，她沉浸在自己的思绪中，回忆起自己已经永远失去的家人的点点滴滴。刘阳突然开口说话，打断了她的思绪。

"我们去哪儿？"刘阳想知道。

"去一位朋友开的客栈。"

"有多远？"

"不远。"

刘阳想等她详细说说："你话不多，是吧？"

小龙的默不作声便算是回答了他的问题。

十分钟后，大路右边出现了一幢木制大屋。门楣上褪色的牌匾上用红色的大字写着"济南客栈"。几只红灯笼挂在房前，这栋房子过去应该很漂亮，可是年深日久，有几处已经有些塌落。尽管如此，这房子看上去还是挺结实的，在这个远离大城市的穷乡僻壤也算是不错了。

小龙没有走前门，而是绕到屋后，进了厨房。犹豫片刻，刘阳还是跟了进去。他看到里面的凌乱不堪，不禁倒吸一口气。厨房里烟雾弥漫，所有东西的表面都积了一层油腻。但厨房里闻起来还是不错的。在路上走了几天，这时的刘阳觉得这里的香味不比御膳房做出来的任何东西的差。

看到刘阳深吸几口气，小龙不禁要笑出声来。他们穿过厨房，厨子们大声向她打招呼。小龙只是轻轻点点头，估计他们已经习惯了她的怪癖，毫不计较她冷淡的反应。

她带着刘阳穿过另一道门，差点撞上一个四十多岁的矮个子男人。他向她笑笑，然后又打量着刘阳。男人扬起了眉毛，指着他问：

"这是谁？"

"刚才他遇上了老虎帮。"小龙说。

"你把他们收拾了？"不等她回答，他咧嘴一笑自顾接了下去，"你肯定把他们收拾了。"他转向刘阳，抱拳道，"我叫金煌，是这里的掌柜。"

他们互相作了揖，金煌说："你不介意的话我要跟小龙说一句话。"他抓住小龙的胳膊，领她走到过道的另一边，"你确信带他来这里稳妥吗？"

"不确定。"小龙说。

金煌白了她一眼。

"可我不能把他一人扔在外面。等他想明白了，过几天会走的。"

"他向强盗头领告密呢？"金煌质疑。

这次小龙回了他一眼："就算是你想的那样，也不可能搞出什么大事。"

"我不想给你带来任何麻烦。"小龙说。

"不会，不过要小心。"金煌拍拍她的肩膀，"我得去招呼客人了。打理客栈是个苦差事呀。给这孩子找间空房吧。"

"金煌，谢谢你为我做的一切。"

"哪里的话，别的不论，我也欠着你母亲一份情。她命不该如此啊。"金煌忧伤地笑了笑，转身离去，留下小龙站在原地。她闭上眼睛，深深地吸了一口气。等她转身看向刘阳，一瞬间刘阳确信自己看到了一种重重的痛楚。可马上，她又恢复了清冷的表情，这让刘阳不禁怀疑刚才也许是自己的错觉。

小龙冲楼梯扬了扬头，便抬脚往上走。上了楼，打开了一扇门，露出一间小小的睡房，房间昏暗，没什么摆设。刘阳差点儿开口问小龙是不是打算让他住这间茅屋，但忍住了没问。他走进房间，把包袱丢在床上，扬起一片灰尘，呛得他猛咳。等尘土消散后，刘阳难以置信地低头查看臃肿厚实的床。他又细细看了房间的其他地方，没有发现什么。

屋里的家具看起来都很旧了，好像随时会塌。刘阳叹了口气，坐到了床上。他惊奇地发现，床垫竟是干草铺的。谁会用稻草铺床？怎么不用点软和的东西呢？这会儿，刘阳突然特别希望回家，回到自己的床上。前几晚，睡在星空下，好像也没这么糟糕。不知何故，终于有瓦遮头时，他才意识到自己放弃的是什么。

刘阳查看他的睡房时，小龙一直靠在门框上，双手抱胸，剑倚在肩上。看到他叹气，她开口了："你仍然可以回家的。"

刘阳无力地摇了摇头："我们什么时候开始？"

小龙看着他，不得不承认他的坚毅使她挺吃惊的。就算他对未来的计划鲁莽之极，她也不得不认可他这股韧劲儿。所以，她回答他刚才的问题说："现在。"随即旋踵便走。

她新收的徒儿一把抓起剑，紧跟着她。小龙带他下楼，穿过迷宫般的走廊，到了一个小院。小院的一边立着一个兵器架和一个靶子，在另一边刘阳看到一个古怪的玩意儿，看着像是一截直立的原木，有几条长木楔插入其中。他还留意到有一个磨刀石和一根厚厚的木柱堆在角落里。

刘阳从剑鞘中拔出剑来，急着开始，可是他的新师父摇了摇头。虽然不解，刘阳还是照她说的把他的剑靠在了墙边。小龙指着石板地，命令道："坐下。"刘阳低头看了看，脸色一下子白了。坐在冰冷的石板地上？他抬头看着她，心想一定是自己听错了，可她也正盯着他看。刘阳叹了口气，盘腿坐下。

小龙慢慢地在他的身边绕着踱步，很久很久都没有说话。刘阳跟着她不住地转头，直到头晕目眩。最后，她在他面前停了下来。刘阳抬起头问道："我们什么时候开始？"

"耐心，"小龙说，"这是你要学的第一件事。在这儿坐到太阳落山。"

"还得有三个多时辰呢。"刘阳说道。

"日落时我再来。"小龙告诉他，然后走了出去。

刘阳盯着她的背影，但没有挪动。

2^章

骰子掷入碗中丁零作响，朱成呻吟了一声。她把自己面前的碎银推了出去，骂了一句，又再拿出了一些银子。坐在她对面的三个男子咧着嘴笑，露出狼般的贪婪，也押上了跟她相当的赌注。

朱成又拿起骰子，看了三个男子一眼。他们都没有注意她的表情，只紧盯着她双手中拳握的骰子。她露出一丝笑意，知道再输一把就行了。骰子跌进蓝色的碗里，丁零转了几圈停了下来，一个两点，一个一点和一个四点。

朱成怒吼一声，把输掉的银子推到桌子的对面。她看了一眼骰子，深吸一口气，做出一副暗下决心的表情。她把手伸进口袋，拿出一大锭银子砸到桌子上。三个男子的眼珠子都快掉出来了，贪婪如口水般倾泻一地。他们手也伸进衬衣的口袋里，把所有的银子都掏了出来。

趁他们掏银子的工夫，朱成已经把三粒骰子换成了她灌了铅的骰子。她一边把骰子递给右手边的男子，一边偷笑。她赌三个六点，用这套骰子她保证能赢。

而右边的男子，此时除了贪婪什么也顾不上了。他把三颗骰子放在掌中搓了一下，掷了出去，骰子在碗里跳动，互相碰撞敲击着碗边。第一只停了下来，是个六点；第二只停了下来，又是一个六点；

最后一只骰子像陀螺般转个不停，在碗底转了一圈才停了下来，还是一个六点。

还没等骰子都停稳当，朱成便开始往她的袋子里扒钱。她抓起骰子，向几个目瞪口呆的男子抱了抱拳后走出了赌场。第一声叫骂在身后响起的时候，她已经跑出了半条街。她咧嘴一笑，从包袱里拿出一件斗篷。她披上斗篷，在越来越拥挤的大街上慢悠悠地走着。

在她身后，一群男子从赌场里涌了出来，四处扫视，显然是在找她。当然，他们认为她是一个年轻的男子，衣饰华贵，钱袋里装了很多钱。朱成摘下帽子，把长发披散在肩头。然后她把斗篷的帽子重又翻起来把面孔藏进阴影里。她故意走得很慢，假装一瘸一拐，等一些愤怒的男子赶上来。

他们从两边跑了过去，朱成笑了，很享受这追逐的游戏。其实，她根本不需要躲。她完全可以靠打出来，她的武功对付这帮乌合之众绰绰有余。朱成就是想留下来享受每次骗钱成功的快感。

一年了，她每次用的都是同样的方法，已经熟练到使之成为一种精准的套路。她每到一个小镇，便假扮成一个有钱又鲁莽的阔少，混迹流连在赌场。她总是先输钱吊起他们的胃口，然后再把钱都赢回来，甚至还赢回更多。然后她把钱都散尽，送给一些穷困的人。

可实情却是，她这样做并不是为了帮助别人，她只是为了填补自己心中巨大的空虚。多年前自从皇帝下旨处死了她的父母后，她一直过着隐姓埋名的生活。她旧时的生活被突如其来的变故夺走了，没有人知道她的真实身份。这些年来她自己闯荡江湖，很擅长化装，也很会保护自己，尽管才十七岁，但至今基本没有遇上敌不过的人。然而，她没有固定的工作，没有亲人和知心朋友。除了练武功，她还能做什么呢？

对的，练武术的招式和一些见不得人的套路。刚开始，只从有钱人那儿偷点小东西卖钱。长大些后，她觉得找到了榨干一些人钱财的有效办法。

朱成有时也会停下来想自己为什么总有抑制不住的偷东西的冲动。随着时间的推移，她认定是因为当年家境富足时，她曾经很幸福。后来，灾祸毫无防备地来到，令她身无分文，无家可归，连一个可依靠的人都没有。她鄙视所有挥霍无度和滥用职权的人，在她的心里，她把自己失去一切归罪于这些人。

朱成自己也知道这个想法很荒谬，但潜意识又拒绝认清事情的真相。现在只有一件事能减轻她的痛楚，那就是报仇。事实上，她永远不可能有丝毫机会杀死罪魁祸首。很可能，只能永远这样地生活下去，偷钱再散钱，没有目的，很难再找到真正的幸福。

可朱成看上去总是乐呵呵的，自从父母去世后再没有感觉到过快乐，恐怕永远也不会有了。她从偷窃中获得的刺激不是真正的幸福，偷东西对她来说带来的是一种恶毒的快感——亲眼看别人经历她所遭受的痛苦，尽管只是一点点。

好在，她选择的对象都是些活该的人。大部分到赌场狂赌的人都是道德丧尽又没有好名声的。不管怎样，她很早就决定一直这样过下去，直到她找到了更好的出路或有人杀了她。她感觉后者的可能性会大一些。

仿佛能感应到她的心思，从她身边涌过的一些男子突然围住了她。显然在她刚刚做白日梦的时候，忘记拿手压住斗篷。一阵风把帽子吹开，三个被骗的男子正用手指着她。赌场里涌出来的男子通通堵在了她的面前，还有几个绕到她身后，把她围得水泄不通。

"哎呀。"她嘟囔了一句。

呃，好吧，没什么大不了的。

狠狠地打一架也许能让她忘掉烦心的事情。看着围住自己的人拿刀持剑的架势，知道他们只是一群三脚猫，朱成担心这场架会打得不公平，还得小心点别伤了他们。

朱成早已把钱袋收进了包袱，她的手已经直接按上了剑柄，抽出剑横在身前。一瞬间，她看着自己的剑微笑着。这把剑已经用了八年，是父母的一个老朋友，特地为她铸的。朋友知道他们家族的族徽是虎，便在剑身上镂了虎，还把剑柄装饰成虎形。

朱成对着三个被骗的男子嘲讽地笑笑，气得他们直叫。三个男子同时向她冲过来，其他人也紧随而上。看着他们扑过来，朱成随手扔掉斗篷。当围着她的人快要撞上来时，她腾身而起至他们的头顶上。在其中一个人的肩上轻轻一点，重又跃回空中。还没等他们明白过来，她已站在一个绸缎铺子顶上，用剑指着他们："倘若你们现在走，就不伤你们了。"

"没门。"一人扯脖子叫道。

"把钱还给我们，你这个死猪。"另一个喊道。

朱成听见这话，扬扬眉低头看看自己："在跟我说话吗？"她的注意力一直在这些人身上，可这时也看到有不少居民被吸引过来，都在笑话一个正跟这帮男人一起大呼小叫要她下来的绸缎贩子。

"别跟她多废话。"一个壮实男子大喊道，"我们快抓住她。"

朱成轻笑一声，挑衅道："快来吧。"

很显然壮实男子的轻功也不差，他一下子凌空跳起，直接落在小摊子的顶上，挥剑出招，可朱成早跃开了。

就在这个时候，撑着小摊顶部的竹竿不堪压力，突然折断了。男子应声坠下，正好跌落在一匹匹绸缎中，扬得灰尘和成捆成捆的布料满街都是。

有几个镇民趁乱冲上去哄抢散落的绸缎，绸缎商郁闷得大声号叫。

看着这种情景，朱成实在忍不住大笑。等这阵骚乱渐渐平息，大家才注意到她正居高临下站在街边一幢房子的屋檐上。朱成看向绸缎商，拿出一大锭银子。"这个当赔你的货。"她把银子扔给绸缎商，重又跃回地上。

几个男子一下子冲了上来。一把剑自上而下朝朱成劈来，她挥剑去挡。一剑把冲上来的男子震得摇摇晃晃，可马上又有许多人冲上来顶了他的位置。朱成丝毫不把他们放在心上，因为她知道只要她想逃随时都能逃。她真要走，这些人没有一个能挡住她。

朱成蹲下避开一招又随即挡住了另一击，然后她开始猛烈反攻，把剑舞得迅如魅影。她一边把对手打得连连后退一边笑。打架差不多跟偷东西一样管用，能让朱成心情大好。

她蛮横地冲着面前一个男子咧嘴一笑，令他不由自主地后退一步。他的同伙们推了他一把，他的表情马上又狠了起来。他又大怒地咆哮着向她扑过来，可是她轻轻地躲开了，他便一下子撞到了墙上。没等看他缩成一团倒在地上，她已经直接冲进对手们中间，一边出招一边叫骂。

三柄剑同时刺向她，她转了一圈，将内力贯满剑身，轻而易举地就把他们手里的兵器震落。然后她上前一步，轻轻推出一掌击中她面前一个男人的小腹。虽然那一击并没用多大力，但她的气劲击入，一下子把他打得滚了出去。

这架打得实在太没有挑战性了，朱成很快就烦了，所以她转向下一个男人，伸指点了他锁骨旁的穴位。他人一僵马上就动不了了。点穴不是难事，稍有些内力的人很快就可以运气冲破穴位，但朱成也就只需要这一炷香的工夫。她飞快地点了其他几个人的穴，一下好像有一群人形树桩围着她。她看见第一个被点了穴的男人手指动了动，知道他很快就能冲破穴道，是时候走了。

她环视身边的一群人，皱了皱眉，暗想为什么还没有一个人有毒发的迹象呢？当然，毒药毒性小，发作也慢，可现在也应该发作了呀。朱成这次只加了一滴毒药在一些人的茶里，她想着还得再试几次才能在兵器上下毒。原本，她想留下来看看多久毒性才会发作，不过她现在还是决定早点走。毫无疑问，以后有的是机会让她来见证这种罕见蛇毒的功效。

还有几个没被点穴的人这时候从被点了穴的同伴中间挤了过来，扑向她。她奇怪这些人为什么这么卖力。这些人想趁机一起制服她这并不奇怪，奇怪的是他们对这件事投入这么多的精力，她是骗了不少钱但也算不上是一笔巨款，是什么让他们这么疯狂？他们明显很愤怒，可为什么还有些恐惧呢？

他们在怕什么？或者说，在怕谁？朱成最喜欢有挑战性的秘密了。也许自己应该在这小镇住一阵子。不过，眼下她得赶紧走。

她后退一步，在身后高墙上一点。正好从那些人的头顶飘过，落在街另一边一幢房子的顶上。然后她毫不迟疑地顺着房顶向上跑，没有碰落一片瓦，一下子便消失在大屋的另一边。

她从这处房顶跳到另一处房顶，一直跑到远离了大街。她跳入一条幽暗的小巷，一直向前走着，直到走进一片阳光里。她想了想，靠着墙开始思索，毫不在乎那沾满灰尘的墙面。

3^章

才过了二十分钟，刘阳就已经腰酸背痛了。他无法想象在这里一直坐到太阳下山。到了中午他的肚子饿得咕咕叫。他开始有点后悔跑出来了，但他向自己保证过要保持坚强。现在世界上没有什么东西能改变自己的决心了。

过了一会儿，刘阳心想，是否可以打个盹呢？小龙没有说不行啊。其实，她基本上什么也没说。但他觉得还是老老实实地不睡觉好。他叹了口气，抬头望向天空，真不知道该怎么形容这位新师父。一方面，她救了他，还答应教他武功；可另一方面，她从不流露一丁点儿情感。

就算自己冷漠的父亲也会偶尔微笑或放声大笑。虽然这种情况很少发生，但总还有些事情能让他高兴的。刘阳向来善于解读人的心思，但想要知道小龙的想法却觉得无从下手。

他的思路被饿得咕咕叫的肚子打断了。他为啥要把包袱留在房间里？现在他可不敢回房间去拿。他的肚子叫得更响了，好像是听到了他的肚子的叫声，金煌走进了小院，手里端着一碗面条。客栈掌柜拉过一张凳子，坐在刘阳对面，把面递给他。

"谢谢。"刘阳接过碗说。他埋头在面碗里，呼噜呼噜一下子吃光了。

　　刘阳吃面条的时候，金煌一直观察着他。等他吃完了，客栈老板终于开口了："你真的应该回家。很明显你不适合在外面闯荡。"

　　"我想先感受一下外面到底是什么样子，再决定该不该回家。在我能自食其力之前，我不想回家。"

　　金煌颇有感触地叹道："你们这些年轻人总是想要去证明点什么。小龙也是如此，但我敢说，她想证明的东西跟你的不同。"

　　"她去哪儿了？"刘阳问道。

　　"自从半年前来了这儿，她一直在这一带的村落里巡查，附近的强盗已被干掉了很多。当然，没有人知道是她干的，除了我和我老婆，现在还有你。"金煌意味深长地望着他。

　　刘阳完全懂得他的意思，点点头："我不会告诉任何人。她救了我的命。"

　　"很好。如果你真的想成为一名更优秀的侠客，没有人比她更能帮助你了。她是我见过的最好的一个，更别说她还有许多其他本事。"说到这里，金煌顿了一下，似乎觉得说得太多了，"她会狠狠地训练你的，你也得准备好接受挑战。"

　　"我不会放弃的。"

　　"我们等你先把这次守夜扛过去吧，你要知道这可是个考验哦。"

　　"哦，真不是故意折磨我？"刘阳笑问。

　　金煌笑着摇了摇头："她做任何事都是有理由的。她看上去冷漠无情，可跟她相处久了你会明白的。没有比她更忠诚的朋友了。任何事你都可以信赖她，也许除了讲笑话。"

　　"她从来都没笑过吗？"

　　金煌叹了一声，好像是在自言自语："我从来没见她笑过。她跟她母亲长得很像，可又是那么不同。她见过的事情太可怕了，换了别人早已崩溃了。所以她把自己封闭了起来。"

"什么事情？"

金煌看了一眼刘阳，好像这才想起面前还有个人。"这不该由我来讲。这事儿不应该发生在任何人身上，不过，也许有一天她会自己告诉你的。"他站起身，笑着对刘阳说，"你可以试试打坐。"他准备要走，又转过身拿起了碗。他一边往外走，一边说："第一步你得先学学怎么吐纳。"

金煌走了之后，刘阳搔搔头，想不明白他最后一句话是什么意思。刘阳此前从未试过打坐冥想，当然也不知道如何去做。

刘阳耸耸肩，想着他现在有的是时间，试下也无妨。他闭上眼睛，双手放在膝上，尝试放空大脑。但他每次尝试着这么做，思绪却都特别活跃，一会儿就忘记了他原本是要冥想的。仿佛是过了亘古永恒那么久，刘阳睁开眼睛，望向角落里盆栽树的影子，相信一定能看到时间已经过去了好几个时辰。

可惜，影子看上去动都没有动过。显然，他还不够努力。叹了一声，刘阳又挣扎着重新来过。过了一会儿，他开始意识到他一直都做错了。他是在试图强迫自己不去想，这显然没用。

他应该试试别的方法，可他又不知道该从何入手。金煌是怎么说的？需要学习如何吐纳？刘阳重新摆好姿势，但这次不是刻意地去放空，而是把注意力放在一呼一吸间。

他默数着每一次呼吸之间的间隔，渐渐地，他的呼吸有了节奏。刘阳体会到了一种难以言说的感觉。有一瞬间，他觉得自己好像能做任何事，并感受到了深深的平静。可当他一激动，这种平静就被打破了。刘阳猛然一震睁开眼睛，他意识到已经过去了整整半个时辰。

成功让刘阳有些飘飘然，他再次闭上眼睛，又试着同样的方法。又过了几个时辰，日落映红了大地上的每一处。小龙走进了小院，看到刘阳仍坐在原地，处于一种恍惚的状态中，他甚至都没有注意到小龙进来。

刘阳终于抬起头，看见小龙站在面前显得很惊讶。小龙好一会儿什么都没说，只是看着他。许久后说道："你学到了什么？"

他思索了一下才回答："我学会了怎样吐纳。"

小龙的眼中似乎闪过一丝笑意，她只是点了点头："是金煌告诉你的吧？不过你的定力比我想象的要好得多。你起来吧。明天日出时在这里见我。"她向他再次点点头准备离去。

"你是要去巡逻吧，我能和你一起去吗？"刘阳问。

"我现在不去。况且你还不行。"

"想从你嘴里多听到几个字也是很难的吧？"刘阳说道。

小龙眨着眼看了他很久，像是没明白。然后走了，留下刘阳一个人自顾自高兴着。

4^章

接下来的几天里，刘阳从清早打坐到晚上。每天早上他到小院的时候，都很希望小龙能给他布置其他任务，而不再是坐在石板地上，意守丹田。但他们晨间的对话，又总是老一套。刘阳抱怨又是打坐冥想，而小龙的回应都只是盯着他看，直到他不情愿地妥协为止。

慢慢地，刘阳变得能很容易找到丹田之气。所有的这些练习就算没有其他作用，至少让他的内力强劲了很多。可惜，他不知道如何控制内力，用小龙的话说，不会运气，内力一点儿用都没有。

小龙警告他先不要试着去控制这种能量，因为如果没有经验或者没有人从旁指导，胡乱运气是会走火入魔的。

虽有进步，刘阳还是觉得打坐太枯燥，并一直跟小龙抱怨。小龙还是像以往那样清冷，刘阳已觉察到小龙的举止松弛了些，也许是因为自己不停地试探着让她能流露出哪怕一点点的情绪。有好几次，刘阳觉得看到了她眼中闪过一些精光。

第六天的早晨，刘阳到小院的时候发现小龙已经来了。她站在小院中间抱着双臂，面朝着初升的太阳。晨曦照在她身上，微风将她的头发向后吹起。黎明的晨光映出了她眼中金色的斑点，令她的双眸熠熠发光。小龙跟自己表姐的酷似之处又一次击中了刘阳，他止不住想着这件事儿。

他以前注意到，他的这位新师父身上有一种跟他认识的所有人都不同的野性和力量，但他想不明白的是为什么看着她总觉得有一种血脉相连的亲近感。有时，他几乎觉得像是找到了一位失散多年的姐姐。这个念头确实有些荒谬，可是挥之不去。

当然，刘阳没有把这些想法说出来。他清了清嗓子。小龙转身看了他一眼，然后又转过身去，望着正渐渐漫过屋顶的阳光。刘阳轻叹了一声，提醒自己，耐心是一种优秀品质，他需要有更多的耐心。

终于，小龙招手让他过去。刘阳站到她面前，小龙指向地面："坐下。"他不满地大声呻吟。这叫她忍俊不禁，又强忍住了："我不会让你坐得太久。"

"真的吗？"刘阳问，又开心起来。小龙摇了摇头，刘阳笑嘻嘻地坐了下来。

他坐好后，小龙开始绕着他踱步："意守丹田。"

刘阳试着去做，可她的脚步声分散了他的注意力，他睁开了眼睛："你这样踱来踱去，我做不到。"

"连我在踱步时你都做不到，当敌人向你扑过来时，你就更做不到了。"小龙对他说。她的语气平和，但刘阳听来明显是在责骂他。他再次闭上眼睛，集中精神。倏忽间，他找到了内心一个平静之地，小龙开始说话："当你守住丹田的时候，你找到了自身的平衡，让你身心安定。这种不受外界影响的入定状态可以让你在出招时不受愤怒等情绪的影响。"

刘阳睁开了眼睛："你时时都能意守丹田的吧？"

"站起来。"

一开始，刘阳以为他惹她生气了，可看到小龙眼中的笑意，他顺从地站起了身。

"当你出手，你得先寻到丹田之气，因为过招的时候你得非常清楚自己一招一式的用处。武功的目的不是让你能在招式上取胜或者克敌制胜，它首先也是最重要的作用是防御自保。武功招数是很危险的利器，就像一把双刃剑，伤敌跟反噬自己一样厉害。这就是为什么你必须守住丹田，过招的时候如果你有怒气，即便你的对手没能先伤到你，你也有伤害你自己的危险。"

刘阳郑重地点点头，突然又咧嘴一笑："这大概是我听到你说话最多的一次了。"

"专心。"小龙叱道，"最终，你得做到无论在何时何地都能意守丹田，不管周边发生什么。就这么练。不过现在，我们先学点别的。"

"我能用我的剑了吗？"刘阳迫不及待地说。

"不能。"

"那我们做什么？"刘阳失望地说。

"告诉我你能做什么？"

"我会用四大兵器过招，还有——"刘阳又觉得有了希望。

"我指的是你的气。"

"我的什么？"刘阳扬起眉看着她。

小龙难以置信地摇了摇头："等你回家之后，狠狠批批你原先的师父吧。"

"是开玩笑吧？"

"不是。"

"真的吗？我真的觉得你是在开玩笑。"

"我没有。"

"我才不相信。"

小龙用眼神修理了他。

"被惹恼了也是一种情绪嘛，我很满意。"

小龙用尽全部自制力才把到嘴边的笑吞回去："你全然不知道什么是气吗？"

"以前听我哥哥说起过。"

"你们不是同一个师父吗？"

"我哥哥是长子，自然多得到些关照。我的师父们从来也没有真正尽力教过我。"刘阳郁郁地笑了笑。

小龙明白她终于触到了刘阳巨大决心背后的根源。大多数逃跑的贵族子弟走几个时辰之后就会哭着回家了，更别说几天了。他们只想出来冒冒险。可刘阳，他要向自己证明些什么。小龙会帮他，但他更需要用自身的力量来帮助自己。时间会证明一切。"从头开始吧。"她喃喃道。

"你说什么？"

"坐下。"看着刘阳那么懊丧，小龙很快又加了一句，"坐凳子上。"

"哦。"他笑着拖过一张凳子。

"武功最重要的部分不是招式。"

"我以前的师父说……"看到小龙向他射来的目光，他把后面的话吞了回去。他在想小龙是否意识到她的眼神已经不再是一片空白。

"招数可以学，也可以很快就忘掉。即便是最刻板严谨的武林中人也不会一遍一遍重复同样招数。实战中，你必须随机应变，否则就是死。最重要的是你的气。世间万物，从最高的山岳到最小的一朵花，都有这种能量。有些人称它为一种元气，也有些人称它为精气神，但都是同一个意思。万物中都包含气，也都可以被操控。"

"怎么控制？"

"反复练习。"

"我们早就该开始了。"刘阳迫不及待地从凳子上跳起来。

"我还没有说完。"

他重又坐下。

"你自己的内息强了，就可以影响其他人和物。看到那边的一根柱子了吗？"她指着一个古怪的仿佛长着手臂的木桩，"你能不触碰就击中它吗？"

"当然不能。"

小龙举起一只手，隔空猛然一击。一刹那，三丈之外的木桩向后倒去。

"见我哥哥这么做过。有一次，他从十步之外击飞了一支箭。是同一个道理吧？"

"当然。可是，你的内息需要很强才能隔空发力。简而言之，你控制住你的气劲能让你使出的招式力量更大。不仅仅是打人一拳，而且要一击就能击碎全身筋骨。看到那根柱子了吧，练久了，你也能赤手空拳打碎它。"

"我不敢相信。"

"时间久了你就知道了。除了内息之外，我们全身上下还有穴位。穴位就是我们身体中气场最弱，特别敏感易被控制的部位。如果你记住了穴位，就可以一招杀敌，让他动弹不得，或者说不出话来。不同的穴位组合变化有不同的用法。"

"我哥哥曾经点过一个小马夫的穴。他几个时辰都无法动弹。"

"你的轻功如何？"

"基本没有。"

　　"我们从轻功开始。"小龙从口袋中掏出一册旧书递给他，"跟着这本书练习如何意守丹田，我两个时辰之后再来。"

　　小龙准备离开，刘阳在她身后叫道："我得待在这个院子里吗？"

　　"不必。"

　　"刚才你那么能聊是暂时的吗？"

5^章

班超偷偷探头向门外四处看了一下，又把头缩了回去。他的目标人物刚刚跟他的副手们碰上了，而后很快一齐消失在街的另一头。班超暗骂一声却无计可施。

班超出了小酒馆正巧看见一个被称作帮主的人由一伙人簇拥着往街的一头走去。他犹豫着是否照原计划袭击他们。帮主的卫兵应该很容易收拾。

帮主本人是班超的最大麻烦。班超听人说他是一个颇负盛名的武士，完全是凭自己的本事成名。班超通常不会把这种传言当回事。关于这类人的大多数传闻是假多于真。可有些冒险当然也是没有必要的。所以班超自己搜集线索，小心地跟踪了帮主好一阵子。这家伙看上去确实是个危险人物。他的一举一动都像真正的习武之人，他持剑的样子似乎让他看上去确实是个练剑之人。

这些当然都不会困扰班超。虽然他还未满十七岁，却完全可以自己打理任何事情。自从母亲去世，留下他独自一人，班超一直是以单兵征伐军的姿态，对抗世间一切不公平。他是从一些小事开始做起的，比如替人偷回被盗的东西或者帮人主持公道。

班超一直勤习武功，等待他有能力对抗一些真正的不公平的大事。他明白很多事情是他控制不了的，世间也没有真正的公平。但是，他已经下定决心要尽力匡扶正义，而且相信这一次，他是一定能真正起到作用的。帮主不只是一个小贼，甚至都不能算一个普通的杀人犯。

帮主的父亲曾经是个豪强，后来被一个对头杀死。自那以后，吴兰义，也就是现在的帮主，突然消失了。直到最近，吴兰义才杀回这个小镇并且仿佛在一夜之间成为所有非法生意的首领。他控制了所有的赌场，所有的贩子也都向他汇报。他在短短的时期内，已把这个小镇翻了个底朝天。

现在，他又盯上了县令的位置。如果他得逞了，城里没有人能免受他和他的爪牙之害。毫无疑问，他将用铁腕统治这个小镇的居民以及周边各县的居民。

这个小镇离帝都洛阳颇远，也很小，所以京城的兵基本上不会远涉到此。通常情况下，身在洛阳的大部分官员也不关心谁出任下一届县令，只要赋税征收如常，民众遵纪守法就行了。

班超听说现任县令确实颇关心子民，现今这样的官已经很难得了。尽管县令没有亲身给饥饿的乞丐施食，但他不可能像帮主那样坏。没有人可以像帮主这么坏。班超本来计划趁帮主一个人的时候在小巷里捉住他，可今天他没有走他的常规路线。

他今天是与一群副手在一条热闹的马路上一起走的。班超一路跟着他们，听到前面有大声喊叫的声音。他跑过几条街道，见一大群人聚集在一起。即使从这么远的距离，刀剑的铿锵声也清晰可辨。

班超急忙上前，想看看他们为什么打架，也许能助一臂之力。他刚走到人群边缘，就见一人跃上屋顶，离地至少两丈，然后不见了。他不禁赞赏地轻轻吹了声口哨，立刻又骂了一声。就因为这一阵骚乱，班超找不到帮主和他的卫兵了。不过他早已知道他们的老窝在哪里，只是他没法确定他们现在是否正往回走。现在可好，他把目标跟丢了。他四下探视，寻找帮主的踪影。正当他准备放弃直接奔他们老窝而去时，突然发现帮主在马路的另一边。他推搡着穿过人群，努力地靠近帮主。

他推开的正是刚才追逐朱成的一群男子中的一个，这名男子转身向他袭来。因为朱成跑了，男子正热血沸腾，气急败坏，所以他决定教训教训班超，让他看看惹了他是什么后果。他的剑还在鞘外，他便朝班超发疯般地劈去。

班超向后跃开，他的一把装饰着古朴玄武神龟的剑已然在手。他怒视着那男子，挡住了他的又一击。另两个恶狠狠的同伙注意到他们交上了手，便都举剑朝班超扑了过来。很明显，他们打红了眼，已经不去理会打的是谁了。

班超用剑柄狠击从右边扑向他的人的肩膀，然后转身一脚直取另一人的前胸。他向四周一望，看见帮主的身影消失在一条横街里。他怒吼一声跃上半空。有人伸手抓他的腿，被他踢开手腕。他又以那人的前额做垫脚石借力一点飞身落在身后的屋顶上。他在人群中扫视，发现帮主一伙又一次消失了，嘴里嘟囔出一连串恶毒的骂人话。

班超刚想飞身而下，有两个手握曲身剑的人也跳上了屋顶。

"我不想跟你们打。"他冲他们说。

两个手握曲身剑的人对视一眼，纵身向前。班超一矮身躲开了他们的剑同时挥拳出击，命中两人的肋骨。他这一击贯满了真气，一下子把两人打到了一边。他还不解气，又跳起来踢中两人的肚子，把他们踢下屋顶，飞落半空。

班超自己又再腾身而起，飞身落在街对面的屋顶上。他轻轻跃下，刚落地，三个汉子就冲过来要杀死他。他一个旋身，弯下腰，三把剑在他的头顶破空刺出。他扑倒在地，一记疾扫把三人击翻在地。

看他们跌进尘土里，班超已经站直身子，转身要走。一大群人围拢上来，他无奈地叫了一声。现在他有两个选择：要么跟他们打一架，教训他们一下；要么赶紧跑。班超权衡这两个选择，然后一猫腰钻进了一条小巷。

他已经没有时间再拖了。他对所有的小路了如指掌，但留下来打到这群人老实为止，就绝不可能及时赶到帮主的老窝。

更何况，班超也不能太招人注目了。虽然不战而逃使他懊恼得要死，但他还是跑了。在他身后，有几个汉子弓下了身子捂住肚子，显然朱成下的药开始发作了。他们的脸挤成了一团，急忙冲向最近的茅房。应该有一段时间他们不会四处跑着追人了。

这时，班超已经不停步地穿梭在小巷里。听到身后有脚步声，他略停了停。这里是小镇颇偏僻的地段，他没指望在这里还能撞上人。但令他惊讶的是，他看见一个女孩靠在一侧巷壁上。

6^章

小龙抬头看了看太阳，才动身回客栈。她取下遮住半张脸的蒙面巾，又把束发的发绳扯下。

现在，没有人会多看她一眼了。两个小小的变化就能使人认不出她，的确是挺神奇。对她闻风丧胆的贼人完全猜不出她的身份。

今天早上，她碰上两个马贼的时候根本不用动一根手指头。她一出现，两个汉子立刻软了下来。驻扎在这一带的强盗悍匪都叫小龙"影侠"，因为她来去无踪，行动迅疾无声。她觉得最好笑的是，有时候一些贼人会在事后聚在小客栈跟他们的兄弟们谈起影侠，当然他们会添油加醋，为她描上不少神秘光环。所以，可以很放心地说，她的身份会一直是个秘密。

小龙一边走着，一边向路边的小石头伸出一只手。她张开五指，小石头随即飞了起来在她身边盘旋着。只需要稍稍集中意念，她就能让小石头循着繁复图案舞动。她一边走一边继续控制着跳舞的石头，几乎露出了一丝笑容。她的魔力好像一天天在增强。

一开始的时候，小龙需要花费很大心力才能施这个小法术。到现在，她可以轻易地让数千斤的大石也舞动起来。当然，倘若有选择的话，她宁可不要任何魔力，只要能让一切回到从前。念及此时，她的脸色一暗，任由舞动的小石子吧嗒吧嗒落了一地。

　　轰鸣的马蹄声，震耳欲聋的战鼓声，大声宣旨的官员的声音，火焰的味道，还有许多小龙不想记起的有关父母亲最后一天的记忆统统鲜活地涌进了她的脑海中。她压制着回忆，把它们塞进脑海最深处。想也没有用。用尽全部神力，她也没有办法改变过去。

　　过了没多久，小龙已经站在了刘阳房间门口。她敲了一下，他过了一会儿才来开门。她冲他摆摆头，转身就走。刘阳眨了会儿眼睛才想起来紧跟上去。他走出房门两步又冲回去抓起剑和心法小册。他跟着她走进小院，举起了剑："现在我可以用这个了吗？"

　　小龙都懒得去回答。她只是指了指凳子，刘阳不禁长叹一声。

　　"你什么时候才会让我用这个？"刘阳想知道。

　　"等你不追着问的时候。"她指了指小册子，"读了多少？"

　　"都读完了。"刘阳道，"不错吧，嗯？"

　　"得看你读懂了多少。"

　　"呃，好吧。"刘阳心虚地笑了一下，小龙眼珠一动像是翻了个白眼，也许不是。

　　小龙拉过一张小凳坐下，拿起书翻到第一页："我父亲在我五岁那年给了我这本书。他要我在开始习武之前把这本书倒背如流。你当然不用这么做，但必须理解书上的要点。强练内力而又不知其所以然是非常危险的。"

　　"又是双刃剑的比喻吗？"

　　"这回我准备用另一种兵器。"

　　"是句笑话吧。我很肯定你说了句笑话。"

　　"你到底学不学？"

　　"学。"

　　"专心点。这本书分为四个部分。第一部分是内功运气的基本常识，第二部分讲呼吸吐纳练习方法，第三部分讲的是全身经络穴位。我们回头再来讲这些。第四部分，是轻功。我之前说过，轻功可以说是最重要的一个部分。"

"那就是为什么我哥哥能一跃而起两丈。"

"轻功也是通过控制气来实现的。基本上，只要你能控制自己的内力，只要有足够的练习，在水上跑也是有可能的。"

"你能吗？"

"能。"小龙回道。

"我什么时候能行呢？"

"得看你练得多勤快了。"她站起身轻轻放下书，"意守丹田。"

这回，刘阳很容易就进入了平静安定的状态。

"你能感觉到体内有一股力量在流动吗？"

"嗯。"

"是气，真气。集中意念试试把气引向丹田。"

神奇的是，刘阳完全明白小龙说的是什么。他抓住了一股力量任它全身流转并守住了它。在平静的状态下，一瞬间刘阳好奇自己为什么知道怎么做。集中了一段时间的意念，一股力量已经被刘阳强行凝成了一团。

"把气控制在丹田，然后站起来。"小龙告诉他。

刘阳遵从着站起身。他觉得略有些头晕，身体像是失去了重量。

"跳。"

刘阳照着她的话做，他一下子跃起一丈高，重新落回地面的时候竟也没有扬起多少尘土。他大吃一惊不自觉地泄了真气。真气又重新散回身体的各个角落，但他仍然觉得精神十足，同时也非常清楚他身体里蕴藏的力量有多少。

"先别高兴得太早。要是你每次都得先打坐冥想才能做到的话，跟找死也没什么区别了。"

"你怎么都不知道鼓励一下人？"

"我不做任何能叫你送命的事情。你得练习。等你能更好地控制你的内力的时候，我们再来讨论何时让你使剑。"

"我还得打坐吗？"

"对。"小龙看着他的表情又心软了一下，她向一个木人桩走过去，回头又招呼他，"击这个。"

刘阳小心翼翼地走过去，击在一根木臂上。木桩转动，另一根木臂朝他飞来。他下意识地一挡，木桩立即向反方向转去。他准备再次阻击第一根木臂，可是小龙挡住了他。

"假如你一直这样练，时间足够长会形成一种节奏，这也算是一种冥想的方法。记住，时时守住丹田，然后练习如何把真气聚到丹田。明白了吧？"见刘阳点点头，她松开木桩，"日落的时候你可以停。"

"日落？"

"日落。"

接下来的两周，刘阳每天都重复着同样的程序。每天清晨，他在小院见小龙，她考问他书里的内容。不久，刘阳就记住了所有主要的穴位以及怎么制住敏感点。然后，小龙给他布置一些练习，训练他的耐力和内力。

除了吃早餐，或者实在饿的时候吃些东西，刘阳会练足一整天。起先，他还要不时地停下来休息，因为他的耐力还不够强。练到后来，休息的时间越来越短，直到完全不用休息了。白天里，小龙从来都不留下来看着他练习，明显是相信他会极尽所能。他非但没有趁机偷懒，反而更用心地训练以证明自己。

刘阳确实有进步。第一周结束的时候，已经能很好地控制内力，可以一下子跃上小院四周的矮屋顶。小龙肯定了他内力不错，而且学得也很快，这差不多是她所能表扬一个人的极限了。当然，她说的时候语调平平的让人听着觉得是一个陈述句，不管怎样，刘阳还是把它当作褒奖来听的。

总的来说，刘阳知道小龙是一个好师父。每次她来探查的时候，都会用她简洁的方式给他提些建议，而且要确定他依此练习。她不算十分有耐心，但也不能说没耐心。从她的默不作声和清冷表情中，刘阳总觉得她反而比他以前的师父更容易接近些。

金煌以前说过的叫他慢慢习惯小龙的脾性被证明是对的，很奇怪刘阳竟然对此有一种释然的感觉。每当他有问题要问，从不用担心她会笑话他。其实，小龙从来没笑过。每次他问些稀奇古怪的问题，她都严肃地回答，她照顾到了他所有的需要，仅此而已。

刘阳渐渐觉得小龙是自己的一个好朋友，而他亦能感受到，小龙用她自己特有的清静的方式，对刘阳越来越友好了。现在刘阳跟小龙打招呼的时候她已经会回应了。除此之外，小龙总让自己像座雕像似的，但她还是保持着人情味儿。刘阳留意到当她以为没有人在注意她的时候，她会稍稍放松一点。

并不是说她的清冷表情有了变化，只不过她的眼神不再坚硬如磐石。刘阳给自己定了一个任务，要让小龙至少笑一次。嗯，除了这个，他还要三周至少做成一次后空翻。他很肯定的是，可能前一个任务花的时间要长一些。

不管怎么说吧，现在刘阳是凭着他努力挣来的自信激励自己前进。公平地说，过去几周他武功进步的速度真是前所未有。他甚至觉得可以靠自己的功夫跟他的兄长打上一架了，哪怕只能招架一小会儿也行。

刘阳仍旧未被准许使剑，小龙教了他几招徒手的招数，他虔诚地练习着。小龙进来的时候，他正在练习一个繁复的招数。他踢出一脚，转身，伸手下劈，再转身，可惜他只举到一半就被小龙截住了他的劈势。

"怎么会这样？"小龙一边向上刺出一边问。

"这招你做得不对。"

"对了，我应该转得慢些。我再来一次。"

"你可以等会儿再练。现在我们走吧。"

刘阳转到一半停在半中间："去哪儿？"

"出去。"

"你让我跟你一起出去了？"他惊得差点掉了下巴。

"除非你不肯闭嘴。"

刘阳立刻乖乖地闭了嘴，专心地站好。小龙冲他扔过来了一块黑布条，又递给他一把匕首。

"别想着带上你自己的剑了，你的剑太招摇了。"小龙说。

"这太激动人心了。"

小龙转过身来盯着他看，直到他平静下来。

"对不起。"

"假如你一直这么兴奋，就不能去了。"

"不会的。"

"你肯定不需要再发泄一会儿？"

"肯定。"

"好吧。等我告诉你的时候再戴上蒙面布吧。"小龙领头穿过厨房往客栈后门走去。

时近黄昏，天地间都笼上了一层阴影。客栈四周尽是岩石，如荒漠般，其间有一些稀疏的荒草和几棵呆呆的树。一阵风轻轻吹过，尘土如层层波浪般地卷起。

小龙和刘阳沿着泥土小路走到了大路上，刘阳深深吸了一口气。显然，他现在走路轻快多了，他在小龙身边走着，脚轻轻点着地，小龙当然是一点声音都没有发出来。其实，她说了一句刘阳脚步太重，像是脚上拴了两个铁球似的。而且她还不承认是开玩笑，不过说不定也真不是句玩笑话。

他俩一路向西，冲着日落的方向默默地走了很长一段时间。小龙跟平时一样沉默，可刘阳觉得有话要说。他一整天都没有说话了，憋了一肚子的事儿要说。客栈的人流很大，所以一整天金煌和田灵都忙得团团转，伺候着客人。他们平常会时不时地来看一下刘阳，可今天一点儿时间都没有。

刘阳本来就是个话多的人，又因为一整天都没有机会说话，这会儿把他一天的事情从头到尾都说了一遍。小龙一次也没打断他，好像没在留心听他说。她不是一个好的谈话对象，通常她只是一个好的聆听者。等他说完了，刘阳问："我们这是去哪儿？"

"我很惊奇你竟然还有气说话。"

"你教我的吐纳功夫很有帮助啊。"

小龙转过头来看他，他发誓他看见她眼中闪烁着一丝笑意，但也可能只是光影的反射。"我们去调查一些事儿。今天客栈来了两批人都说是在这条路附近被人打劫了。我们要去查看一下山贼是不是在这里扎了营。"

"你每天晚上都出来吗？"刘阳问道。

"不是，但这件事情特殊。这里一直是个事情多发的地点，只不过每次我白天来，却什么都找不到。也许晚上来能找到些蛛丝马迹。"

"为什么带上我呢？"

"你要不想的话可以回去呀。"

"才不呢。"

"我也是这么想的呀。"

过了一会儿，刘阳又说："你还没回答问题呢。"

"你可真执着。"

"还是没回答问题。"

"我觉得你已经准备得差不多了，另外……"

"啊哈，真叫我太受宠若惊了。"刘阳打断了小龙。

"我还没说完。"小龙不慌不忙地说。

"噢。"

"如果你总是待在城里，出去后你可能活不过第一天。在江湖中生存，你需要的不光只是武功。这几趟出来是要教会你这些。"

"我感觉就没那么好了。"

"是贫嘴吗？"

"我自嘲而已。"

"不是吧。"

"我真的是。"

"嘘。"小龙突然命令道，"我们已经近了。戴上蒙面布。"她自己戴上蒙面布，又动了几下利索地把长发束成高髻。

"你怎么能那么快？"

"你能安静点吗？"

"这方面我总是有问题哎。"

小龙转头目光烁烁地盯着他看，然后克制了自己，出乎意料地只是清了清嗓子说："我们走吧。"

刘阳跟在她身后咧着嘴笑，显然他很高兴能把她惹恼。

而小龙的注意力早已集中在眼下的事情上了。太阳已经落山，可天空还未尽黑。星光尚未闪现，月亮已经远远地升起了。她一边走一边扫视着路边，终于被她找到一个标志物——一块巨大的形似高头大马的大石。

有好几宗抢劫案子是在这里发生的，可小龙在附近一带查看了好多次都没有碰上。她倒是发现了几堆被掩埋的灰烬，猜想贼人一定是白天躲了起来，晚上才出来扎营。

两人离开大路有一段距离了，这会儿正穿梭在零落分布的大石头之间。小龙用心倾听着，终于发现要找的声音。她冲着篝火噼啪声靠近，向身后打着手势让刘阳停下来，自己藏身在一块大石头后面偷偷向外看。

她看见一小片四周用大石头围起来的空地。空地中间坐着一堆火，不时爆出些火星和晃动的火光。柴火在燃烧中互相倾轧着，火堆不时地噼里啪啦地爆出声响。火堆边上坐着五个男人，身着华服，边上还有几驾马车。

第一眼，你可能会误以为他们只是一群普通的商客，但小龙很清楚真相。被抢了马车和财物的客人很详细地描述了五个强盗的样子。可以确定的是，其中一个男人的左眼用一块破布包着。还有一个男人使一柄弯剑，上面的珠宝在火光的映照下熠熠发光。因为虚荣心他抢了这柄剑，下场却是让小龙认出他们来，这对他们来说可不是一件好事。

"是贼人吗？"刘阳一边越过她的肩头偷看，一边问。

小龙选择不回答他，而是说："待在这儿别动。"

"你准备一个人去袭击他们？"

小龙等他无聊的废话一完，冲他一点头，手已经按上了剑柄。她慢慢地抽出剑然后从藏身的巨石后飞身而出，落在最远的一个强盗身侧。

没有丝毫的停顿，小龙都不需要腾出空间来，随手用两指点中了他的肩头。他一下子倒地不省人事。她又移到左侧的强盗身边，一个空翻越过他的头顶，同时轻轻点中他的太阳穴，把他也点晕了。她落地时，另外三个强盗已经翻身而起，掏出了兵器。

小龙丝毫不担心，给他们机会先动手。看见她一出手已收拾了两个同伙，三个强盗有些担心，肩并肩地慢慢向她围拢过来。他们舞着几把颇有异域风情的剑，使出了估计是用来唬人的繁复招数，假如他们以为剑招使得漂亮就能把她镇住的话，他们可真是错了。

中间一个强盗跃前一步，剑刃在空中嗡嗡作响。小龙轻松地挡住他的一剑，然后用内力把他这一招力道全数逼回到他自己身上。他站立不住，倒在同伙的身上连带另外两个人一同摔倒在地。

他们飞快地重新翻身站起，可还是太慢了。小龙已经欺身上前，一招击中第一个强盗的胸口，重新把他打翻在地。另外两个也好不到哪里去。小龙翻转剑身，把剑锋收在身侧，以手为刃，只是用掌缘一人一下击中了他们的颈侧。

两人没来得及发出一点声音就已经倒在了地上，小龙倒转剑身收剑入鞘。整个过程不过片刻。她拉下遮面布示意刘阳可以出来了。他从阴影里悄无声息地出来，直直地盯着她。他早知道她行事迅速，可他还从未见过出手如此迅捷的。火堆的光映在她眼中仿佛燃烧着从内向外发出的火焰。在那一瞬间，她看上去已经不像是普通人类了。

"怎么了？"小龙问道。

"没什么。只不过……我可能永远也到不了你的水平。"

"你最好祈祷永远别达到我这水平。"她简短地回答。

"跟谁许愿？战神关公吗？"刘阳问。

小龙只是耸耸肩，答说："随你喜欢。"

"你拜的是谁？"

"我从来不拜。"小龙答道，声音中有一丝苦涩，"我不信神。"

刘阳望着她："你不会是不相信有神的存在吧？看看身边，世间到处都是有神的明证。"

"噢，我当然知道他们存在，只不过如果说他们无所不知，慈爱世人……"刘阳从她的语调里听出了愤怒，这在以前是从来没有过的。

"你指的是什么？"刘阳问，想要哄她爆出真性情的火花。

不过他很悲惨地失败了，因为小龙又把自己封闭了起来。她的脸上又换上了清冷的神情，摇了摇头："没什么。把马车套在一起，我们把它们赶回客栈去。有几批被抢的客人还在客栈里呢。"

刘阳点点头，听从她的指挥去套车。他轻叹一口气，为没能让小龙继续她少有的健谈而沮丧。但他知道他今晚已经触及了什么。想起金煌对他说过的话，他在想，是什么使得小龙凄苦和自闭呢？只要有足够的时间，他相信他能让她敞开心扉。总是这么阴郁对她是没有好处的。

他的好朋友马可兰以前说过，把感情藏得太深对一个人不好。假如无情真的能折寿的话，小龙可有大麻烦了。突然间，他意识到可兰对他有多重要。她是他父皇最器重的将军的女儿，她也是他在皇宫里唯一称得上是朋友的人。

作为一个皇子，刘阳身边有很多人都想跟他做朋友，但只有可兰永远不会假惺惺地对他刻意逢迎。她说话总是很直接，当她发现刘阳言行举止像个傻瓜的时候，也不怕说出来，而且根据她的标准，这样的时候还不少。他不知道要怎么形容，但他总觉得可兰跟小龙是一类人，她们有一股钢铁般的内心力量。皇宫里，只有可兰知道他的出逃计划。实际上，是她帮助他逃跑的，显然这件事会给她带来很大的麻烦。

刘阳一边想着自己的心事，一边把三辆马车连在一起，又把六匹马套在一起拉到车前。他以前一有空就待在马厩里，所以这事儿他还是能做好的。

刘阳套车的时候小龙忙着收拾几个强盗。她把身边最近的一个翻了个身面朝上，然后点了他胸前的几个穴位。接着她又对其他几个强盗如法炮制。彻底封住了他们的气穴，这样他们以后就完全没有办法使用内力了。虽然他们仍旧能用武功招数，但再也成不了他们过去那样的武夫了。

反正这几个强盗也并没有伤人，所以小龙觉得没有必要再做进一步的惩罚。如果运气好的话，他们醒来的时候发现自己武功尽失，会尽快离开此地。小龙忙完了，站起身来看见刘阳已经把马车全部套好了。

她在想自己以前来这一带的时候怎么会错过了这个地方。也许这伙强盗有一个山洞或者其他什么藏身之处。想到此处，她觉得或者应该留一个清醒的好拷问口供。好吧，现在想起来也太晚了。小龙纵身而起坐上了第一辆车的驾车的位置。她示意刘阳也上来，刘阳赶紧爬了上去。

小龙拾起缰绳轻轻扯了一下。马儿们立刻小步跑了起来，它们自己在石阵间穿梭，回到了大路上。她引马儿向着客栈的方向，马狂跑了起来，都用不着她吁赶。也许，它们能够感应到主人的召唤。

小龙松松地牵着缰绳，眼睛直视着前方。刘阳瞟了她一眼，看到她的眼神决定还是先管好自己的事情吧。小龙是一副完全没有兴趣交谈的样子。

他们一路默默地向客栈驰去，伴随着他们的只有嗒嗒的马蹄声。等快到客栈的时候，小龙略略扯住了缰绳，停了一会儿，她把遮脸布塞回口袋里，再让马儿跑起来。她把它们赶到客栈后门，跳下车座，把整队马车系在一根柱子上然后走进了马厩。

马厩已经非常破败，小龙一直觉得应该重修一个。马厩里唯一的光亮来自一盏昏黄闪跳的油灯。所有的马栏，都已经满了。马夫正躺在干草堆上打盹。

小龙进来的时候，边上的马看了她几眼又自顾自地低头去吃草料。她穿过四处散落着干草的木地板走到另一头，俯身下去轻轻摇了摇一个当马夫的男孩子。山儿，大概只有十岁吧，睡得迷迷糊糊地被惊醒了，把帽子重重地按在头上才站了起来。"小龙，发生什么事儿了？"他揉揉眼睛像是要赶走瞌睡。

"被西边大路上强盗抢走的马车停在外头呢。"小龙告诉他。

"我知道了。它们就这么自己冒出来了？"山儿问。

小龙冲他点点头。

"随便你怎么说吧。我去告诉金煌来处理这些马。你去睡一会儿吧。"他冲她扯出一个笑容然后飞快地跑了。

　　山儿从马厩大门一溜烟地跑了出去，刘阳皱着眉头进来了："我以为宫里马厩已经够难闻了，哪想到这里的恶臭才是登峰造极啊。"

　　"你去过宫里的马厩？"小龙问道，好似很惊奇的样子。

　　"我当然去过，我……"

　　小龙抬起一只手止住了他："为了你好，还是别说了吧。你越少跟我提你的事情，就越安全。对我也一样。"她推开他向前走，"去睡一会儿吧。我们明天还要早起。"

7^章

只睡了三个时辰，刘阳爬下了他的干草床垫。外面天还未亮，他走到了窗前。东面的地平线上，有几缕明亮的晨光射向天空。

他站在窗前直到太阳完全升起，然后下楼去厨房找早饭吃。他看到小龙也在厨房，与金煌和田灵一起，正在谈论昨晚找回来的被抢货物。

"第三辆马车的车主已走了好几天了。"金煌说。

"怎么处理呢？"田灵问，"我们不想被人当作强盗。"

"为什么不送去官府处理呢？"刘阳问。

"他是说正经的吗？"金煌好像是自言自语，他让刘阳坐下，"听着，孩子，我知道你是王公贵族家出来的，但说话的时候尽量别像个公子哥儿。"

刘阳冲他眨巴着眼，显然被搞糊涂了："嗯？"

"看，我说吧。"小龙说。

田灵一只手放在了刘阳的肩膀上："你可能不懂，我们平民百姓尽量不去惹官府。"

"为什么？官府不帮你们吗？"刘阳追问。

"帮我们？"金煌重复着他的话，冷哼一声，"假如搜刮民脂民膏的官吏们还记得农民也是人就已经不错了。因为他们读过书，家里朝中有人帮他们，自觉高人一等。我真希望你将来不会和他们一样。"

"可他们应该……"刘阳又开始说道。

金煌站起身拍拍他的肩打断了他："只因为事情应该是这样的，不代表会有人尽力去那么做。你们俩走吧。我们处理这事儿。"

小龙点点头，挥挥手让刘阳跟着她出门。刘阳还是对刚才的对话大惑不解。小龙在前面带路，他在她后面跟着走，还在想着这事。他终于开口说："普通百姓不太喜欢贵族公子吧？"

"可以这么说吧。"小龙过了一会儿才回答，"也不是没有原因的。大部分有钱人都是坑蒙拐骗之徒。只不过他们有钱有势可以掩盖罪行。"

"不对。我的父亲和叔父很尽忠职守呀。"

"尽忠职守跟做正确的事情之间是有区别的。有时候是南辕北辙的。不过，你也可能是对的。也许你的家族是正直又高贵的。这比起大部分的人来已经好很多。有时候，我觉得我做的事情是没有用的。真正的大坏人坐在家里，过着舒适的日子，我这样追杀小偷小贼有什么用？"

"也不能把所有的王公贵族都想成是坏人。"

"我不需要，他们自己的作为足以证明他们是。"

"我不会做那样的事的。"

"你现在还不会。将来日子久了你也许会变，但我还是相信你会做个好人的。"

"谢谢你对我的信心。"刘阳说。

"玩世不恭能好过把信心放错了位置。你很快就会明白这一点的。"

"如果完全不去试着冷漠会不会好一点呢？"

"我母亲也曾经说过这样的话，但对她一点好处也没有。"小龙摇摇头，"算了，我们还是专心做事吧。可能今天我会让你也斗斗几个小贼。"

"真的吗？"

"我刚说完，不是吗？"

"对对。"刘阳赶紧同意并止住话头。他们整个早上几乎一直沿着大路走着，只碰上了几个人。因为刘阳和小龙是走在路旁的泥径上，他们可以观察到路上的旅人又不被人注意。有一次，小龙停下来指着一个路过的小贩，他身后牵着一匹马，马上装着各种杂货的货担。

"他是附近军侯庄子里派出来的细作。"小龙告诉刘阳。

刘阳看着小贩。他穿着褴褛的衣衫，马蹄扬起的尘土覆盖了他的全身。他担子上的货物当然也不是皇子看得上眼的。他留意到有几口油腻腻的锅挂在他的马鞍上，他的鞍袋鼓鼓囊囊的像要满溢出来似的。他们观察他的时候，有一只粗糙的木刻小猫从袋子上的洞口掉了出来。

小贩本身只是中等身材，长相也平凡，有一张饱经沧桑的脸，但还年轻。他的黑发中夹杂着几绺过早花白的头发，他手中握着的马辔皮环也都磨破了，快要断掉。不管怎么看，他都不像是个细作。"你怎么看出来的？"刘阳很想知道。

"看他走路的样子。"小龙答道。她依靠着大石的掩护一路跟着他，刘阳也跟了上去。

他听话地跟了一段，但看不出什么来。然后他发现小贩的步子很齐整，好像是一个士兵在行操。仿佛就此有了突破点，刘阳突然能觉察到小贩身上其他细小的怪事。细节分开来看，只不过略有些怪而已，但加在一起，使刘阳深信小龙是对的。

小贩，或者说一个细作，站得很直，目光如炬来回四处看。他一直都很警惕，而且不住地往身后的包袱看，好像里面有什么特别重要的东西。

"还不止这些呢，"小龙说，显然是想知道他观察力有多强，"你看他衣服上的补丁。都是从同一块布上剪下来的，一样的新旧。另外，形状看上去也太规则了。你看他身侧鼓出来的地方，是一把匕首。挂在马鞍边上的剑对他这样身份的游走商贩来说也太好了。"

他俩走到了道路的分叉口，小贩沿着右边一条道走远了。小龙示意刘阳跟她继续沿着左边一条岔道走。

过了一阵，刘阳叹道："你到底是怎么学会观察到这么多细节的？"

"在江湖上行走一两年后你就学会了。你必须学会，不然活不下去。你得学会注意一些小细节，这些线索可能会救你命。你得知道路上冲着你走过来的人是不是对你意图不轨。你得知道坐在你旁边桌上的人是否打算用暗藏在靴子里的刀。你得知道一个说自己被抢了的人是不是装的。怎么样，还觉得好玩儿吗？"

"我从来也没有说好玩儿呀。"

"摆明了就是。我明白你这么做是想证明些什么，但假如结局是你死了的话，这一切又有什么用呢？你很能坚持也很有决心。我能肯定你就是如此而已。还有你的武功也进步了不少，可你不知道外面的世界到底是什么样。你以为是个荣耀唾手可得的地方？你错了。是一个在你犯错误的时候能让你送命的地方，或者更惨。无论你说与不说都可以被用来反噬你。这不是你独自一人能幸存太久的地方。"

"我想这是我听到你说的最长的一段话了。"刘阳评道。

"你没把我说的当回事。在我闯荡江湖的这五年，我见了很多普通人不应该见的事。"

"五年？你那时才十二岁。你自己一个人是怎么活下来的？"

"先别管这些，听我说完下面的话。我很高兴我们是朋友，可是你还是应该回家。家里更安全。"突然一声惊叫传来，他俩同时转头向着声音发出的方向，"我们回头再谈这事。"小龙一边说一边系上了面巾。

然后她跑开了，纵身一跃，跳到离他俩不远的一块巨石上面。他们的右侧五丈开外，十几个强盗团团围住了一个年轻男孩和一个年长些的男子。强盗挥舞着剑，粗野地狞笑着。小龙的第一反应是这年景真不好，强盗现在为了一点点微薄的盘缠就要下手，两个人似乎不像是身上藏着值钱的东西。

当小龙在石头上一路跃过去，离他们越来越近的时候，她看到年轻男孩的手上握着一样金色的东西。她又仔细打量了强盗一眼，他们右肩上的暗记表明强盗是丁侯的人。丁侯是一个心狠手辣的铁腕军阀，领地在几日脚程之外的一个地方，以好斩人首著称。

有人只是偷了一块大饼，就被杀了头。没有及时交赋税，被杀了头。宵禁后在街上被捉到，也被杀了头。奇怪吧？可是，如果偷了他的东西，受的惩罚就重得多了。不再是被砍头，而是折磨得你死去活来或千刀万剐，凌迟。

丁侯把千刀万剐的行刑过程拉得很长，由受过特别训练的刽子手在犯人身上极浅地一刀一刀地割，直到犯人最后血流尽而亡。不用说，这已经被证明是一个极其痛苦的过程。丁侯在封侯上任的六个月内已经将三个人凌迟处死。

就算是臭名昭著的暴君，也仅凌迟过两人。丁侯迟早会被推翻的。以他这种杀人的频率，小龙有一种感觉这事很快会发生。遗憾的是，最大的可能还是他会被他手下的某人杀掉。他只是个小小的侯，根本没受到朝廷的重视。他们不会理他，除非他胆敢不再对皇帝进贡。那时候他们才会收拾他。

小龙暂且把丁侯的事情放到一边，专心对付眼前的事。年长的男人试图保护男孩，可无济于事，他俩被四面围住了。该小龙出手收拾局面了。

她腾身而起，轻轻落在丁侯手下强盗的包围圈正中。每个强盗都吓了一跳，不敢相信地看着她。她悄无声息地靠近，有如从天而降。她才不会把时间浪费于欣赏十几个围成一圈的强盗脸上愕然的表情。

剑握在手，她斜斜地向着一个强盗冲了过去，到最后一刻才跳起。跳起之后，一扭身放平身体在空中横着飞了过去。

小龙踢中了强盗的胸口，他直飞了出去，小龙又攻向圈子里的下一个。在强盗的胸口一推，她便往横疾移，还未落地又用同样的方法踢中了下一个。等踢完了一圈之后，她又在空中一个旋身落往年轻男孩的身边。

十来个强盗倒地不起，呻吟着捂住胸口，小龙转向男孩和年长的男子，命令道："走。"

根本无需多加催促，男子抱起男孩穿过还躺在地上呻吟的强盗飞跑了起来。眨眼工夫，窸窸窣窣的声音消失了，小龙估计他俩已经跑远了。转身准备收拾倒在地上的强盗的时候，刘阳终于跌跌撞撞地出现在路上，一路跑得太急还差点绊了一跤。"你干吗非得这么快呢？"他抱怨道。

恰在此时，其中一个强盗站了起来，扬起手，一支箭向刘阳射去。小龙疾冲到刘阳身边，一把将他拉开随即出剑挡开了箭。刘阳愣在一旁动弹不得，盯着箭。小龙只能把他向后拉，因为强盗们已经挣扎着站了起来，重新聚拢来摆了阵。她觉得刘阳可能想用他们试试身手，所以也任由强盗们去。

他俩站在路的一边，丁侯的人马站在另一边，努力调匀呼吸。他们都把剑举在身前，准备对付随时可能出招的小龙。

"这就是为什么我说你得让我用剑。"刘阳说。

小龙斜了他一眼，然后把自己的剑递给了他："你可以用我的。我不需要。"

其中一个方脸盘宽下巴的汉子，挥着一把双刃剑，上前一步朗声大笑："你说对了，要送你去的地方你用不着兵器。把蒙面布也拿下来吧。要不了多久，我们会在你脸上一刀一刀地刻，连你妈看了都会尖叫着跑掉。然后我们还要把你切成一块一块的。"

刘阳跨前一步，打算怒骂回去，小龙用胳膊挡住了他："别让他激怒你。"

"当然啦，你们跪下求饶的话，我也许可以考虑让你们活着爬走。"强盗继续道。

站在小龙身边，刘阳感觉到她身体僵硬了。他转头看看她，看见她的眼中暗暗烧着怒意。她的双目如火焰般逼视着强盗，刘阳想不明白强盗是怎么把小龙惹怒的。刘阳真是佩服他。因为谁能让小龙愤怒的话，估计也能让泥沙石头怒骂他。

小龙此时咬紧了牙关，她一贯清冷的表情已经被怒意代替。很慢很慢地，她一字一顿地挤出这几个字，声音平静得可怕："我谁也不跪。"

刚才说话的汉子还没意识到危险，他又咧嘴大笑："凡事总有第一次嘛。让我用你听得懂的话来说吧。假如你跟你的小朋友拜得够虔诚的话，我会考虑让你留下一只手的。"

小龙眼中的火焰猛地喷出了火舌，他还是没收到警告。起先，小龙只是站在刘阳的身边愤恨地握紧着双手，随即飞一般地冲了出去。两次起落间，冲到了那个强盗跟前，击中他的胸口，力道之大，使他登时断了好几根肋骨。她这一击还不是杀招，但断几根肋骨应该能好好地给他个教训了。

被她击中的汉子向后飞了开去，滚过他的同伙身边，一下子重重地撞在路边的巨石上，顿时不省人事，这冲击力他根本无法感觉到。未等第一个完全倒在地上，小龙已经移向了下一个目标。

小龙一把抓住一人的肩膀用力一扳。他猛地一下飞到半空中，她用内力使他一直不停地转着。他身不由己地在空中做着侧翻直到她又用内力一击。等她双手推出的时候，他在半空乱舞的四肢一下子打中了另一个同伙。随着惯性，两个人都飞到了半空中，然后闷声摔在了一丈开外的地方。

只有最后三个汉子来得及准备好抵抗和反击。一个试图从头顶劈来，小龙用双手夹住了剑，一把夺走。然后用胳膊肘点中了那人胸口的穴位，一下子叫他失去了意识。

剩下两个汉子对望一眼，调转屁股便逃，他们不想落得跟同伙们一样的下场。小龙轻轻一纵，一个空翻落在了他俩面前。

他俩举剑进攻，一招还没使完，就在他们的剑劈下去的时候，小龙凝力发功把剑击得偏向了一边。仿佛是一种神力把他们的剑拨到了一边。他俩完全傻了，好久才稳住了剑身。再次举起剑的时候，已经什么也做不了。

小龙踏步上前，抓住两人的前襟把他们拉到身前，然后松手同时击中两人的胸口。她的招带内力，两人一下子被打晕了。

8^章

　　小龙把双手放在身旁并叹了一声。她抬头凝视着刘阳，刘阳正张口结舌地盯着小龙："这就是我自己一个人怎样在江湖里活下来的。"

　　刘阳闭上了嘴，然后又咧开嘴笑了起来："我以为你说过的不能让强盗激怒了我们。"

　　"我说的是你不能让他激怒。"

　　"所以你可以随便发怒乱来，是吧？"

　　"我知道自己应该做些什么。"

　　"今天的事情办得挺利落的吧。但这仍旧是我第一次看见你生气。你刚才还说了一通长篇大论。说到这事……"刘阳拿胳膊肘碰碰小龙，冲她笑笑，"我能算是你的朋友，是吧？"

　　"除了金煌和田灵，你是多年来我唯一的朋友了。"

　　"真的吗？"

　　"跟你说过，江湖是一个危险之地，不是适合交朋友的地方，这是一个结仇树敌的地方，这就又回到了我的观点。你不适合在江湖混就像我不适合在皇宫里一样。虽说，要不是命运的扭转，皇宫反而可能是我的归宿。"

　　刘阳疑惑地眨了眨眼："你说什么？"

"你是想要转换话题。"

刘阳长长地叹出了一口气:"我知道你说得对,可我现在还不准备回家。我已想过这事了,决定留在这里。我觉得好像在这里我能学到在家里永远都学不到的东西。我已经学到了许多东西,能使我成为你们不讨厌的王公贵族。"

小龙想了一下,点头表示同意:"我们回客栈吧。"

"他们怎么办?"刘阳指着横七竖八躺了一地的十二个强盗。

"由他们去,虽然这不是我平时处置强盗的办法,可他们是附近军侯的人。要是我们出手太重了,军侯会来报复的。"

刘阳点点头,转身冲着躺在自己身旁的一个强盗狠狠地踢了一脚。他抬起头,看见小龙禁不住露出诧异的神色:"怎么啦!你这么快把强盗都打倒了,我连插手的机会都没有。我这么一路跑过来,起码得让我踹上一脚吧,尽管强盗们现在已经没有反抗能力了。"刘阳好像看见小龙的嘴角抽了一下,但不是很肯定。可无论如何,他确信她眼中有一丝笑意一闪即逝。他不禁得意地笑了:"我兄长经常说我不是个有趣的人呢。"

"得了吧,"小龙说,"在他们醒过来之前我们赶紧走吧。"她率先往路上走去,刘阳紧跟了上去。

"凭你这一顿狠打,强盗们假如一个星期之内能醒过来算是好运了,或者说不是好运吧,我感觉强盗们醒来的时候一定是全身剧痛。"

"也许不应该下这么重的手。"

"他们是活该。"

"的确是活该。"

"没错。"

"事情不是总是黑白分明的。"小龙叹口气说。

刘阳感觉，她已经不是在说地上躺着的强盗，而是有感而发："打强盗事很明显。"

小龙点点头，好像有种如梦初醒的感觉："对，这件事情是非分明。不过记住，有些时候，你所做的事情未必是对的事情。"

他们默默地走了一阵，刘阳想着小龙刚才说的话。加之前些天的对话，刘阳大致能拼构出小龙的过去。从她不经意漏出的话语来看，刘阳断定她出身于官宦之家。一定是发生了什么可怕的事情，才令她流落到江湖。刘阳知道不能直接问，心想日子久了，小龙会告诉他的。他很确信这一点。

快回到客栈的时候，天上太阳已经高了，影子变得越来越短，好像是在躲避正午的太阳。刘阳擦去额头的汗水，突然一下子咧嘴笑了起来。"我有个主意。"他宣布。

小龙侧过脸看着他，眼神直接表达了她的不屑。近日来，她很擅长做这种表情。

"说真的。"刘阳抗议道。

她还是继续用同样的眼神看着他。

"我的主意并不都是愚蠢的。"刘阳委屈道。

小龙还是什么都没说，想看看刘阳一个人自说自话能坚持多久。

"虽然我以前有很多傻主意，但并不等于我想不出一个好的。"

"我可什么都没说。"

"你嘴是没动，可你的眼光说了好多。"

"你的主意是什么呢？"

"我提议我们结义吧。"刘阳说。

"什么？"

"起誓保证有福同享，有难同当。我们成为结义兄弟，或是说姐弟。人们全是这样做的嘛。故事里常说，行走江湖的人结义是常有的事。"

"我起先说江湖上更易树敌不易交友，你一点没有听进去吗？"

"我听了。可是我想，这些故事总有一些是真的，对吧？"

"是有人结义，但比你想象的要少得多。"

"足够了呀。我们结义，你觉得怎么样？"

"好吧。"

刘阳本来准备好了一通长篇大论想说服小龙，这一下子不知如何是好了。"好吧？"

"说真的。"

"真的？"

"一直这么学舌，就不是真的了。"

刘阳马上就闭嘴了，接着又笑了："自从在宫里听说书人讲过同类故事后，我一直都想跟人结义金兰。"他简直激动得颤抖起来了，这会儿走路都像装了弹簧似的。当过路的一群小商贩看着他们的眼神都有些奇怪时，小龙不得不制止他："你太引人注目了。"

"对不起。"刘阳收敛了一些，但还是走得非常快，好像迫不及待要赶回客栈去实施他的计划。他俩用了超短的时间赶回客栈。刘阳此时意识到自己根本不知道结义起誓到底应该说些什么。他张嘴想问，小龙仿佛已经猜到了似的。

"说你自己想说的，不就行了吗？"

"我们开始吧。"刘阳说。

"开始什么呀？"正从厨房进入走廊的金煌问道。刘阳跟他解释，他笑了："我猜，是你的主意吧？"

"当然。"刘阳答道。

"我去叫田灵,我们可以当见证人。"金煌说,"你别担心,我保证你们办得正正式式的。给我一点时间把东西准备好。"金煌开始细数需要的东西,"我们要一个火盆儿。"

刘阳抬了抬眉毛,小声问小龙:"火盆儿?"

小龙的回答只是耸耸肩。

他俩边说,金煌边继续细数,完全没在意小龙和刘阳的窃窃私语:"我们要有酒,哦,吃的,我让厨子去准备。你们结拜完了我们好好吃一顿。我甚至还能教你怎么说正式的誓词。"

刘阳转身看着小龙:"我以为没有什么正式的誓词。"

"是没有。只不过金煌总是认为他的方法才是正式的。"

"明白了。见证人呢?"

小龙哼了一声,说明她对整个形式不是完全同意:"金煌要把这事儿搞成一个大仪式。我们去小院子吧。不需要把这件事儿搞得人人皆知。"

一炷香的工夫之后,他们四个人都在小院子里了,金煌确认小龙和刘阳已经能把誓词倒背如流。重复了四遍之后,小龙终于受不了了:"我们赶紧办吧。"

"好吧,好吧。"金煌说。他走进客栈,出来时手里拿了两小盅酒递给他俩。

小龙把酒杯举到面前,刘阳也学着做。两人齐声吟诵:"我们,张小龙和刘阳在此立誓,自今日起,我们将情同骨肉。发誓要有福同享,有难同当。我们发誓要同甘共苦,风雨与共。为彼此付出生命,金钱以及尊严。皇天后土为证,如有违誓,天打雷劈。"

起誓后,两人把杯中的酒洒在地上,以此盟誓。最后一滴酒渗入土中，刘阳咧嘴笑了。

这时金煌递给他们一人一块锦帕，上面写着各自的姓名。两人走到火盆前，把锦帕投入火焰，以示将誓言奉给神明。四人看着锦帕在火中卷曲燃烧，沉默了一阵子。一会儿，锦帕就变成了灰烬，青烟袅袅地升起在空中。

"仪式完成了？"刘阳问道。田灵点点头，他轻轻地往小龙肩头打了一拳："姐姐，觉得这仪式怎么样？"

"完全没必要。"小龙嘟囔。

"很有意思呀。"刘阳说道。

"你当然会这样觉得啦。"小龙说。

"噢，好了啦，你不觉得刚才背诵誓词是很有意思的事吗？"刘阳对她说。

"听着挺怪的，有病。"小龙答道。

田灵想了想。"嗯，还真是有点变态。"她转身对金煌说，"考虑一下改改誓词。"

"大家不要再抱怨誓词了吧。"金煌说，他催着大家往门口赶，穿过走廊进入一间包房，"我们来庆祝一下吧。"

"我还有正事儿要做呢。"小龙抗议道。

金煌指了指一张椅子："正事儿可以等。桌子上的东西不吃完谁也不许离开这儿。"

"我们有好长一段时间都无法出去了。"看着桌上满满的一盘盘水果、包子和点心，田灵叹道。

"最好他一会儿就忘记了。"小龙同意。

"什么话！"金煌宣布，"你们要把东西都吃光，不然就得听我的命令。"

　　"这是威胁啦。"田灵翻了个白眼不屑地说。金煌挺直了身子可还是忍不住笑了出来。

　　"我饿死了。"刘阳说，他纵身坐进一张椅子里，埋头往嘴里填东西，"我早饭还没吃哪。"嘴里满满地塞了个鸡腿还在一边解释。

　　"不必解释。"田灵对刘阳说，"记住不要忘了把嘴里的东西往下咽，我们都不在意。"

9^章

　　朱成正闭着眼睛靠在墙上想着事儿，忽然听到有脚步声向她这条小巷靠近。她懒得去理会声音，继续困惑地想着围攻她的人为什么表现得如此奇怪。谁能让他们这么害怕，不惜冒着身体受伤害的风险也要把她骗走的几块银子抢回来？

　　一般来说，围攻的人追了几条街后就会放弃了，可他们完全没有停下来的打算。朱成此刻突然记起跟她对赌的三个男人中间有一个是管理赌场的。围攻的人是不是怕他呢？朱成马上否定了这个想法。最后，她确信一定是有一位连一个铜钱都不肯放过的幕后大佬在操纵着赌场。

　　脚步声越来越近了，已经转入了她所在的这条小巷子。朱成叹了口气，盼着来的人不是围攻中的一个。这条小巷比较宽，可容三个人并排走过，所以朱成懒得移动，仍然待在原地，等着来人赶紧过去。

　　班超小心翼翼地靠近，他知道小城的偏僻小巷常常是飞贼和杀手的藏身之所。班超在这个小镇花了很长的时间摸熟了很多连当地人都不知道的小路。他在探测大街小巷时，时常不得已出手击退充满杀气以为能从他身上捞到油水的强盗。

　　靠在墙上的女孩似乎不像小偷，但外表很具有欺骗性。所以班超不想靠侥幸，打算直接从她身边走过。可是，离女孩不到几尺的时候，他突然踩到了一块小石头，人不禁向前扑了出去。

正当班超快要摔倒时，朱成猛地睁大了眼睛移步躲开了。班超一头撞在女孩刚才靠着的墙上，发出一声痛苦的低吟。算他倒霉，事情还没完。朱成以为刚才班超是想袭击她，便一把从颈后抓住他的衣服把他又向对面一堵墙上扔去。

班超以一种超人的姿态，奋力一扭身，他的背部而不是脸撞上了对面的墙。他咬紧了牙关，一低头躲过了朱成扫来的一剑。他扑倒在地，向后一滚，翻身跃起时自己的剑也握在了手中。

班超还没站稳脚跟，朱成又是一剑挥来。他匆忙举剑格挡，朱成差点把他的手斩下来。见他兵器几乎脱手，朱成笑了，知道自己占了上风。她趁此机会，招数如疾风劲雨般使出，将班超击得连连后退。

刚开始朱成几乎没怎么用内力，可是慢慢地她发现班超还远远没到兵器脱手落败的地步，他反而重新稳住了阵脚。她不能再继续跟他玩游戏了。

朱成手臂回拉然后用力刺了出去。她的对手立即后退，她知道班超不可能这么快退出自己的攻势范围。他已经看出朱成的招式了，于是举剑横挡，用另一只手抵住横握的剑身硬生生接住了他的剑尖。

两把剑都不住地轻颤，朱成不得不佩服对手。可她不打算这么轻易地放过他。她的剑尖依然抵在他的剑身上，所施之力把两人的兵器都压得变了形。朱成将气劲贯入剑身中，希望能把对手的兵器压到折断，但她发现自己的内劲被同样不亚于她的气劲给逼了回来。

两人用内力互相缠斗了好一会儿，保持着一动不动的姿势，陷入了一场看不见，只能用内力感知的比拼中。朱成意识到两人实力相当，于是转试另一种方法。她把剑锋斜插向下错开了他的剑身。

她的剑接着下劈，向下直指他的膝盖。就当她的剑尖快要触到他的皮肉时，他猛地腾起，双足点过小巷墙壁，翻身跃过了她的头顶。跃起的同时，他的剑也划出一道弧线，直取朱成颈项。

朱成仰面下腰，堪堪避过剑锋。她随即趁势向后一个空翻，双足踢中了他的胸口。他向后飞了出去，不过终于稳住身形，轻轻落地。与此同时，她也站直了身体，一个转身再次面向对手。

她抬剑迎敌，正好挡上他砍下的一剑。双剑相交，可是谁也撼不动对方。

两人终于分开纠缠，都已经是气喘吁吁。两人都一边小心地防范着对方，一边试图调匀气息。朱成上下打量着这个少年，见他并不比十七岁的自己小多少。他的头发蓬乱，她猜想自己这一场架打下来估计也好不到哪里去。他的眼睛清亮聪慧有神，正炯炯地扫视着自己，毫无疑问，也正审视着她自己。

他有着一张英俊的面孔，双眼充满了单纯的专注。他的身体线条无一处不显示着坚强的斗志，朱成猜想他定有一副牛脾气。他手中握着的一把剑，饰着灵龟，怎么看都是件好东西，所以他才经得住如此强大的气劲相交而丝毫没被伤到。剑鞘的皮质是黑色的，也镶着灵龟。过了一会儿，她开口说："你到底是哪儿来的杀手？"

少年惊讶地锁起眉头："同样的话我也可以问你。"

"是你攻击我的。"朱成怒骂道，"假如你是个杀手，建议你趁早转行吧，不然的话得多练练你阴毒的偷袭手段。干得不错嘛，差点把自己给撞晕了吧，真讽刺。"

"等一等。"班超说，"是你先攻击我的，还记得吗？"

"怎么回事，你使的心理反击术吗？杀不死我想要把我搞糊涂死吗？"朱成讥讽道。

"不对，不对，不对，是你把我扔到墙上的。"

"你扑上来抓我，你说我应该怎么办？"

"你下杀手之前先搞清楚状况，该怎么办。我不是来抓你，我是被石头绊了一下。"班超指向一块肇事的石头，朱成也顺着他的目光看了过去。

"我怎么知道你不是在骗人？"

"有必要吗？"

"我怎么知道？不管怎么样，够丢人的。倘若你是撒谎，撒得真不怎么样。假如没骗人，反正也够逊的。"

"骂够了没有？我不认识你。"

"你让我停战休骂的理由究竟是什么呢？"

班超懊恼地举起了双手："我没时间跟你斗嘴。我正在跟踪一个坏人，还有尾巴要甩掉。"

"他们也在追你吗？"

"对啊，而且……等一下，你说的是什么意思？你是他们刚才在追的那个人？你干了什么让他们这么生气啊？"

"先别管我做了什么。你做了什么？"

"我什么都没做呀。"

"当然，你刚才不是也想扑上来抓我吗？"

"没有！我怎么说你才会相信我呢？"

"我想好了再告诉你吧。"

"你看，我现在还剑入鞘了。"班超慢慢地做动作，把他的剑重新插回剑鞘中。朱成等他放开了剑柄，也同样地收了剑。"我现在得走了。"班超说。

"先别那么快走。"朱成说。

"又想要怎么样？"班超不耐烦地问。

"不想怎么样，没打算留下你。"

"很好。我……"

"你以为我会让你这么走掉，是吧？"

"难道还想继续打吗？"班超惊奇地问。

"不想，我只是想跟你一起去。"

"不是认真的吧？"

"我是非常认真的。"朱成严肃地说。

"也太好笑了。我不会让你跟着我的。"真是活见鬼了，班超心想。

"你没有什么选择的。要不我们俩现在一起走，要不你现在开始攻击我。我可以在这儿纠缠你很长时间，让被你跟踪的人跑掉，或者去做些伤天害理的事。"

班超想了一下，明白她说的是对的，不禁咆哮了一声："你可得跟紧了。"

朱成冷哼一声："很少有我跟不上的人。真怀疑你会是其中一个。"

"又开骂了吧？"

"出发吧？"

作为对她的回应，班超箭一般冲进了小巷深处。拐了几个弯，一次比一次迅疾。他一路跑着，小巷灰暗破败的墙壁在两边唰唰地掠过。他越跑越快，想要甩掉姑娘同时又不想做得太明显。过了不久，他把杂念放在一边，集中思想回忆应该在哪儿转弯。

他转错了一个弯，必须从另外一条横巷里兜回来。他的身后，姑娘明显发出一声嗤笑，他把注意力放在记路上，没去搭理她。巷子越来越窄了，不一会儿，他跑起来时胳膊肘都能触到两边的石墙。

已经越来越深入小镇的阴暗角落，是城里罪犯从事不法活动的主要地方。班超拐了最后一个弯后，终于到了他们的目的地。

"死胡同吗？"朱成问，"真棒。我对你的景仰又增了十倍。"

班超生气地朝她逼近，准备好好地骂回去，可是想想又算了。可以让事实说话。他转回身，跃起身抓住了左边的一个窗台，翻身上了窗台然后又继续往上攀。他攀住了下一个窗台又再上了一层。他往下看，见姑娘还站在原地双手抱胸："你来不来？"

"当然啦。我只是想先看看你是怎么挣扎的。"

班超一边骂着自己怎么这么倒霉，一边继续向房子上爬。他听到身后传来动静，回头一看，姑娘向后退了几步。

她腾身而起，在空中踏了几步，内劲向下压，身体借力向上，落在了房顶上，然后朝下望着他狡黠地笑着。

班超怒吼一声，猛地一蹬墙发力纵身而起落在她身边。

"是谁跟不上谁呢？"朱成问。

班超不去理会她的挤对，跃到了另一幢房的房顶。他猫下腰，寻找着他听说过的一个入口。他终于找到了入口，用手掀起了瓦片，抬头看着朱成："准备好把你说过的话咽回去了吗？"

"没有啊。你看见房子另一头的巷子吗？我们刚才经过那儿。"

"不可能。"

"看看窗口飘着的一块红布，眼熟吗？"

班超看了一眼，决定什么都不说了。否认的话只能让他看上去更像个傻瓜，他可不想让女孩心满意足地看到他承认自己犯了一个这么愚蠢的错误。

"这是谁要把说过的话给咽回去呀？"朱成问。他白了她一眼，她咧嘴笑开了。"这是几周来最让我开心的事儿了。"她选了一个假名字来用，继续说道，"我叫程佩，气人是我几个爱好中的一个。"

"我叫班超。"听上去不是很热情。

10^章

在金煌的要求下，小龙和刘阳结义后的当晚谁也不准出去。小龙有些不高兴。由于她晚上无法外出巡逻，觉得一夜之间罪案会增长四五倍，而且第二天早上整个乡间仿佛会被杀手占满似的。金煌说，草寇现已知道这里是小龙的地盘，他们不敢胡作非为了。

"现在是由我来告诉你们结义意味着什么。"金煌用从未有过的严肃语调说。

"他又要开始讲他的著名故事了。"田灵喃喃道。

"你说什么？"金煌问。

"我是说我爱听你讲故事呀。"田灵答道。

金煌难以置信地哼了一声，反身转过来对着小龙："你母亲是否告诉过你，我是怎么认识她的吗？"

小龙摇摇头："她从来没有跟我讲过她年轻时的事情。"

"我想也是如此。"金煌难过地轻笑了一声，"想想，假如人们知道你母亲是在陈柳的贫民窟长大的，这会是多大一桩丑闻呀。"

"陈柳是从这儿往西一点，对吧？"刘阳问。

"没错。我也是在陈柳长大的。其实，我俩是邻居，在城里最穷的地方。你妈妈的小名叫佩玎，我生来个子矮，所以其他孩子都嘲笑我，称我矮子。可你母亲总是帮我，她最恨欺负小孩的人。哪怕一些孩子比她身高高一倍，她也总是追得他们乱逃。当时她才七岁，你母亲从小不好惹。她意志力很强，只要认定是对的就一定会斗到底。随着年纪慢慢大了，她用的方法也变了，但她从来没有失掉一种为她的原则而战的决心。

"我们很快成了好朋友。我们的父母亲不太管我们，所以我俩常在街上疯玩，成天在一起。现在回想起来，孩提时很有可能会被整日纠缠在一起的任何一个鲁莽醉汉打死，或者被人贩子骗走。我们在城里到处跑，每一条大街小巷都了如指掌。

"以前，谁都不敢跟我们扯上关系，因为吴兰义，恶霸的儿子，跟你母亲有仇。我们交了一个朋友，一个叫周思强的男孩。他是一个有钱人家的孩子，不像我们俩整天在贫民窟疯跑。我们结义的想法是佩玎想出来的。我们八岁的时候，你妈妈宣布把我们的友谊用誓言的形式封印起来。她觉得我们两人比血亲还要亲。

"在佩玎的坚持下，我们举行了结义仪式，用的誓词是她从路过的两个武夫嘴里听来的。仪式非常简单，而我们的大餐只是一杯我从邻近小店里偷来的羊奶和佩玎从一个有钱商贩口袋里扒来的馒头。东西虽少，可在我们的心目中，那是最叫人激动的时刻了，而且我们的关系也愈亲近了。

"我一直是两人中比较害羞的一个，当佩玎跟邻居的孩子掐架的时候我总躲在后头。在她的保护下，我变得勇敢了许多。到最后，是我先发现并且认识黑山的。他是个老头，双眼快瞎了，腿有点跛，可他有一对很漂亮的剑。真是件奇怪的事，他一直活着。在那个时候，若是你身上有点儿值钱的东西，最好尽快卖了，然后把钱花了。不然的话，别人发现你有东西可偷，你迟早会横尸偏僻窄巷里。

"但黑山老头，一直守着他的两把剑。许多人打过剑的主意。有不少人试着偷过，都搞得满身淤青，空手而归。大多数人后来都知道黑山惹不得，但时而有些傻瓜想去试试。

"我听说了他的故事之后就去找他。我当然知道不能明着去偷他的剑。成年壮汉都被扭断了手腕回来，我又怎么可能偷到黑山的剑呢？然而，我想去试探一下，看他能否教我和佩玎如何打架。

"因为佩玎行事太粗莽，第一次我是一个人去见黑山的，他把我赶了出来。接下来的几次还是一样，后来佩玎与我一起去。我们共被他拒绝了十一次，几乎准备放弃了，但也没什么别的事情可以让我们忙的，所以我们就又去了一次。这下，黑山终于同意了。我们俩欣喜若狂，高兴的劲儿一直支撑着我们俩。我们出色地完成了他第一天布置给我们的训练任务。

"小的时候，差不多每天都是在街上度过的，辛苦对我们来说不是陌生的事情，但黑山教的东西远远超出了我们所能想象的。不管怎样艰难，我们都坚持着。特别是佩玎，懂一点街头斗殴的招数，可我们没有什么武功，平日里练功只是三天打鱼两天晒网的。可是在黑山的训练下，我们学会了利用自己身体的天然优势把许多不入流的招数变得有一点法度，更加靠得住了。

"事实证明黑山是一个好师父，他知道怎样不停地鞭策我们，可又做得不很明显。练功虽然辛苦，可每天我们都是从家里一溜烟地跑去找他。他警告我们，不可以用我们所学去跟人随便打架。假如我们当了他的徒弟，我们的言行得能让他骄傲。从此，我们再也不在街头打架了。我从来不是好勇善斗的人，但对佩玎来说是挺困难的。可是她想学会更多的功夫以便将来揍欺负她的傻瓜，所以她忍了下来。

"黑山不仅仅教我们功夫，他还教我们历史、数学，还有最重要的怎样写。我们经常猜测他的真实身份，却始终没有开口问他。在我们十二岁的时候，家里人容不下我们了，我们索性搬去跟黑山一起，住在一个快倒塌了的棚子里。从那以后，黑山把我们当作他的亲生子女，把他平生所学都教给了我们。

"他教的东西，我们都如饥似渴地吸收，好像是为了弥补我们生命里早几年失去的时光。我们的学识很快能与王公贵族家的孩子比了，假如没有他们好，起码一样强。可是，再多的知识也无法改变我们的命运。

"有一年，老天爷用残酷的方式提醒着我们。记得一个夏天的下午下了一场大雷暴，与每次下雨一样，我们的棚子被水淹了。花了整天时间把全部的家当晾干，累得都睡着了。

"第二天早上，刚醒来，恶霸的儿子带着一大帮人闯了进来。我们打退了他们，却把黑山逼到了绝境。遇到他的时候他已经很老了，住在贫民窟里又加快了他衰老的速度。他的身体很有韧劲，但黑山已经病入膏肓，这个小插曲加快了他死亡的速度。

"在黑山去世之前，他将双剑给了我们。这是他最值钱的东西了，同时他还给我们讲了他的秘密。他的名字不叫黑山，叫斌嘉。是前朝皇帝身边最重要的武将。在王莽发动政变夺权的时候，斌嘉被从宫中赶了出来，因为他同情当年还幼小的刘秀，也就是正统的皇位继承人。出了皇宫，斌嘉在乡野各处流浪，没有目的，直到遇见了我们。卸下心中秘密的重负，不久黑山过世了。

"有一阵子，佩玎和我不知道做什么。我们从来没有离开过陈柳，然而黑山给我们上的课却把周围地区的地理形势深深地印在我们的脑海中了。佩玎最后建议去闯荡江湖，我们就这么开始了。

"拜祭了师父后，我们立刻出发了，第一次走出了从小生活的陈柳城。我俩一起在乡间行走，结交了一些朋友，树了一些敌人。江湖跟我们原先期待的不一样，但我们接受了，仿佛一直以来都在适应着周围不断变化的环境。

"佩玎的功夫比我强，她常常救我脱险，多次救了我的命。尽管每天的生活充满了危险，但那是我生命中最好的一段日子。离开陈柳几年之后我们遇到了你的父亲和他的伙伴，一起担负起赶走篡权者重新夺回国家的使命。以后的事情你都知道了。"金煌看着小龙。

小龙低头看着地板，点点头："我太知道了。"然后站起来直接走了出去。

三个人同时从桌边跳了起来。大家还没有来得及拦住小龙，她已经消失在小院里。刘阳差点叫了起来，田灵示意他别出声。他们赶到小院门口的时候，听到重击声，小龙似乎要把旋转木桩打成碎片。

大家远远地看着小龙把拳头舞得如魅影般飞快。木桩转过来又飞快地转过去，快得让人根本跟不上转动的速度。然后，她突然重重地劈了下去，大家听到了一声爆裂的声响。木桩的上半部完全断了，冲着后面的墙飞出去，碎成一片片。

声响好像把小龙从痴呆状态中带了回来，她从剩下的一堆木残片边退了一步。她闭上眼睛呆呆地站着一动不动，柔柔的月光笼罩在她身上。画面和回忆如潮水般涌了上来，小龙试图将它们重新推回到记忆深处，可是对往事的回忆不愿就范。

在过去的几周里，小龙的防范已经开始有些松动，此刻她发现，有一隙裂缝出现，而自己却无力把它堵上。她没有办法把被压抑得这么久的情绪重新全部塞回脑子里，已经没有办法控制了。所以她只是站着不动，由着如潮水般的情绪慢慢淌干。

刘阳上前了几步，金煌将他拉了回去："由她去吧。她经历的事情太多了，我预感最坏的事情还在前面呢。你是她的义弟，你必须保护她。"

"然而我怎么觉得正好相反呢？"刘阳说。

"假如是打架，小龙能拿下任何人。我说的完全是另外一回事。小龙把自己的情绪深埋起来的做法是不健康的，虽然很容易理解。"金煌说。

"她刚来这儿的时候几乎不说话。"田灵接过话头，"我们真不知道如何是好。慢慢地，她跟我们熟悉些了，开始多了一些交流，但她还是一直这么阴郁。你来后，我们发现她的话多一点了，不像以前把什么事情都压抑着。"

"她到底发生过什么事？"刘阳问。

金煌拍拍刘阳的肩膀："诚如我以前说的，得由她自己倒出来。要是我们以前不知道事实真相的话，永远也无法从她那儿得知。她压根儿不谈往事，不让有关的记忆重新浮现。这正是为什么她尽力地让自己冷若冰霜。她担心自己一旦有了某种感情，就会对所有的事情都有感情。但事实是，她必须面对往事才能真正地忘却过去。我希望她能把以前发生的事情都告诉你，这样对她自己才能有帮助，才能从一个人生章节走向另一个。"

"你确定我是正确的人选吗？"刘阳问。

"要是有其他人选我绝对不会选你，但你现在是唯一的人选。最好将来你能成为一个好人，否则我得知道为什么。"金煌对刘阳说。

"所以说，别给你自己压力。"田灵爽快地对他说。

"没，一点儿压力都没有。"刘阳抱怨道，心想，都威胁到这个份上了还说不要有压力。

"你之前说过你想知道江湖是什么样子的。好吧，这就是江湖。

在最理想的世界里，江湖不仅仅是一个地方，而且是一种态度，一种对待生活的方式。为了保护你在意的人你得愿意牺牲一切，你得愿意为了你的朋友放弃生命或者去杀人。对你坚信的理念你不能有怀疑，因为别人不会容许你这么做。这跟你熟悉的世界是完全不同的，然而江湖就是这样，从前是这样，以后也一直将会是这样。"金煌说。

"别担心，"刘阳答道，"我会尽我的全力的。"

"我们仅要求这一点点。"田灵说，"我们也只能如此要求。"

11^章

　　第二天早晨刘阳起床后，赶紧去敲小龙的房门，可她已经不在房里了。刘阳下楼，发现她正闭着眼睛靠墙坐在小院里。刘阳走近，坐在她的身旁。

　　小龙睁开眼睛瞧着刘阳："真对不住，我昨晚太冲动。"

　　"其实，你今天平静了许多，这是一个很大的进步呢。我同意金煌的说法，你不应该深藏自己的感情。不能因为想着逃避以前的哀伤，而对眼下的任何事情没有一点热情。"

　　"金煌还告诉了你什么？"

　　刘阳摇摇头："没有了。他说等你想说的时候，你会告诉我的。"

　　"我不知道会不会有这么一天。"

　　"记得你曾经跟我说过，练内力是件危险的事情，必须有足够强大的自控能力，否则巨大的内力会向外喷涌以致无法遏制。"

　　"正是。"

　　"我觉得这道理是一样的。你不能对周边的事情没有一点感觉。要是像你现在这样一味地压制，最终肯定会爆发出来的。"

　　"用我自己的话来对付我，你可真够阴险的啊。"

　　"倘若起作用的话，我才不管呢。"

小龙叹了一口气，把头重新靠回墙上。停了一会儿，她站起身："好吧，你赢了。至于我是谁以及到底发生了什么事，我们以后再聊。"

"假如你现在没有心情诉说你的秘密，让我先告诉你我的秘密。毕竟，我们不能对自己家里的人保守秘密嘛。这事情听上去可能有些疯狂，我的全称是二皇子刘阳，封号东海王，而我的父亲是……"刘阳深吸了一口气，继续道，"我父亲是当今皇上。"

小龙的身体变得僵硬，向后退了一步。她的目光锋利地盯着刘阳，震惊得下巴都快掉了。过了一会儿，小龙猛地摇了摇头，从齿缝中挤出一句话："这不可能。"

"我知道，我一点儿都不像个皇子，对吧？"刘阳说道，压根儿没有注意到，小龙颤抖的声音，也没有觉察到小龙的手都已经下意识地扶上了剑柄。

小龙猛地松开手，被自己的行动吓坏了。她震惊地摇晃了一下，却什么都没有说。尔后转过身，突然一下子跃上一处延伸到小院的房檐，沿着客栈的房脊一路跑着。听见刘阳在她身后问去哪儿，她没有理他。她必须在怒火重烧之前远离他。

她轻轻地在房脊上飞奔，然后扑通一声重重地跳回到地面。还没站稳马上又腾空而起，靠她的气在空中一路踩步向上。这个动作在空中持续了很长一段时间。起先是依靠强劲的内力，尔后依靠她的魔力。

小龙全神凝注在魔力上，在空中越升越高，直到离地面很高很高。小龙从来没有升到这么高过，可此时她什么都顾不上了。她越把注意力集中在她的魔力上，越没有时间去想其他的事情。她意外地看到地面上有一棵孤零零的树，便降落到树上去了。

　　她在离地面很近的一根树枝上坐了下来。她紧紧地攥着树枝，体内强大的气劲几乎要折断树枝，她赶紧松手。她深深地吸了好几口气，试着平静下来，但发现无法做到。心想也许刘阳是对的，真的应该让情感释放出来。

　　小龙放眼看去，眼前是满是乱石的荒野。她从树枝上弹了下来，走到离她最近的一块石头边。她握拳后拉，猛力向大石击去，石头霎时从中间裂开，一分为二，然后在一声巨响中轰然倒地。她从两块碎石中间穿过，走向下一块巨石。

　　她把双掌放在石头表面，将一股强力由双臂送入石头中。一瞬间，巨石碎成了石片。碎石从她周身纷纷落下，最后一块小石片落地时，她将魔力注入地下，任由能量随意向周围蔓延开去。

　　小龙周边的整片大地仿佛地震似的颤抖着。屹立在此几个世纪的巨石随着小龙的魔力裂成小块并纷纷坠落。地面上下左右晃动，石子好比在一口锅里爆炒似的乱蹦乱跳。

　　小龙右侧一丈远的地方，泥土形成了一道柱子冲入空中，泥柱子越升越高而周围地面的裂缝却越来越大。泥柱子仿佛是个引爆点，猛然间，周围的地面此起彼伏，四分五裂。裂缝伸向四面八方，成块的地面弹向天空。只有小龙和树周的一小圈地面没有受到重创。

　　除此以外的很大范围内，地面搅动似乎像流水一样。震天的轰鸣声持续了足足一分钟，小龙最终耗尽了她的魔力。待波动慢慢地停下后，她靠着大树跌坐了下来。

　　她感到精疲力尽，使尽了自己所有的魔力和功力。五年来的愤怒、仇恨和烦躁发泄得淋漓尽致。多么壮观的力量显示。毫无疑问，小龙的魔力真是越来越强了。

　　小龙极不愿回忆痛苦的过去。但此刻她迫使自己重新思考整个事件的前因后果。由于起先用力太猛，她累极了，可是感觉轻松了许多。显然，刘阳说对了。很有趣，她从中看出了很多讽刺意味。

小龙曾经怀疑过刘阳不单是个小贵族家庭的子弟这么简单，也猜过他可能是皇家的远亲，但确实没有想到他竟然是个皇子。太不可思议了，为什么会是这样的呢？基于刘阳的所作所为，小龙似乎隐约感觉到，但她的内心深处却拒绝承认现实。终究，要是她接受这个事实，意味着他是自己的仇敌，是杀了她全家的人的儿子。

现在又该如何处置呢？眼下唾手可得的复仇机会，也许是今生唯一的一次。假如刘阳没有泄露他是谁该有多好啊，小龙情愿做任何事情也不愿了解他的真实身份。可刘阳为什么要告诉我呢？她一遍遍地问自己显而易见的答案。刘阳自己说的嘛，家人之间不隐藏秘密。

猛然间，小龙不禁拼命地摇头，心想整个事件太具有讽刺意味了。自己和刘阳的结义誓言表明，他的家人就是自己的家人，皇上不就成了自己的父亲了吗？小龙进而思索着，是什么样的黑暗星辰把如此扭曲的命运变为现实？

小龙随即意识到，她和刘阳早在结义盟誓之前就是一家人了。他们的父亲曾经是异姓兄弟，正如他俩昨晚盟誓结义一样。然而是皇帝毁了自己的誓言，并且摧毁到荡然无存。

小龙越想越糊涂了。真不知道该怎么面对如今的情形，但有些事情似乎很清楚。不管他的父亲做了什么，跟他实在没有关系。父辈们之间的一切纠结都不是刘阳的错。

她同时也明白了其他一些道理。她的生活悲剧是由刘阳的父亲违誓造成的。假如她为家人向皇上索命的话，她是否会制造又一个悲剧呢？刘阳是否会从此变得像她现在一样充满仇恨呢？他也会因此失却了他的天真和纯洁。那样自己不就是在制造冤冤相报的恶性循环吗？

想到这些，小龙为一直犹豫不决的复仇下了一个决心，正是这一决定终于移走了她胸口的巨大压力。

她不再寻求报仇了。哪怕皇帝此刻站在自己的眼前，也不会动手。报复的意义何在？自己的家人早已去世了，想必父母亲绝不会希望她去杀死这个他们称为兄弟的人。

记得直到最后一刻，父母亲也没有责怪刘阳的父亲。父母说，有些事情连皇上也没有办法控制。以前年幼的时候，小龙没有领会父母亲话中的含义。或许父母亲永远也不会晓得究竟是为什么惨遭杀害。可是他们仍然原谅了刘阳的父亲，尽管是他制造了这场悲剧。这样想来使得小龙更容易接受自己的决定。复仇是件不值得做的事情，只会伤害刘阳和自己。

因而复仇之事应该就此终结。不管其他事情如何，光武帝的执政功绩还是不容否认的。诚然，过分苛求完美无异于水中捞月。所有人都说皇帝勤政，比以前众多的皇帝好得多。

的确，军阀仍然四处割据，可是无论谁当皇帝，在建立政权后的一年之内都会封侯。要是自己现在杀了皇帝，国家肯定会重新进入混战之中。届时各军阀间相互的指责和逃避责任一定层出不穷。一场乱战是不可避免的。

简言之，似乎相当于用成千上万条性命来换取自己一个人的私仇。这是什么样的公道呢？父母亲一再教导自己要把三件东西放在首位：国家、家庭和友谊。假如自己真的实施了报仇计划，恰恰一举违反了三件最重要的东西。

她的思路被四下里惊奇和困惑的喊叫声打断了。显然她的杰作被人发现了，这意味着她必须赶紧离开。她站起身来，惊奇地发现，自己坐在树下的片刻工夫，魔力一直不停地在自我恢复。尽管还没有恢

少年侠

复到百分百的地步，但比自己想象的要快得多。

小龙跃上了最低的一根树枝，连续纵跃几下，站到树枝的顶端。树枝丝毫没有因为小龙的体重而弯曲，她静立片刻，体验大风掠过周身的感觉。然后又纵身而起，高高地飞入空中。她凭借气功朝着客栈的方向，在空中越升越高。

小龙权当什么事情都没有发生过。在离客栈越来越近的时候，她感到高兴，心情轻松。随即静静地落在了小院里，站在了习武的刘阳身后。他做了一个后空翻，发现小龙站在自己的背后，吓了一跳，落地的时候几乎摔倒。"你需要改改你的毛病。偷偷地靠近人不是好玩的事儿，知道吗？你去哪儿了？"

"我好像听到了一些动静所以去查看了一下。"小龙回答。她也许应该早点找一个更好的借口，可现在为时已晚。

刘阳奇怪地看了她一眼，然后耸耸肩："发现了什么？"

"没什么。离这儿不远的地方，一片地面好像被翻过一样。不知道发生了什么事情。"

"我们一起去看看吧。"

"没什么可看的。肯定是一场小地震。只有一些坍塌的山包和碎裂的岩石。"

"还有什么？我还是想去看看。或许我能弄清楚发生了什么事情。"

"我不相信你有这样的能耐。"小龙说。

"你也不相信我可以一下子跳上房顶。"刘阳道出。

小院的三面是一层楼高的围墙，刘阳一周之前已经能够做到了。第四面墙是一幢两层的塔楼。三天前，小龙估摸着刘阳还得练习五天，他的内功才足够强劲一路上到塔顶。显然，刘阳不这么认为。

小龙瞧见他指的地方："别试。还不行……"

"能行的。"刘阳一跃而起在空中踏步而上。只到了第一层和第二层中间，已内力不继了。他强撑着，但不管用，他的内力还不够强。刘阳拼尽最后一点力量，用内力抵住地面仅上升了两尺，随后开始直往下掉。

在他往下掉的时候，小龙伸出她的双手在空中旋转，用她的气来减缓刘阳下掉的速度。尽管有了小龙的帮忙，刘阳还是重重地撞在地上，摔得他喘不过气来。"这就是你不听我话的下场。"小龙说。

刘阳一边猛咳着一边翻身爬起来。他一边掸着身上的尘土一边又咳了起来："我一定吸取教训。从现在起我什么都听你的。"

"这样好，因为我们不……"

"首先，让我们一起去查看一番吧。"他一把抓住小龙的胳膊往门口冲去。

12^章

四处打探了半个时辰后，甚至刘阳也承认没发现任何情况。他们沿着平时巡逻的线路行进，一路上平安无事，不见盗匪。前一天晚上，回去休息之前，小龙吩咐刘阳日出时带剑到小院子里见她。

"这是我以前所理解的意思吗？"刘阳问。

"还得看你是怎么理解的，对吗？"小龙模棱两可地回答了刘阳，随后上楼回了她自己的房间。

尽管如此，刘阳还是兴奋得一蹦一跳地回了他的房间，憧憬着早上的到来。如今刘阳已经不觉得干草垫扎人了，很快地睡着了。第二天凌晨，还没有完全醒他便迷迷糊糊地奔下楼冲到了院子里。他起了个大早，发现小龙比自己更早。刘阳看着小龙："你怎么每次都比我早呢？"

"我睡得不多。"小龙回答。

刘阳耸耸肩，举起了他的剑："我终于可以用它了？"

她看了一眼他的剑，叹口气道："也许你听了会不高兴，但你的剑一文不值。"

"很贵重的。"

"正是如此。"

"我不明白你的意思。"

"你的剑纯粹是装饰品。可以用来练习或者当装饰品看看，等真正交手的时候比无用的剑更糟糕，只会招惹麻烦。别人佩剑是防身或者吓退盗匪，可你的剑却引来更多的贼人。另外，你的剑太好认了。单凭这把剑，谁都能认出你来。谁的剑鞘上缀满了蓝宝石呀？"

"照你这么一说，带这把剑真不是个好主意。"

"所以给你带了另外一把剑。"小龙说着，指指地上，刘阳瞧见一把普通的剑躺在石头上。小龙把脚趾伸到剑鞘边，一脚把剑踢了起来。

刘阳一手接住并拔出了剑。虽然剑鞘的皮套有点磨损，但剑本身的钢质却是上乘的。显然是一把老剑，剑柄上的许多刀痕表明了这把剑经历过很多次的格斗。剑身出鞘自如并且锃亮发光。这不是一把华丽的剑，但皇子绝对不会因使用此剑而招来杀身之祸，却能有助于打退凶徒。刘阳依旧不想放弃父皇赐的剑："你肯定我的剑没有一点可取之处吗？"

"递过来。我再看看。"小龙接过剑，翻来覆去地看了好几遍，"似乎整个金库都被用在了这把剑上？"

"别乱说了。珠宝是西域进贡的。"刘阳看见小龙脸上的表情，不好意思地笑了，"珠宝并没有使剑变得更好，对吧？"

"对。"小龙再次注视着剑，从鞘中抽出剑，把剑鞘扔给刘阳。她拿手指在剑锋上划过，似乎没有显示什么惊讶，又掂了掂剑的分量："特意为你打造的吧？"

"我十三岁生日的时候父亲特意督人造了这把剑。"刘阳自豪地声明。

"怪不得了。"

"什么意思？"

"铁匠根本没考虑到你的能力。剑轻得连两岁小儿都能轻而易举地使用。"

"噢。"

小龙抖了抖剑锋,剑身奇怪地抖动着。"什么金属造的?"抬起头见一根木桩,"只有一个方法能得出真相。"她走到木桩边上挥起刘阳的剑劈了过去。剑锋碰上木头,木桩子居然比刘阳心爱的剑强千百倍。剑刃压根儿没砍进木头,只削去一丁点木片。另一方面,剑的受损程度却是惊人的。剑刃明显弯曲,小龙好像不很在意:"也许我挥得猛了一点,然而任何一把合格的剑都至少经得起这样的力道。"

刘阳发出一怪声,惊恐地盯着剑:"父皇会杀了我的。"

"不会真杀吧?"

"不会,可这是父皇赐我的正式礼物,很重要的,我应该保存得完好无损。"

与常人不一样,小龙明白刘阳的话外之音。皇帝赏赐的礼品是垂青的象征。若是损坏或不尊重皇帝赏赐的礼品,会被视作对皇帝本人的不敬。在一个敬仰皇帝如同敬仰真龙天子的国家里,这可不是一件小事。但小龙不觉得刘阳会有太大的麻烦,尽管宫里常有流言。她叹了一声,心想既然刘阳信任自己把他的秘密说了出来,她也应该告诉刘阳她的秘密,至少先诉说其中一个吧。

她把手举到剑身上,催动魔力在体内搅动上扬,顺着手臂流淌出来。魔力触到剑使其立即变直了,一点儿看不出剑曾被砍得卷过刃。

"你怎么做到的?"刘阳问,声音中充满了惊疑。

"你可能很难相信,我有魔力。"

"怎么会呢?我亲眼见的。"

"你的反应出乎我的意料。"

"先别管了，你还能做什么？"

"我的魔力其实是我的内力的延伸。好比我对自己内功的控制可以无限地扩大。我能隔空发力让东西移动。"

"很酷呀，还能做什么？"

"嗯，还有治愈的能力。想必应该是用我的内力加强了别人的。"

"我起先有说吗，这有多酷呀？"

"为什么你的反应不是很震惊呢？在我告诉金煌和田灵的时候，他俩跌坐在椅子里，并足足盯了我五分钟。你倒没有被吓蒙了呀！"

"再过一会儿。"刘阳保证道，"我的反应总是慢半拍。"

"是吧。还你的剑。"小龙把剑抛回给刘阳，看着他仔细地检查剑。

"跟新的一样。这也太……"

"我懂了。接着上课吧。"

"别提上课了，我想再多看一点你的魔力。"

"真不巧，昨天都用完了。"

"你昨天做什么了？"刘阳突然醒悟，"摧毁周围山石和岩峰的地震，原来是你干的。"

"真可笑。"

"所以你昨天不肯带我去看。"

"不知道你在说什么。"

"你一定花了很多的功力。希望我有一天也能像你一样。你是怎么得到魔力的呢？"

"你还练不练剑啊？"她指指他手中的剑。

接下来的几周，小龙没有像往日一样外出巡逻，而是留在客栈里帮助刘阳练习剑术。他拥有很好的基本技巧并掌握了许多招式，所以他舞剑的基础打得非常扎实。小龙只需教他怎么用气去辅助剑招。

与此同时，他的轻功也在进步，正如小龙所预期的，不久他便可以一口气跃上二楼楼顶了。刘阳近来处于兴奋的状态中，小龙得常常提醒他注意脚下，防止绊倒或摔下来。

刘阳至今还没有摔过，只是落地时没有像自己所希望的一样从容。按照他的性子，早该庆祝了，但小龙却不以为然。她不停地指示他重新回到房顶上，反复不停地跳上跳下，足足折腾了半个时辰直到她满意为止。练完轻功时，刘阳的两条腿软得像面条一样。

事实上，刘阳累得不行，很想歇歇，可小龙还是拖着他继续练剑招。他一边痛苦地呻吟着，一边照着她说的做。由于实在是精疲力尽，他的脚步也有点摇晃了。这使得小龙非常不满意，便一点儿不留情面地纠正他的错误。

刘阳的动作稍有松懈，小龙便拿起竹条马上轻轻地抽一下。当刘阳站姿不直或无精打采时，小龙又会拿竹条立即戳他直到把姿势改正为止。"哎哟，"刘阳叫，"可痛啦，哎哟。"刘阳看看小龙，攫取了最近小龙脸上呈现的似笑非笑的表情，"你倒是开心的，是吧？"

"也许。"小龙拿起竹条又戳了刘阳一下。

"能不能别打了？"

"掌握了教你的招数就不打了。"

刘阳呻吟着。小龙教的是一个非常繁复的招式。起势是连剑带鞘立在身前，然后把剑向空中一抛，同时完成几个花哨的踢腿动作。等剑落下来的时候接住，然后让它在背上旋转。把剑再次抛向空中之后，打倒几个假想的敌人，退后一步，等剑落在身前。抓住剑身之后，旋转剑身，再用内力把剑鞘褪开。"为什么不能直接把剑拔出来呀？这一堆东西有必要吗？"刘阳问道。

"让你练这些招式不是在你需要出剑的时候用。这么练是提高条件反射能力的好方法。而且，招数看上去浮夸，却能让对手分神。"

"我现在太累了。你让我跳了一万多次房顶。"

"想要杀你的人可不管你累不累呢。"

"噢，好吧。"刘阳深吸一口气，完成了整套动作且没让剑掉下来一次，他笑了，"我做到了。"

"不错。现在再做一次。"

"哎，不做了，行吗？"

"别让我再抽你哦。"

"现在想来，我还是比较喜欢你出去巡逻，我自己一个人练。"

小龙又用竹条打了他一下。

刘阳把剑向上一抛举起双手投降，剑落下来的时候他却没接住，便皱着眉，说："我的错，我的错。我自己来打好了，不劳你动手了。"他往自己头上拍了一掌，"现在你高兴了吧？"

　　小龙终于认为刘阳练得差不多了，两人又开始外出巡逻了。没多久，他们发现了一拨可疑的人，徘徊在一片巨石后面。他们像鹰一样地盯着路上看，显然是在等候下一队毫无防备的商人经过。七个盗匪用布蒙住他们嘴巴以上的部位，由此掩饰他们的身份。

　　小龙和刘阳卧在山岩顶上望着下面的七个盗匪。他们中没有一个把目光投向上面的小龙和刘阳。即使盗匪向上看也发现不了，小龙和刘阳只在岩石后面稍稍露了点头。

　　"我们要偷袭盗匪吗？"刘阳想站起来，被小龙拉了回去，"怎么了？"

　　"这七个人不是强盗。"小龙告诉刘阳，"看他们袖子上的暗记。是黑莲令的杀手。"

　　"他们可是顶级的杀手。听令于我父皇和少数几个重臣。"

　　"没错。"

　　"他们在这儿做什么？来对付什么人呢？"

　　"我们马上就会知道了。"小龙示意刘阳噤声。她听见远处的隆隆马蹄声正渐渐接近。下面的黑莲令杀手毫无疑问也听见了声音，开始有所行动。即使从山岩顶上瞅下去，小龙都能看到杀手眼中的期待。她眉头紧锁，嘴唇轻蔑地抿了起来。

　　小龙原则上不反对暗杀，她懂得一些人是罪有应得。然而她却非常鄙视这帮黑莲令的杀手，因为他们给出最高价钱的人卖命。只要付足够的钱，他们会暗杀任何人。

　　小龙犹豫着不想贸然行事，因为她知道这些杀手的任务可能是皇上亲自下派的。她不知道刘阳会如何应对。不过更有可能的是一位重臣想要一个不忠实的人的命。不管怎么说，目前的情况还是小心为好，不过小龙打定主意要力保不死一个人。

　　当第一辆马车终于隆隆地进入了视野，小龙惊异地眨了眨眼。前面的军士举着一杆皇旗，紧跟在后面的一辆马车上的旗帜表明皇上的特使随团而行。谁会愚蠢到雇人去杀皇上派出的特使？这分明是自己找死。他们难道不知道黑莲令最终是听命于皇帝的？

　　当然，除非皇上自己下的暗杀令。这也不对。假如只是想杀了特使，何必派他出来呢？一想到政治诡计小龙立刻觉得头痛，决定还是再等等看。护卫队越来越近了，杀手们最后一次检查了他们的兵器并沿着大路散了开去。

　　杀手们互相打了个暗号，突然全都一动不动静待在原地。与此同时，刘阳精神紧张，身体僵硬起来，小龙转头看着他。"我皇兄在马车上。"刘阳小声地说，"看见那面旗吗？表示当朝太子在此。我不能跟你下去了，哥哥刘疆会认出我来的。"

　　刘阳说话的时候，一队人马已经开始驶出杀手埋伏的区域。载着特使的马车驶了过去，杀手们没再看第二眼。"你觉得会不会……"小龙开了个头，把后面的话咽了回去，不想让刘阳太担心，"你待在这儿吧。"

　　"你不能下去。"刘阳告诉小龙，"这些杀手个个是全国最训练有素的武士。"

"我不信。"

"有七个人呢。"

"正是。"

"嗯？"

"不算太多。"

"你疯了吗？"

此刻，其中一个杀手绷紧了身子，像是随时准备跳起。"没时间和你争论。"小龙说，"待在这儿别动。"她意味深长地看了刘阳一眼，希望他能听她的话。假如小龙的推测是对的，杀手确实是冲着刘阳的哥哥去的，那这可是杀手所能得到的最高指令。不管小龙对刘阳是怎么说的，一人对付七个黑莲令的高级杀手，她自己还是有点紧张的。当第一个杀手跃入空中的同时，她也毫不犹豫地从山岩上面跃了出去。

小龙向着杀手的方向全速奔了过去，看得出杀手们是冲着一个骑一匹白色骏马的年轻男子去的。他的位置在车队比较靠后的地方，身边有一群武装的卫士骑马在他的周围。他的眉眼与刘阳很相似，但只是长相而已。

刘阳平时容易伛偻着背，可刘疆却是身姿挺拔地坐在马鞍上，面向前方，活脱脱一副高贵的皇子形象。他的衣衫纤尘不染，周身散发着英气和魅力。他的神情轻松但又带有克制，而刘阳，总是把什么情绪都呈现在脸上，任何人一看就能明白。简单地说，兄弟俩是南辕北辙，小龙现在能明白为什么刘阳总是很妒忌他的哥哥了。这不是说刘阳恨他的哥哥。刘阳很爱他的哥哥，只是希望刘疆不要事事都完美无缺。

小龙把注意力从刘疆身上转移到杀手们的身上，他们呼啸着跃过惊得目瞪口呆的侍卫和士兵。杀手们接近刘疆近身的一圈侍卫时，打头的两个杀手挥手，甩出了两把匕首直冲着刘疆飞去。

小龙心中暗骂了一声，打出两枚袖针，在半空中打歪了匕首。两个杀手惊奇地回身看了一眼，继续向刘疆奔去。杀手在空中又跃了几下，准备再次出击。

小龙可不再给杀手甩匕首的机会。

她猛地加速冲到了两个杀手的身后。在一杆大旗旗端伸足一点，随即一个空翻，越过了他俩的头顶。她在空中抓住了他俩的后衣领，带着他俩继续翻了出去。

她稳稳地着地后，两个杀手也随着落地。她匆匆松开他俩，又跃入空中对付其他杀手。

在小龙的下面，一大群愤怒的侍卫压在了两个刚随着小龙落地的杀手身上。杀手试图抵抗，可是众多的侍卫把他俩死死地按在了地上。在小龙跃回空中的一瞬间，其他三个杀手直接朝她冲杀过来。瞧见她是怎么解决了他们的同伙，知道遇上一个劲敌。他们计划缠住她，以便另外两个杀手对付刘疆。

杀手拔剑指向小龙。她举剑格挡住刺来的利刃，并运气贯入剑身，击得三个杀手向后飞去。杀手们一个后空翻，落在地上。小龙自己也向后飞去，顺势一滚，还没稳住身子，最后两个杀手中的一个趁她不备赶来偷袭。

双方摔落地后，小龙立即站稳了脚跟。杀手过了一会儿站起身来，又一次向她冲来。她横移一步，伸出脚，绊得冲来的杀手飞了出去。她顺势钩住了杀手的脚把他又扯了回来。

小龙接着将杀手抛向空中，他在半空中转身倒挂了下来，对着小龙推出双掌，小龙举起双手迎着了他的掌击。

　　小龙起先略微跟跄了一下，惊讶于杀手强劲的内力。很显然，成为黑莲令的顶尖杀手不是一件容易的事。但他还不是小龙的对手，她双手画圈，杀手被抛起后像陀螺般地转了起来，再也无法控制自己的动作。小龙紧接着跃入了空中，伸手点了杀手胸口的穴道。他的身子陡然变硬径直摔在了地上。周围的士兵立刻涌来扑在他身上，把他围得水泄不通。

　　小龙接着落地时，有些士兵围攻了上来，以为她和杀手们是一伙。眼见一支长矛刺来，小龙忙避向一边顺势一拉将长矛向下按，矛头猛地刺进了土中。持矛的士兵一下子撞上了自己的矛尾，痛得低哼一声松了手，慢慢地倒在地上。

　　一个侍卫见此情形，朝小龙扑了过来，小龙用剑格住了他的兵器。向上一挥胳膊，侍卫的剑飞向半空中。

　　未等其他人再来攻击，小龙向上一跃飞入空中，离开地面的一片混乱。正当侍卫们拦截小龙的时候，最后的一个杀手终于一路杀到了刘疆的身边。两人紧张地格斗在一起，小龙急促地冲了过去，刘疆仍然坐在马上，杀手在他的身旁左右腾挪使得侍卫们无法接近。

　　刘疆此刻还能靠自己的本事周旋着，小龙很是佩服的。可是慢慢地，杀手开始占上风了。小龙猱身而上，一脚踢在杀手的胸肋处，把他一下子踢飞了起来，又赶紧抓住杀手的衣领顺势扔向冲来的侍卫们。

　　小龙在侍卫们中间东挪西闪，又去面对另一个杀手。杀手正与侍卫们过招，压根儿没注意到小龙，转眼小龙已经站在杀手的身后。他一转身，小龙的拳已打在了他的胸口。杀手一躬身，小龙顺脚将他踢倒在地。她抖抖手腕，飞出两根袖针，杀手立时被击晕。

　　路边的动静吸引了小龙的注意，她转身恰好瞧见刘阳从藏身之处跑了出来。刘阳在空中跃步过来，落在刘疆身边，吓得侍卫们从两边闪开，刘疆当即惊得张大了嘴巴。很显然，在此意外地见到弟弟比起先碰上行刺的杀手更让刘疆吃惊。

小龙回身正准备继续余下的格斗，忽见四名杀手已开始撤退。她思忖着是否应该乘胜追击。转而一想，自己单枪匹马面对四个怒意十足的黑莲令杀手一时恐难轻易取胜。

当两位皇子深入交谈时，小龙跃入空中奔向他俩。瞅见小龙靠近，侍卫们拿兵器等着她，她刚一着地便被侍卫们团团围住。

"等等，不许乱来。"刘阳叫道。他挥退了侍卫们，侍卫们不情愿地向后退去，但他们的兵器还是正对着小龙。小龙将自己的剑插回了剑鞘中，朝着刘阳走去，还没开口便被刘阳一下子拉了过去："刘疆，我的师父，小龙。"

太子深深地鞠了一躬："多谢救命之恩。"

"不必客气。"小龙说，转身对着刘阳并小声吩咐道，"别带人回客栈。"然后小龙似乎想走开些，但刘阳扯住了她的手臂。"刘阳，松手。"

"拿掉面罩吧，没人会把你的身份告诉盗匪。"刘阳说。

"不是为这个。"小龙耳语道，"我的人头上有赏金。"

"什么意思？"

刘疆挥退身旁的侍卫，他们显然对刘疆比对刘阳更加顺从。刘疆转身对小龙和刘阳说："留在这儿，我已下令在这儿暂时扎营。刘阳，哪儿也别去。"刘疆转身走了，一边下达命令一边向特使的车辇走去。

小龙再次准备离开，刘阳拦住了她。侍卫们此时已经退到听不见他俩谈话的地方，刘阳用近似平时的说话声音说："你刚才的话是什么意思？"

"你觉得我是什么意思？"

"你现在是我的师父，假设你任由他们抓，谁胆敢动你呢？"

"比你更有权势的人。"

"我父皇？不可能的事。你怎么可能犯有重大罪行呢？肯定是误会。"

"肯定不是误会。要是有人认出我来，可以当场杀了我。我可不想跟这么多侍卫打。"小龙再次试图离开，但刘阳牢牢地抓住她的手臂。小龙盯着他，刘阳从她眸中看到了很多情感。刘阳看到了愤怒、烦躁，还有奇怪的恐惧。一种似乎怕自己失控的恐惧，丝毫没有惧怕被人认出的情感。刘阳心想小龙究竟害怕她自己会做什么事呢？

"别担心，"刘阳说，"我很肯定只是一个误会罢了。况且，假如刘疆一定要带我回京城的话，我需要你的帮助。"

小龙紧紧地握着两拳，深深地吸了一口气："好吧，不能告诉你哥哥我姓什么。"

"为什么？"

"现在别问，我以后再解释。"

"好吧。"刘阳说，"能否拿掉面罩呢？"

"假如我被认出来了，我会走。"小龙道，并扯下了面罩，跟着刘阳向刘疆走去。

小龙现在意识到没有人能认出她，步伐迈得明显自信了。仔细想想，有点缘由。毕竟过去五年了，当时自己仅仅十二岁，五年来有了很多的变化。以前见过自己的人，现在恐怕无法将之与现在的自己联系起来。

刘阳所到之处，侍卫们都让路并深深地鞠躬。刘阳似乎没有留意这些，他的注意力全在路边的刘疆身上。好几个帐篷已经支了起来，小龙非常佩服卫兵的办事效率。原地休整的命令下达了不过片刻的工夫，他们已经做完了一半的扎营工作。

刘阳和小龙走到刘疆身旁的时候，一个内臣正在帮刘疆掸尘。一个小个子的男人在刘疆身边不停地上蹿下跳，不住地询问他的情况。太子终于忍不住了，把双手放在小个子的肩膀上："没事，你去看看特使大人吧。突如其来的刺杀一定把他吓坏了。"

小个子点点头，离开之前忽然认出了刘阳："你怎么在这儿？"

"很高兴见到你，梅乔。"刘阳对小个子说。

梅乔无言以对，只是惊异地瞪着刘阳："我回头找你。"随即消失了。

刘阳还没和皇兄说上话，一个军士来到刘疆面前，双膝跪地："太子殿下，请饶恕今日臣护驾不周之罪。我是侍卫首领，若是太子要降罪，臣自当一力承担。"

刘疆上前一步扶侍卫首领起身，微笑着，以兄弟之礼抓住他的手臂："你何罪之有？谁能预料今日的刺杀？不过我非常赏识你的诚实，我会告诉你的上司你是个可信的人。"

侍卫首领脸上呈现出掩藏不住的惊奇，不由自主地又想下跪，刘疆止住了他。"多谢太子殿下，多谢！"

"你我都在恪尽职守，"刘疆说，"一定要好好审讯被抓的杀手。"

"我一定亲审杀手。"侍卫首领保证，深鞠一躬，退了下去。

刘疆叹了一口气，转身对着刘阳和小龙，注视了小龙一会儿："你是……"此时一个内侍上前来呈报帐篷准备就绪。"谢谢。"内侍还没说完，刘疆就说，然后回头招呼刘阳和小龙，"来吧，里面谈。"他带头在前面走，并为他俩撩起帐篷的门帘。

桌子、椅子以及一些办公用品已经在帐篷内摆好。小龙再次惊叹于侍卫们的较高工作效率。刘疆招呼刘阳和小龙坐下，自己坐在他俩的对面。

过了一会儿，刘疆对小龙说："再次感谢你为我击退杀手。很可惜其中四个人跑了，相信一定能从抓住的三个人身上找到需要的信息。"

"先查查抓住的杀手有没有带自尽的毒药。"小龙说。

刘疆猛地坐直了身子，记起黑莲令的杀手是以不惜牺牲自己的性命来保全秘密而闻名的。他走到帐篷外，吩咐一名侍卫后又回到帐篷内，重新坐下，笑着说："你怎么知道黑莲令的内幕？"

"许多事久了自然就知道了。"小龙回答道。

"像你卓越的武功呀？"刘疆问，"你一定有个优秀的师父。"

"是的。"小龙说，声音里没有含任何其他信息。

"至于你嘛，"刘疆对着刘阳说，"你搞出了数不清的麻烦呀。你失踪后，为了找你几乎把整个皇宫翻了个底朝天。起先担心你被人绑架了，压根儿没想到是你自己出走的。甚至根本没想到那一茬，直到可兰泄露了你的秘密。"

"可兰告诉你的？"刘阳问，"她为什么呀？"

"大家差不多快急疯了。你不应该怪可兰。她不是惹事的人。"

"噢，是我？"

"当然是你了。"刘疆回应，"连只言片语也没有，陡然间无影无踪。怎么可以这么一走了之呢？你的责任感在哪里呢？"

"假如你能静心思考一下，肯定明白我离开皇宫的原因了。做你的弟弟是多么不容易，你什么事情都做得完美无缺。我之所以离开皇宫，是因为想做一件你还没能够做好的事情，哪怕就一件也行。"刘阳几乎是喊出来的。

"我从来没想着使你看起来很糟糕。"刘疆过了一阵才说。

"一点没错。你根本无需尝试。我只是……我都不知道我自己是谁了，或者能做什么，简言之，我总是在追逐你的影子。"刘阳发泄了一通后，大家沉默好一阵子。终于，刘阳又开口道："你在这里干什么？"

"护送特使到边境。他去匈奴和谈。"

"是北匈奴还是南匈奴的部落？"刘阳问。

"两个都去。"刘疆回答。

"可南北匈奴互相仇视。"

"我知道。"刘疆同意，"是耿蜀将军建议的。"

"父皇同意了？"刘阳问。

刘疆不快地点点头："马武将军和我表示反对，父皇却仍然同意了。近些年来，耿蜀的势力越来越大，需要密切关注他了。"

"他不会愚蠢至此。"刘阳说，"他没有一点皇家的关系。"

"还没有。"刘疆说，"耿蜀三十多岁且尚未婚配。"

"他得先过我俩这关。"刘阳指出。

"说得是。"刘疆说。

"谁提议你护送特使的？"小龙问。这是小龙自进入帐篷后第一次开口，两位皇子扭头看着她，似乎刚刚想起小龙也和他俩坐在一起。

刘疆斟酌了许久才开口道："应该是耿蜀力荐的。"

"你得和父皇谈一下这事。"刘阳建议道。

"我觉得还称不上有什么真凭实据。"刘疆说。

"但不能让耿蜀轻易逃脱了。他显然试图暗杀你！"

"无法确定，况且也没有证据可以证明。"

"抓住的杀手呢？一定能从他们身上找到些证据。"刘阳满怀希望地说。

刘疆摇了摇头："假若真是耿蜀下的暗杀令，恐怕很难把他和黑莲令的杀手连在一起。他绝不会蠢到亲自接触黑莲令。实际上，杀手未必是直接根据命令行事，耿蜀肯定提供了一大笔钱。"

"或者是胁迫他们。"小龙提出自己的看法。

"有可能。"刘疆同意，"不管怎么说，从几个杀手身上并不能获得太多信息。现在担心也没用。明天一早，你与我一起回洛阳。"

"不，我不回去。"刘阳对他说。

"你不会真的想继续待在外头吧？"刘疆说，"外面不安全。"

"假如你仅仅是为我的安全着想，皇宫里也同样不安全，耿蜀正在寻机暗杀我们。"刘阳回嘴道，"外面没有人知道我是谁，也不会有人能追踪到我。"

"真好笑，"刘疆大叫，"你身边连保护你的人都没有。"

刘阳扬扬眉毛，然后指着小龙。

"她只是一个人而已。历史上有皇子住在民间的例子，但身边总有很多的暗卫。"

"小龙能把我保护得好好的。她刚刚一人击退了七个黑莲令的杀手。"

"四个还在逃呢。"刘疆反驳道。

话音刚落，听到外面一阵骚动，惊叫的警示声传了进来。一瞬间，四个着黑色衣衫的身影穿破帐篷前帘而入。他们用剑划开门帘，毫无预警地直冲坐在桌边的三个人而来。黑莲令的杀手历来是无声无息地行事，也因此更能引起恐慌。

小龙冲出她的座位，挡住了杀手的偷袭。她用剑有效地把杀手封在了原地，止住了他们的攻势。此刻，刘阳和刘疆也随即从他俩的椅子里跳了起来。与此同时，四个杀手轻而易举地挡住了正从帐篷口往里涌的侍卫们。"从后面出去。"在一片吵闹声中，小龙冲着两位皇子喊道。

14^章

刘阳和刘疆一下子震惊得手足无措。当其中一名杀手试图跃过小龙头顶时，他俩终于划开帐篷后门逃了出去。

小龙跳起抓住杀手的右脚。杀手左脚踢向小龙，小龙俯身躲过，跟着向下一拉，杀手重重地摔倒在地上。

他刚一落地，另一个杀手跃起抓住帐篷顶部交错的撑杆。小龙紧跟着也跳了上去，抓住平行的另一根。杀手原来准备跃上帐篷顶，见状利用惯性转为狠狠地踢出一脚。

小龙扭身一转将腿轻轻扫出，顺势加重了杀手一脚的劲力。杀手本身踢得过猛，以至于直接将他自己从撑杆上带了下来。杀手想在空中转身以确保脚先着地，小龙随即也放开了自己手中的撑杆。

小龙抓住杀手的肩膀以阻止他转身，杀手垂直脸朝地掉了下去。他大叫一声，小龙趁机轻松地点中了他的穴位，足以保证他好长一段时间动弹不了。

猛然间小龙的眼角扫到新动静，一转身见到被打退的第一个杀手正从两位皇子逃走的破洞疾追而去。小龙挥手射出两枚银针。银针都正中目标，杀手瞬时保持跑动的姿势在原地动弹不得。

接着小龙回头面对最后两个杀手。他俩齐心协力击退了涌进来的侍卫。两人的力量合在一起异常地凶猛，成队的侍卫被击倒躺在地上呻吟着，使得后面的侍卫无法冲上来。

这个时候，最后两个杀手反过来对付小龙，先对着她连发数枚毒镖。瞅见毒镖飞来，小龙立时双目圆睁，这些镖都上了剧毒，只要剐擦到一丁点，即会死得又慢又痛。杀手发的是连环镖，坚信可将小龙置于死地。

镖飞来的瞬间，小龙向上跃起，用剑在空中划出一道弧线。剑气一下子挡掉了一半的毒镖，余下的几枚仍然朝小龙无情地飞来。小龙脚一落地，翻身后仰，一左一右的两枚毒镖正好在她身体上方擦过。

她及时把脚缩回，一枚镖正好落在与小龙足尖毫发之差的尘土里。她翻身躺下，向一旁滚去，利用惯性重新站起，躲到一边。两个杀手随着她躲避毒镖的动作欺身上前，但小龙翻身一跃而过，落到了他俩身后。

小龙在他们后面猛力出拳，杀手立时向前飞了出去，撞到起先小龙坐过的桌椅上。

其中一个杀手的头正好砸在桌角上，立刻被撞得晕了过去。另外一个杀手刚翻身站起，小龙的剑已经抵住他的下巴。"谁派你们来的？"小龙问。

杀手照小龙啐了一口，被小龙躲开了。小龙叹了口气，踏前一步一拳打在他的头上。杀手立刻重重地一声坐倒在地。此时，侍卫们潮水般地涌进了帐篷，绑走了杀手们。杀手的偷袭和小龙的成功阻击犹如雷霆般地来回，仅是弹指间的工夫。

小龙独自一人站在几乎碎成一片片的帐篷中间。恰在她抬脚往门口走的时候，听到几声爆裂声，抬头一看，支撑帐篷顶端的撑杆已开始断裂，纷纷压塌下来。她猛然一纵赶在帐篷塌下来之前从门口滚了出去。坍塌下来的帐篷扬起满天的尘土把她从头盖到了脚，她不禁长叹一声。她把剑收回剑鞘，瞧见刘阳和刘疆站在不远处，被侍卫团团围着。

小龙走向他俩的时候，侍卫纷纷为她让路，眼中充满了惊奇。小龙无视侍卫，径直走到两位皇子面前。刘阳狠狠地瞪了他哥哥一眼，刘疆也斜了他一眼。

"怎么说？"刘阳问。

"假如父皇问起，你就说你是趁我不备溜走的。"刘疆小声地回他。

"我惹的麻烦反正已经够大的了，再加上一点无伤大体。"刘阳说，"你保重吧。"

"你也是。"刘疆回道。他又向小龙行了个礼，小龙点点头。

小龙接着一纵飞到半空，很快消失在路两边的山岩之中。刘阳向刘疆挥挥手，也跟着跃了上去。不久，刘阳的轻功气力不继了，落回到巨石上的时候，小龙也随着落到了地面。

小龙和刘阳一路静静地往客栈走了好一阵子。"你为什么不回京城去？"小龙问。

"我还没有准备好。"刘阳道，"你能和我一起去吗？"

"不行。"小龙答。

"为什么不行？"

小龙扭头注视着刘阳："之前不是已经告诉你了吗？你父皇想取我的命。"

"你说过你会解释给我听的。"

小龙重重地叹了一口气："你首先得保证在我讲完之前先不问任何问题。"

"我保证。"

　　小龙闭上了眼睛，等了很长时间才开口，刘阳还以为小龙改变主意了："我父亲名叫张步，人们都知道他是青龙侯。"刘阳后退一步，震惊地盯着她。"不知道你是否熟悉这一段历史，我从头讲吧。我父亲是四个结义兄弟中的一员，他们一起横扫江湖。都是同一师门的兄弟，江湖上人称'四灵守卫'。我父亲为青龙，你父亲是朱雀，班彪为玄武，朱甫被称作白虎。

　　"很多年前，你父亲还是孩子的时候，王莽窃取了本该属于你父亲的皇位，你的祖母把他送往民间。结义兄弟们长大后，他们起兵要夺回皇位，组建了一支军队，没有伤亡太多就控制了局势，然后拥你的父亲为帝。几兄弟分享着用性命拼回来的胜利果实。班彪一向是个做学问的人，他便留在朝中做史官。你父亲给了朱甫燕地一州，封为白虎侯。给我父亲秦地一州，在燕地的东面，封为青龙侯。

　　"记得我小时候父亲跟他的结义兄弟们常有书信来往，经常给我讲他们征战历险的故事。母亲有时候受不了父亲反复讲述他们过去的事，时而来挑战想以决斗来确定是否容我父亲继续他的故事。假如母亲赢了决斗，父亲得停止翻来覆去地讲旧事。但我父亲从来没有接受过母亲的挑战。父亲说，母亲的功夫比他高太多了。然后，我十二岁的时候，水灾特别厉害，父亲写信给皇上请求支援。

　　"皇上派班彪为钦差特来处理水灾和安排支援，班彪先去了朱甫处。朱甫通过信鸽把信息传递给了我父亲。因为父母整日忙于在灾区退水防洪，派了副将去迎接班彪。当班彪一行进入秦境的时候，旁人策反我父亲的副将杀了班彪。父亲压根儿没察觉副将的叛逆行为。一时间，朝中的大臣趁机诬陷朱甫和我父亲密谋杀害了班彪，是在谋反，意在最终推翻皇上的政权。

　　"顷刻间，朝廷的部队向我父亲的封地杀来，官兵到了我家庭院的附近，哨兵才发现。自班彪冤死后，父母亲知道朝廷终将会招父亲进京城或派官兵前来，只是万没想到来得竟这么快。父亲下令所有的仆佣和侍卫不予抵抗，不想让更多的无辜者卷入一场由朝廷奸臣挑起的纷争中而白白送了性命。

"一会儿，官兵把我家的宅子团团围了起来。我们赶紧出门去，当时我还抱着我的小弟弟呢。一个男子手持金黄圣旨，大声宣读了对我们的判决——死刑。我们随即拒捕，除此之外还能做什么呢？父母亲和我保护着小弟弟。不久，我们被冲散了，一个官兵从我手里夺走我小弟弟。我追上去，把官兵一劈为二。我拥有魔力已经好几年了，当时是第一次用魔力伤人。

"可魔力帮不上我，因为我不会控制它，魔力随着我的情绪来去无踪。没过多久，我们只剩下招架之力。父母吩咐我带上小弟弟赶紧逃。一队官兵紧追而来，我们跑了很远，才被追上。官兵一把拽走了我的小弟弟，把我撞得飞了出去。不知何故，魔力自行把我送得很远。

"我想赶回去，但没法控制自己的身子。突然间，一位神仙对我说，我的命运中肩负着更重要的使命，不能在此战死。官兵抓到了弟弟后，威逼我父母亲投降……"小龙咬紧牙关才说了下面的，"官兵强迫父母亲和弟弟跪着，然后残杀了他们。朱甫全家也遭了同样的命运。"

"不可能。"仍然处在震惊中的刘阳轻声说。

"你我是仇人，从我的名字中你应该猜出个大概。我的姓相当普通，但我的名字小龙似乎不常见。据父亲说，我的名字是母亲戏谑着起的，现在想来不无道理。龙是永生之物，我至今还活着，不是吗？"

"但我以为……"

"你认为官兵应该彻底处决逆臣全家。"

"我不是这个意思……"

"官兵们已经是非常彻底地斩草除根了。要是当时魔力没有自行摔我出去，我也是必死无疑的。从那时起，我知道总有一天我的好运会到头。对于逆臣来说，只有一种命运。你的父皇已经把我的名字锁在断头台上。"

"不，他没有。"

"妄想抓我的捕快们不都是这么说的吗？捉拿逆臣后人的赏金，足够他们终生衣食不愁。"

"听我说！"刘阳大叫，"父皇知道他的结义兄弟没有反叛之心。"

"跟我死去的小弟弟讲这些吧，看他是否在意。五岁的小孩，连官兵们来干什么也不知道。"

"他别无选择。"

"他是皇帝，竟然没有其他选择？！"

"我发誓他真是别无他选。你父亲的副将杀了皇帝的钦差。加之朝中有其他的将军准备谋反。所以我父皇只能下令严办，否则江山难保。"

"他破了盟誓以确保自己的皇位。"

"他违背了盟誓以保天下太平。你现在也同样违背你的誓言，不是吗？毫无疑问，你一定发过誓要为全家报仇。但你知道我的身份已经好几周了，我还是好端端的，不是吗？"

小龙转过身去，目光投向了远方："我差一点想为全家报仇。假如你知道什么是对自己有利的话，应该赶紧离开。"

刘阳微笑着："我做事从来不考虑怎么对自己有利，也没有必要现在开始这么做。小龙请相信我，父皇当时真的是迫于其他势力。下圣旨前，他甚至哭了好几天。"刘阳注意到小龙脸上不屑一顾的神情，他的表情变得更加恳切了，"真的。判自己的两个兄弟死刑，彻底击垮了他。这完全不能洗脱他的罪责，但至少说明了些什么。"

小龙沉默了很久："已经没有关系了。你告诉我你的身份后，我就决定不报仇了。"

"肯定吗？"

"没错。"小龙确认道。

"你真的不再想报仇了？"

小龙的目光越过刘阳投向远处的风景，叹了一口气："有一阵子，我只想着报仇。现在我明白以前是自己错了。我父母直到最后一刻也没有责怪你父亲。理解他有他的职责。"

"你是怎么想的？"

"真不知道我是怎么想的。从来也没有必须在国家和朋友之间做出选择，我希望我永远不要有这样的选择。"

小龙和刘阳默默地走了好长一段时间。然后，刘阳说道："你其实还真的跟我有着血缘亲情。我第一次见到你，觉得你像我的表姐。"

"只是远亲。我们的父亲是三服内的表亲。我想你不知道吧。"

"父皇经常讲起很多关于他兄弟们的事情，至少在我见到他的时候。"刘阳叹了口气道，"难怪你之前说也许最终会到宫里去。"

她的眼神又开始变得遥远起来，金色的斑纹仿佛在扩散着。"父母说了很多年要去宫里看看，可终究没有机会。"小龙闭起眼睛深深吸了一口气。

"去宫里看看是否对他们很重要？我真的很抱歉。"刘阳踟蹰着说。

她转开身去，点了点头："非常重要。"

15^章

朱成对着班超在屋顶上找到的一个开口往下看，洞里一片漆黑。或许能通向一个密室吧，他俩猫身进去了，楼房外形像座堡垒，有三层楼高，显然里面一定有很多类似的暗室。

"我们盯谁的梢呢？"

"一个帮主。"

"哦，这信息真有用。"朱成回嘴道，"谁啊？该不是赌场的幕后黑手吧，是不是？"

"你怎么知道的？"

"攻击我们的人来自他的赌场。我就知道赌场背后总是有个幕后老板。"

"喂，轻点儿行吗？"

"不需要你教我怎么潜行暗查。"

班超怒气冲冲地叫了一声，明智地没有再追着这话题不放。他从开口往下看了看，然后身子一扭钻了进去。他用脚探着是否能踩到梯子，所触到的仅是一条光溜溜的滑道壁。

"松手下去吧。"朱成对他说。

"不用你教我怎么暗查。"

"很明显你是很需要的。"

　　班超嘴里嘟囔着，手一松一下子掉进了滑道。滑出一段距离后，轻轻地落在几尺之下的石头地面上。周围一片漆黑，伸手不见五指。班超抬头朝上看，见朱成正往下俯视。班超冲她吐了吐舌头，知道她看不见，安全得很。

　　一转眼，朱成也跳下了滑道，班超赶快跳起来让路。朱成着地时，恰好班超又重新落回石头地面上。她手持蜡烛四下照着，发现他躺在地上，不禁扬起了眉毛："你到底在做什么呀？"

　　"没什么。"班超一边叽叽咕咕地哼着一边爬了起来，"把蜡烛给我。"

　　"用你自己的。要是你再绊或摔一跤，我们将陷入黑暗。你是怎么想的呢？没做好必要的准备来这里干什么呀？我没来，你此刻就将在黑暗中瞎跌瞎撞。"看着班超脸上的表情，朱成不禁笑了。她挥动蜡烛察看，很显然他俩在一间没有门的空荡小屋里。她高高地举着蜡烛，沿着小屋四壁慢慢蹑步，借蜡烛光上下扫视着寻找机关。

　　班超接着和朱成分头搜索，沿着小屋四壁仔细地扫视着，仍一无所获。他挠了挠头，然后着手开始轻轻敲打墙壁，希望能找到出口。转了三圈，没有发现异样的回声。他皱皱眉头，想再查地板。

　　与此同时，朱成在一个角落的周围戳着，手指扫过了一个墙上微微凸起的小门柄。"嗨，我好像找到了什么东西。"她说。

　　随即，班超的手紧压地上的一块石板，脚下的整个地面突然一下子打开了。他俩重重地摔在下面一层的石头地上。朱成起身，揉着脑袋。一抬头刚好看见头顶上面的一扇机关门啪的一声合上，使他俩处于完全的黑暗中。朱成幸好紧紧地握住了手中的蜡烛，只是火被吹熄了。

　　咒骂了一通后，朱成终于又重新点燃了蜡烛。"班超？"她向前走着却差点儿被班超绊了一跤。班超躺在地上呻吟着。朱成翻了翻白眼，踹了一下班超的脚。

班超终于连滚带爬地站了起来，四下打量着。他俩掉到了滑道的最底部，四壁是由光滑的金属制成的，每片金属被坚固地连接在一起，似乎找不到出路。"糟了。"班超说。

"我真不敢相信你竟不动脑子随便按动地砖，难道从来没想过可能有机关吗？你看现在麻烦了。"

"全是你的错。"班超恼怒地说。

"我的错？"朱成不服地瞪着他。

"要不是因为你，我根本不会落到这个地方。"

"此话怎讲？"朱成笑着说，班超停顿了下来，似乎想找个理由来回答。"你能想出什么理由呢？"朱成将目光投向上面，皱起了眉头，"给，拿着。"她把蜡烛塞给班超。滑道非常窄，只能用轻功沿着两边的墙壁一路卡着身体上去。到了最高处，朱成试着去推动一扇机关门，门却纹丝不动。她叹了口气，又跳回地面，差一点砸到班超。"很不妙。"班超边嘟囔着，边摸着困住他们的四壁。什么也找不着，他用力敲了其中一块墙壁，震动声在小小的空间里回响。接着回声越来越大，四壁开始嗡鸣起来。

"怎么回事？"

"你一定又触动了什么。"朱成回答，"肯定不是好事情。"

仿佛在印证朱成的说法，地上很快开始有了积水。水沿着墙壁流下来，不一会儿，他俩已经站在水里了。他们惊恐地瞪着对方，嘴里吐出一连串有创意的赌咒。

"我不会游泳。"班超说，"从来没试过游泳。"

"好极了，现在是学游泳的好机会。"

"似乎无关紧要。水升得多慢呀。待水涨到屋顶的时候，我们不被溺毙，肯定也会累得没有还手之力了。没希望了。"

"哦，别这么说。肯定不会死在这个坑里，我经历了很多大风大浪，都是死里逃生的。"朱成说着，把蜡烛举得高高的，烛光映着沿着滑道壁流下来的水，"肯定有什么暗门，继续找。"

朱成开始敲击四壁，过了一会儿，班超也如法炮制。直到水位已经升到了他俩的腰际。此时，朱成也觉得希望不大了，他俩索性停了下来。水很快漫到了他们的脖子，而且越升越快。班超挣扎着在水面以上，以至于连喝了几口水。

"腿踢水，并用手把水向两边拨。"朱成教班超。

班超手脚并用地乱划了一阵后，找到了窍门，能在水中一沉一浮了。

里面仍然一片漆黑，他们只能听见彼此的呼吸声夹杂着水波打在四壁的回击声。又过了一会儿，班超喘着大气说："太累人了，我无法坚持了。"

"不继续踩水，你会被淹死。"朱成回答。她突然又说道："你觉得我们把自己卡在滑道中间会好一点吗？"

"一定比踩水轻松。"

"好吧，我们一起试试。"朱成跃出水面，溅了班超一脸水。她把自己卡进滑道的中间向上爬。一路爬到滑道的最顶端，一只脚抵住一边，背靠在另一边。湿衣服恰巧使朱成能更好地粘在板壁上。随即，班超也爬了上来，学着朱成的方法与她并排靠着。

挤在滑道虽然说不上舒服，却也不太费力，只需由关节顶住即可。他俩在滑道里面坐着，班超问："你在哪儿学的游泳？"

"我们家附近有一个大湖。我母亲在一个大河边的村子长大。是她教我游泳的，夏天我们常常泡在水里。都是很久以前的事情了。"

"你起先在赌场里干什么？"

"你觉得我是在干什么呢？可以猜两次。"

"赌钱？"

"你真的很聪明，是不是？"

"你似乎不像个赌徒。"

"因为我不是那种人。我只是去赌场骗钱而已。"

"你不像缺钱的。要是需要钱，可以当个保镖。可你也不是有钱人家的孩子，是吗？"

"我不是，早已不是了。我不缺钱，但喜欢偷钱。"

"是吗？"

"你话里有不同的意思。你是做什么的？仿佛你很高贵似的。"

"我当然不是一般的小贼。"

朱成大笑，似乎一点儿没有被冒犯："原来你是这么想的。"

"我没有把话完全说对。"

"我倒觉得你确实说出了你想说的。"

"不是，不是的。在做杀手之前我是小偷。"

"杀手？感觉地位高了，是不？"

"也许我还不是个真正的杀手。我的目标是刺杀世界上恃强凌弱和杀人不眨眼的刽子手。像我们此刻正在追踪的帮主。"

"说到帮主，他好像是个非常神秘的人物。到处伸手，他赌场里的员工被使唤得像奴隶似的，忙得整日不可开交。再者这幢楼房里设置这些暗道和机关，他到底是在干什么？"

"除掉景侯，他眼下的目标是景侯。"班超说。

"疯了吧？"

"我不以为然。帮主日前控制了陈柳。景侯仅有邻近的小镇，加上周边的一些乡村。过些日子，帮主能聚集起一批人，足以除掉景侯。"

"景侯是带兵出身。尽管现在没有自己的部队，但可以从前任手里接管一些正规军。帮主除了由乡民组成的乌合之众外，并没有任何正规军呀。景侯能打得帮主片甲不留。"

"乡民们在家庭受到威胁的情况下，一定会玩命地拼杀。"

"难道景侯的手下不会这样吗？你没听说过他也不是个善人。或许景侯的手下希望能改换门庭。"

"改跟帮主吗？我看可能性不大。"

"对呀。所以我俩应该制止帮主。"

"我们能在接下来的半个时辰内侥幸保住命就不错了，先放下其他的计划吧。"

"别太悲观嘛。至今为止，我的运气一直都不错。没有什么理由相信这次会不走运。"朱成然后皱起了眉头，"当然取决于你如何看待它，也许对你来说更像是不走运。"

"谢谢，我的感觉好多了。"班超叹了口气，倾听着汩汩的水声，发现水面比他们预期的更接近了。他的左腿支撑在墙上，右腿向下拍打水面。他边骂着边拎起右腿："水离我们只有两尺了。"

"知道，我早看出来了。"朱成说。

"怎么没见你花容失色呀？"

"首先，你得记住我从来不会被吓坏。其次，死对于我来说不足为惧。"

"你总是这么……拧巴？"

朱成轻笑了一声，回答说："我就是这样的。你得适应我。"

"好呀，然而可惜的是我们只有几分钟了。随后，什么事儿也不用担心了。"他俩默默地在滑道里坐着，水慢慢地涨到了他俩的身上，漫延到了腰。水的浮力把他俩向上推，冲得没法再保持原来固定的姿势，他俩又重新掉入水里。班超大吼一声，狠狠地挥拳砸向滑道壁。

突然，轰鸣声越来越响。

随着几下漩涡的声音，水面开始慢慢下降了。起先，水面的变化几乎看不出。紧接着水面开始向下奔泻，他俩也被带着急速往下掉。他俩下跌了很长一段时间，由此可见滑道竟如此不可思议地长。然后，他俩毫无准备地被急速下降的水流拉进了水里。

他俩突然被水流从滑道一边的洞口冲了出来，重重地摔在了石头地上。朱成边呛着边擤着鼻子把水从里面排了出来。由于她在水下屏住了呼吸，只是喝了几口水而已。

班超惨得多了。虽说他鼻子没有进水，但感觉似乎喝下了整整一池子的水。他不停地呛水出来，仿佛快要死了。

朱成爬起身，循着班超咳嗽的声音摸到他身旁。待终于停止了嘶喘，她说道："你在启动暗藏机关上有特别的天赋。我真要谢谢你呢，假如你一开始没有使我们陷入困境。"

班超咳了最后一声，手支撑着地爬了起来。四处看看，发现没有像起先那样暗得伸手不见五指了。过了一会儿，已能大致辨认出墙壁和地面。滑道的水都已经退完了，班超判断他俩可能是在一个暗道里，低头看着自己说："我全湿透了。"

"一点儿没错呀，天才。"

"你怎么一点也不慌乱的？"

"我们先前很清楚地讨论了这一点，我从来不做出过度反应。"

　　"说了吗？"

　　"肯定说过的。"

　　班超突然听到声音并示意朱成屏息。他走近潮湿墙壁的一面把耳朵贴在墙上，能清晰地听见墙另一面的脚步声。他和朱成一起随着脚步声向走廊深处走去。转了一个弯后，瞅见墙上有一个架子，通过架子可以看见墙的另一面。

16^章

"收拾一下你的行李，我们要走了。"小龙说。

当小龙走进刘阳的房间时，刘阳正坐在床上运气练功。刘阳连滚带爬地从床上下来，追上已经走出房间的小龙："你说什么？我们要去哪儿？"

"去淮州。"小龙边回答边开始下楼。

眼看着无法跟上她，刘阳停步大叫："等一等。"

小龙停下来，转身抬头看着他。

"能否解释清楚一点呀？"

"去给你搞一把剑。"

"我已经有一把了呀。"刘阳说。

"给你的那把是从盗匪手上缴来的。临时使用还能凑合，假如继续用它练习，会使你养成一些坏习惯。你可以带上它。"小龙转过身继续往楼下走去。

刘阳像是还想问什么，然而决定还是迟点儿再说吧。他走回自己的房间，考虑着带些什么。仅用了十几秒钟，捞了一些钱，还有他的剑、一把匕首和一套衣服。刘阳似乎在闯荡江湖期间已经学到了一点东西，那就是他至少变得实际些了。

一会儿工夫，刘阳和小龙就走在一条向西的大路上。金煌和田灵

少年侠

送了他俩一程，转头回了客栈。"我们去哪儿找一把剑呀？"刘阳终于按捺不住问道。

"我父母有一位朋友叫欧冶子，住在淮州，以前为我铸了一把剑，应该也为你铸了一把。"

他俩默默地走了一阵。渐渐地，周围的地貌开始变化了。临近中午时，四面嶙峋的山岩上只有些看上去发育不良的植物了。到处是沙土，随风飘扬。但并不是真正的沙漠，刘阳还能远远地看见几个小池塘。

正值中午，太阳直直地逼晒下来，他俩停下来吃午饭的时候已大汗淋漓。每人吃了几个金煌准备的包子，又继续上路。悠长的午后过得极慢，气温仿佛一个劲儿地往上升。热气蒸腾，远远地看去地面好像波光粼粼，沙地似乎成了海洋，而感觉更像是在大火盆中。当太阳开始慢慢西下时，刘阳已经麻木了，仿佛走过一个火坑。

夜幕降临了，他们到了有一片房屋的路边，这里零星散落着一些房子还无法称其为小镇。小龙沿路留意寻找客栈，结果来到了一间客栈兼饭馆门口。她进门后立即向右转，尽量不引起掌柜的注意。他们顺着木楼梯上楼，刘阳边走边四处打量。心想一个不起眼的小店竟有高档的装潢和价格不菲的家具，比想象的要阔气得多。

屋顶上挂着色彩鲜艳的灯笼，照着店堂里的客人。跑堂们跑进跑出刻意地忙碌着，帮客人斟茶，端出一盘盘热气腾腾的菜肴。掌柜站在离门口不远的柜台后面，专心致志地用算盘在算着账。在他身后满墙的架子上，摆满了一坛坛的酒。大厅墙面和柱子上挂满了装饰品。店里的桌椅和楼梯均是硬木制的。两人来到了二楼一圈围着雅座的走廊，楼上的客人可一览无余地看见坐在楼底下的客人。

小龙四下一看，选了张与门口相对的桌子。在确认了附近有楼梯直通店外后，便招呼刘阳一起坐下。她用拇指把剑略略拉出剑鞘，放在桌子上。感觉刘阳在看着自己，于是说："老习惯了，改不了。"

"时刻担心被人抓住是件挺糟糕的事情啊。"

"你真幸运永远也不会有类似的经历。"

此时，一个肩上搭着抹布的跑堂走了过来，冲着两人点头招呼："两位来点儿什么？"

小龙看了看刘阳，刘阳直愣愣地瞪着她。小龙耸耸肩，随便点了几个菜。

点完后，跑堂又躬了躬身子，帽子差点儿从头上掉下来："来点酒吗？鄙店新近有从西域进货的几种酒。"

小龙再次拿眼睛扫了扫茫然无措的刘阳，转过头对跑堂说："不用了，谢谢。"

"好的，这就来。"跑堂说着，哈了哈腰走了。

"怎么了？"看到刘阳咧开嘴笑出了声，小龙不禁问。

"他提起酒的时候，我留意到跑堂的语调都不一样了。有一瞬间，听上去像是我父皇朝上的大臣们。"

"每一个行业都有各自的一套。"

"我得记下这说法。"刘阳笑着说，轻松地坐着，仔细观察着屋顶的饰纹。

小龙无法放松警惕。她的目光一直在整个店堂里扫视着，留意着每一个细节。表面上似乎没有特别不妥之处。但她还是留意各种可疑的动静。

跑堂此刻将满满一托盘的菜肴一样一样地放在他俩的桌上。上完菜，小龙从桌子的筷筒里抽出两双筷子，递给了刘阳一双。刘阳随即埋头吃开了。时至今日，他已经非常适应民间的美食了。很多时候，他甚至觉得御厨的菜肴不比民间的可口。

小龙可不像刘阳一样狼吞虎咽，忽然瞧见楼下三个男子聚在一张桌子上的行动有点诡异，她干脆停下了筷子。三人凑在一起边小声地交谈着，边用锐利的目光瞟着坐在小龙和刘阳邻桌的一个穿蓝袍的男子。他的桌上摆着一大坛白酒，往碗里倒酒时，晃出来不少，溅了自己满身，可他似乎一点也不在意。

刘阳注意到小龙不再吃饭，抬头疑惑地看着她。小龙挥手示意刘阳不要作声，刘阳顺着小龙的目光朝楼下看去。刘阳起初什么也没发现，然而很快瞧见三个男子的可疑举动。

突然间三个可疑的男子行动了起来，其中一人把手伸进了他自己的袖筒里。小龙眯起眼睛，手中转着一根筷子。

当一把小刀从他的袖筒里飞向蓝袍男子的时候，小龙的筷子也同时射了出去，半空击中小刀，力量之大以至于在刀面上穿了一个洞，并顺势将小刀钉在了原来目标两尺以外的木柱上。

在三个可疑的男子再次出手之前，小龙迅速地从刘阳手上抢过筷子，将三根筷子一起射出。筷子分别打破他们各自的碗并直接没入他们的木桌中。三个可疑的男子惊得跳了起来，一下子摔倒在地。爬起身，小心翼翼地看着穿蓝袍的男子，一寸一寸地从桌子旁移开，随即逃出了门外。可穿蓝袍的男子仿佛压根儿没注意到刚刚发生的一切，显然他仍然处于醉酒中。

随着三个可疑的男子消失在门外，蓝袍男子猛地坐直了身子。显而易见，他根本没有醉。他重新注满了自己的酒碗，稳稳地端起，对着小龙和刘阳坐的方向示意。除此之外，没有任何其他迹象显示他知道刚才所发生的事。不过，小龙清楚蓝袍男子目睹了自己刚刚所做的一切。

喝净碗中的酒，放了一些钱在桌上后，蓝袍男子便头也不回地出了门。整个饭馆里突然静了下来，大家都在思量刚才到底发生了什么事情。然后，大家又重新开始了交谈。

小龙的目光随即注视着远处，脸上呈现出一种思考的表情。她转回头，看见刘阳扬着眉毛望着自己："刚才发生了什么？"

"现在明白了刚才穿蓝袍的男子不需要我的帮助。"

"你非得抢我的筷子吗？"

小龙瞪了刘阳一眼，然后推给他整整一筒筷子："都是你的。"

刘阳从中挑了两根筷子，冲她一笑，将筷子在手中转着："你是怎么做到的？"

"什么呀？"

"把筷子变成致命的武器啊。"刘阳答，并放低了声音问，"魔力吗？"

"不是，只是熟能生巧而已。诚如掷飞刀一样。但必须在筷子后追加内力。"

"什么时候我才能有同样的功夫？"

"早着呐！"

"为什么现在不行？"

"你武功差得远呢。再则我也没打算教你。"

刘阳生气地低叫了一声。

"你骗不了我。你想学只是为了好玩儿而已。根据需要我自会决定教你哪门武艺，你不需要刚才的那点功夫就像你不需要学掏口袋一样。"

"你会掏口袋？"

"不掌握几项基本技能，很难在江湖上生存的。"

"这也是为什么你得教会我呀。"

"你不是一个人。"

"啊，这可是一个好借口。不过，我，呃……也许以后用得上这门技术呢？"

"一个会偷别人钱的皇子可不是我们所需要的。"

"你说得好像我会用学成的功夫干坏事似的。"

"你不会吗？"

"掏掏一些上朝大臣的口袋算是干坏事吗？"

"我相信应该算是干坏事。"

刘阳哼了一声不再争辩了。

他俩吃完下楼后，小龙走到掌柜的跟前，要了两间房。待小龙付了钱，掌柜递上了钥匙并告诉怎样找到他俩的房间。小龙顺手把刘阳的钥匙抛给了他，然后他俩攀上楼梯向三楼走去。整个饭馆的三楼都是客房。

他俩正走着，小龙突然猛地一下子停住，举起一只手，让刘阳向前。小龙向后退到了走廊里，刘阳跟了过去。他俩藏在暗处，瞧见一个男子走上楼梯，猫腰进了一间房。他消失后，小龙皱着眉从走廊里走出。

"这人不就是先前险些被偷袭的穿蓝袍的男子吗？"刘阳问。

小龙点点头："这人身上有些东西我看不明白。总觉得在哪儿见过他。不管怎样，他的行动很可疑。"

"什么意思？"

"他起先装着醉酒，然后没有任何迹象表明他打算打落正飞向他的小刀，似乎早知道我会出手干预的。"小龙摇摇头，"神秘的事情总是暗藏着危险，更可能是致命的。最好还是不要插手。"小龙继续带头向前走，找到了他俩的房间，发现刘阳的房间正好在穿蓝袍的男子隔壁。

小龙曾考虑是否该下楼要求给刘阳换个房间，转念一想也许不必过于紧张。

道了晚安后，小龙和刘阳进了各自的房间。小龙没有马上入睡，坐在床上，练习魔力。

这次不是练移动石头，而是集中精神练习自己的控制能力。瞅见墙角的桌上有笔墨，于是便练习用魔力拿毛笔写字。当笔移动的影像慢慢闪现在她的脑海中，她摊开双手，每一片竹简上面都出现了文字，竹简飞入空中，又落回地面，重新排列组合成一首旧诗。

她手指一弹，竹简又重新被打乱，飞了起来，在桌子上叠成一摞。正当小龙挥手熄灭床头的蜡烛的一刹那，刘阳的房内猛地传来一声撞击声。

17^章

　　小龙立刻躬身下床，顺手拿剑冲了出去。一脚踢开刘阳的房门，一把小刀冲她直飞而来。她用两个手指夹住了飞刀，然后纵身进入一片漆黑的房间。一瞬间辨明了形势。一个漂亮的空翻，跃过了刘阳的头顶落在他前面，正好赶上其中一个杀手掷出的一把飞刀。

　　小龙扔出先前手指夹住的小刀，半空中打歪了正迎面而来的飞刀，随后抽剑虎视眈眈地盯着从窗子翻进刘阳房间的三个男子。原来就是想要杀蓝袍男子的三个人。小龙忽然猜到他们一定是错进了刘阳的房间。她暗暗地骂着自己，后悔没有相信直觉给刘阳换个房间。

　　小龙继续盯着三个闯进来的男子，他们三人互相对视着似乎不知道该怎么办。刘阳在小龙的身后，先将他的剑放在桌上，然后点上了蜡烛。烛光燃起来，照亮了房间的每个角落，突然隔壁房间传来一声巨响。

　　五个人登时一起盯着墙，仿佛能从墙上看出答案来。小龙转过身来想着趁他们三个还没有完全回过神来赶快把他们拿下。小龙用手指点了其中一个的脖子，诧异地发现他的内力抵抗非常强劲。小龙立刻调整她自己的劲力，用更强的功力压过了他的反抗。待他晕倒过去，小龙随即闪避一旁，躲开向她扑来的另两个同伙。

　　尽管在昏暗的烛光里，小龙仍然能辨别出他俩的动作且快又准。

可见他们不是新手，实属高手。但今天在饭店里，他们为什么如同见到鬼神一样飞快地逃避穿蓝袍的男子呢？

正当小龙思忖的时候，隔壁房间里又传来一声巨响。她皱起眉头，决定尽快地了结他俩。小龙手腕一翻，右边的一个男子肩头中针，即刻倒地。余下的一个向她扑来，她横移一步闪开了。他出招到一半即刻转身，想用剑截住她，她跳了开去。跃到半空又转了回来，见他扑向了刘阳。

小龙一声怒吼，跃上前一把抓住他的肩膀。他回身用剑刺向小龙。小龙侧身一转，剑锋刚好从身边擦过。小龙朝着他的后膝踢出一脚，他便倒在了地上，但又用剑往上向小龙刺来，被小龙一脚踢飞。剑飞了出去，深深插进了离刘阳脑袋不远的木墙里，剑身自顾自颤动着，吓得刘阳直咽口水。

小龙此时已经用剑柄猛击对手的头将他打晕。小龙见刘阳隔壁的房门被猛地撞开，两个男子雷霆般地冲了出来。小龙没有立刻理会两个男子，而是仔细查看被自己打倒在地的三个袭击者，确保他们至少不至于马上醒过来。

然后小龙匆匆地赶到刘阳的房门口。门外，穿蓝袍的男子正和一位蓄着长胡子的年长男子斗在一起。两人的脸上布满了决斗的坚毅神情，旁若无人地专注于对手。他俩的手脚舞成一团，功力之强令小龙吃惊。

仔细看着他俩的武功套路，小龙不禁倒吸一口冷气。刘阳突然也走到了门口，仿佛准备径直走向他俩。小龙赶快抓住刘阳的胳膊把他向后拉。小龙推着刘阳一起在走廊里向后退，一直退到安全的距离，才放开他。

两个格斗的男子突然停止了过招，停得特别突兀，各自后退了一步，面对面地站着。他俩一语不发，眼睛死死地盯着对方。尽管他俩纹丝不动，但小龙能够感受到他们正在进行一场殊死搏斗。两人中间流转着两股对峙的巨大气流。像小龙这样功夫高强的人，能够敏锐地感觉到他们两个内力的涌动如同海浪一般。

"发生什么事了？"刘阳问。

"他俩一动不动，可我能感觉到从他俩身上传来的能量。"小龙答道，又接着说，"这是两个人发功的作用了。假如有人走过他俩中间，肯定会被炸得粉碎。"

刘阳看了小龙一眼，又转头看两个格斗的对手："他们是谁？"

"江湖上有五位绝世高手的武功技臻极致。其中两位，一位叫蓝蛇，一位叫老豹。"

"是他们吗？"

小龙点点头："每位高手都有自己独特的武功绝技，他们的招数被无数的人钻研和模仿。两位高手的门人多年来互为世仇。无论什么时候，两派的弟子遇上了，都免不了一场恶斗。我猜闯进你房里的三个男子是老豹的弟子。很有可能，是想帮助自己的师父，可是他们三个的武功差得太远了，除了送命帮不了什么。"

两个格斗的男子还是相持着一动没动，客人们从自己的房间里涌出来，想探个究竟到底是什么搞出如此大的动静。有些人准备上前质问，但已经看出些名堂的人把他们劝回去了。

突然间，两个格斗的男子打破了雕像般的静止状态，跃入空中，他俩盘旋在半空不住地过招。蓝蛇在墙上猛踢一脚，立时出现了一个大凹坑。边上的一根柱子接着开始断裂了。

两个格斗的男子跃入大屋里面的开阔空间，依旧不停地过招，让人眼花缭乱。对于刚刚聚拢来的看客来说，两个人像是在空中飞。他

THE
GUARDIA
PALAD

们的每一击犹如是在对方的身上轻轻一抹，可是实际上每一击的力量都足以把一个普通人打成肉酱。两人坚忍着一言不发地格斗着，双方没露出一点点疲乏。

两个武功高手的殊死决斗给房子带来了毁灭性的破坏，整幢房子似乎快支撑不住了。他俩每次靠近直通房顶的大柱子时，合并的力量仿佛都会将柱子立刻劈断。此时，蓄着白胡子的男子跳下了一根柱子，登时传来一声巨大的断裂声。

木柱慢慢地从屋顶连接处断裂开来。他俩全神贯注地格斗在一起，对身旁的一切视若无睹，可周边所有观战的人都惊恐万状地盯着柱子，爆发出一片声嘶力竭的尖叫声。

柱子渐渐地开始倾斜，小龙诅咒着。她退到了刘阳的背后，借他挡住旁人的视线以便自己不被看见。然后伸手用魔力散布了一张动力网，顶住了继续倾斜的柱子。

小龙随即全力使柱子强行回到原来的位置上后，略略松了一口气。

与此同时，两个决斗的武功高手各选了一根柱子作为跳板借力冲向对方。两人拳风所带来的力量把在场的所有不会功夫的人都吹倒在地。

倒在地上看热闹的人慢慢爬起身来，震惊而又惧怕地、目不转睛地盯着两个在不停旋转的人影。而小龙却仔细地注视着两根开始破裂的柱子。她用魔力使得它们一点一点地回到了原位。

小龙抬头看着已经开始出现蜘蛛网似的裂纹的天花板。显而易见，如果两个武功高手继续进行这样猛烈的格斗，这幢房子今晚必定毁在他俩的手下。照此下去最好的情况恐怕是，屋顶不是整个儿地倒塌在他俩的身上。小龙的目光从两个武功高手的身上移到柱子和天花板上，然后又回到他俩的身上。最终，她做了一个勇敢的决定。或许不是个最明智的决定，但感觉还是值得付诸实践的。

她用面罩蒙上了脸，转身对刘阳说："告诉所有的人赶快撤出本幢楼房。"

刘阳会意地点点头，匆匆地跑了开去又转了回来："你想要干什么？"

"做点儿蠢事。带上所有你需要的东西。必须尽快撤离，假如我也来得及逃出楼房。"小龙将最后一句话说得很轻，恐怕刘阳压根儿没听见。

正在小龙和刘阳说话的时候，另一根巨大的沉重木柱子也开始断裂了。小龙闭上眼睛，将自己的意念沉入魔力中心。她进入了魔力与人合二为一的境界。在这种状态下，她的魔力是强大无比的，同时又是变幻莫测的。她必须有足够的自控力才能使魔力的利大于弊。

小龙完全进入状态后，睁开双眼并深深地吐了一口气。此刻在小龙的眼里，世界仿佛有了一个新的维度。所有的事物外表环绕着一层闪闪发亮的波涛，裹上了一层发光的膜。小龙似乎能目睹流行于万物中的气。

小龙无视周边所有事物发出的能量，首先将注意力集中在倾斜了的柱子上。手指一弹，一股弧形劲力飞向柱子并立刻被推回了原位。接着走上前，一步跃上栏杆跳下楼去。当小龙忙着复原柱子的时候，蓝蛇和老豹早已跳下了楼，在各种木头家具中间腾挪闪避，满地都是散落的椅子和没有及时逃的客人。

小龙从楼上跳下的时候，用内气控制了下降的速度，落地时几无声息。蓝蛇和老豹仅在离小龙两丈远左右的地方，他俩再次面对面地站着，互相怒视着，注意力全部集中在对手身上，无暇顾及周边的一切事情。

此时的小龙神识全开，目睹着蓝蛇和老豹二人的能量似一束束在空中连续涌动的光柱。他俩之间的空间充满了闪光和强大的能量。蓝蛇和老豹对着发力时，起先在中间的一张桌子立刻碎成了木片。想要尽快阻止他们的格斗，最有效的方法是站在他俩的中间。

小龙毫不犹豫地向前走去。一开始，她的感觉是正常的。可是离他们越近越难以朝前。当小龙接近蓝蛇和老豹时，他俩的内力同时击在她的身上。小龙把牙齿咬得紧紧的，继续向他俩的中间走去。她用内力将自己浑身上下裹了起来。假如此时不保护自己，魔力也无济于事，很可能自己早被撕成碎片了。随着他俩不断地发出强大的内力，当小龙接近中间时逐渐感觉头痛了起来。

然而，小龙还是继续坚持着，她知道自己的魔力完全倚赖于意志力和信心。假如对自己超能力的信念稍有动摇，魔力也会让自己失望并无法得到预想的效果。带着强烈的自信和毅力，小龙继续踏步向前，一直走到蓝蛇和老豹的中间即他俩内力对抗最强的地方。中间区域的气压大得几乎使小龙无法支撑，但她压下他们的内力随即迸发出一声轻蔑的吼声。

当小龙正准备对蓝蛇和老豹说话的时候，他俩依然无视她的存在，同时发力迎面对冲。小龙立刻意识到，如此抗衡一定会造成伤害。她张开双臂，双掌对着两边，皱起眉将自己也准备好了。

蓝蛇和老豹越冲越近，他俩只是全身心关注着对手。在离小龙只有不到三尺的时候，突然被小龙的魔力震得向后疾飞而去，重重地撞在各自后面的墙上，整幢屋子从上到下都被震动了。

与此同时，小龙也几乎摇摇欲坠。她刚才所发的魔力产生了巨大的后坐力，对自己的身体产生了极大的震荡，令她受了内伤。她尽力稳住了自己，站立在原地。此时，蓝蛇与老豹的弟子们火速地从楼梯上奔下来涌到他们各自的师父身边。

蓝蛇和老豹还在不停地咳着，显得非常虚弱，但他俩的内力依然强劲。他们受的不是致命的伤，休息几天，便能恢复元气。可他们各自的弟子们试图为难小龙，觉得她伤了他们的师父和他们的尊严。

小龙仍然站在原地，尽量不使自己因为疼痛而坐倒在地上，而蓝蛇和老豹的一些弟子已拔剑开始向她靠拢来。小龙瞥了蓝蛇和老豹的弟子们一眼，还是宁静地站在原地。以她目前的情形，任何一点急剧移动都能造成她所受的内伤无法治愈。

一个弟子持剑向小龙刺来，她举起手用手指夹住了剑锋。手腕一转，剑刃啪的一声断成两截。手腕再一动，手中的半截断剑向外飞了出去，钉在这个弟子双脚中间的地板上。

没等小龙调匀气息，另一个弟子提剑又冲了上来，短剑对着小龙的脑袋削来。在剑尖离小龙的眼睛只有一指之距时，她抓住了他的手，一拧痛得他叫了起来，松开了握剑的手。小龙及时地反转了剑刃将其扔在地上。

正当众多弟子像狼一样扑来的时候，蓝蛇和老豹喝止了他们。他俩艰难地站起身来，显而易见，今日他俩之间的格斗无法再进行下去了。同时，他们的荣誉感也绝对不允许自己的弟子以多欺少对付这个神秘的剑客。蓝蛇和老豹先后向小龙躬身行礼，承认了小龙的胜利，然后由各自的弟子们搀扶着出了门。待蓝蛇和老豹他们离开了客栈，刘阳飞一般地冲下楼梯奔到小龙身边。直到这时，小龙才释放了自己的魔力。登时，粼粼波涛般的荧光消失了，她的视觉又恢复了正常。

小龙的表情痛苦，顾不上周围的一切变化。刘阳抓住了她的胳膊以防止她摔倒。"我们必须赶紧离开这里。"小龙哼着。

刘阳紧盯着她："现在不行啊，你快要晕倒了。"

"非得马上走。"小龙命令道，挣扎着自己走向客栈门口，可是刘阳不让她走。

"现在你得躺下来或者坐着休息一会儿。我简直不敢相信你所做的一切，居然还站得住。"

"我真的站不了多久了，假如你再跟我磨蹭。"小龙咬着牙冲刘阳说。

刘阳终于点点头，跟在小龙后面向门口走去。客栈里一片安静，所有的人目送着小龙和刘阳出了客栈门。小龙在门外向四周看了看，然后朝着路尽头一小片树丛走去。她的步子很慢，刘阳走在她身边，心中不知如何是好。

小龙和刘阳来到树丛边，突然停了下来，立刻倒地而坐。她盘腿而坐，双手左右相对放在胸前。她将聚在身体内的能量慢慢地通过双掌释放出去。能量在她的双掌之间交相弹跃，直到慢慢地散发到夜空中。

一点一点地，小龙将蓝蛇和老豹两位武林高手贯进她体内的能量慢慢地清空了。她终于睁开了眼睛，瞧见刘阳已生好了篝火："看来你也能不烧着自己而点燃篝火嘛。"

"整整花了十几分钟。"刘阳笑着抱怨道，"先前在客栈里到底发生了什么事？"

"我做了一回傻瓜。"小龙叹口气说，"假如我没有魔力，早被撕成碎片了。"

"我在宫里也听到过有关蓝蛇和老豹的传说。记得他俩最后对你做了什么吗？他们向你行礼哎。"

"知道。"

"你难道不高兴吗？"

"一点儿不高兴。"

"为什么？"

"我差点死在他们手里。"

"他俩向你致了最高的敬意。"

"这对我没什么用。"小龙说，"真的该感谢他俩的这场格斗，客栈几乎被夷为平地。会有很多人受伤，假如不造成死亡的话。太没有责任感了，他俩只顾着自己报仇，或者连他们自己都不清楚引起这场格斗的理由。我对他们毫无敬意，也不在乎他们对我的敬意。"

刘阳闻言思考了一会儿，隔着火光望着她："也许，你是对的。"

"你能帮我一个忙吗？"

"说吧。"

"现在我跟你提一下，希望你永远不要忘记。人们说权力导致腐败，但不完全对。依我之见恰恰是崇拜，太过于尊敬一个人才会出问题，这比任何东西都容易滋生腐败。"

18^章

第二天一早，小龙和刘阳发现昨夜他俩宿营的小树丛，原来是一大片森林延伸出来的一部分。他俩出发时，小龙坚持要顺着一条小径走，而且只在林间穿行。她不想被昨夜客栈里的任何人跟踪。

走在浓密的林间，忽然听到盔甲的碰撞声。他俩靠近路边，看见一队巡逻士兵经过。他们身着装饰精致的皮质盔甲，被一层厚厚的灰尘覆盖着。巡逻兵趾高气扬，斜睨着路上不多的几个农夫。

他们的大旗上绣着"武"字和"丁"字，说明他们是丁侯的人。前方不远，小路分岔，巡逻兵消失在一条路上。他们走远后，刘阳问："是丁侯的人吧？"

小龙白了刘阳一眼。

"想必我是对的？"

"我们可能已经越过了州界。之前没听说丁侯的势力扩展到这么远。看来他比任何人预期的都更加强大了。他是否准备把陈柳也占了？"小龙边走边皱起了眉头。远处出现了几间楼房，小龙碰碰刘阳："我们去镇里。丁侯应该是不久前才占了这个镇。镇上的人应该知道丁侯的部队下一步要打哪里。"

"现在我们不怕被人看见了吗？"

"对。"

"为什么呢？"

"因为我说的。快走吧。"

小龙带头走上了大路，刘阳急忙跟了上去，笑嘻嘻地翻了个白眼。

他们没有引人注意就进了镇里，其实附近没有什么人。有一两幢房子已经被烧得只剩灰烬。但多数房屋没受到大的损失，不过许多木头碎片在地上撒得到处都是。几只癞皮狗在废墟中穿来穿去地觅食，头顶上时不时有鸟振翅飞过，只是不见一个人。

简直像是一座鬼城，他俩继续在镇里向前走着，转过一个街角时发现了许多镇民。仿佛整个镇上的人都集中在了广场上。每一个人都注视着广场中央的木头平台。上面坐着一个着深色袍子的胖子，面前的桌子上放着毛笔和其他文具。他的身后立着一队侍卫，广场周围还有更多的士兵。

在平台的中间，有一根木柱高高耸立。小龙的目光又闪回到平台的桌子上，她注意到桌子上面的一个竹筒里插满了一根根薄薄的竹片。小龙又望了一眼木柱摇了摇头，希望她的猜想是错的。

小龙招手让刘阳跟上，她向着人群走去，隐入其中。她发现镇民不是完全沉默的。他们都压低嗓子交谈着，大概不想引起侍卫的注意。

卫兵们看上去既可怕又愤怒，可是奇怪的是，他们的愤怒好像是冲着自己来的而不是对镇民。

小龙和刘阳在人群中慢慢向前，停在一个年龄跟他俩相仿的男孩子身边，他的手紧紧握着剑柄，指关节已经发白了。小龙问道："发生什么事了？"

少年冷不防吓了一跳，没想到有人站在他旁边。少年看看小龙，深吸了一口气才回答道："丁侯的人两天前横扫了我们的小镇。镇上的多数人没有反抗就归顺了，可是有一小部分人反抗了。丁侯的士兵把反抗的人打败了，还抓了领头的。他们现在准备处决领头反抗的人。"少年重重地吞咽了一下，望着柱子，"丁侯想杀鸡儆猴，派了他的亲信过来，准备行凌迟之刑。"少年说完了，仿佛异常痛苦。

小龙看着少年，好像洞察一切似的点点头。她身边的少年快速环视了广场，目光接上了其他几个年轻侠客。她随着少年的目光，暗暗记住了其他几个年轻侠客的位置。很显然少年们准备救他们的首领。小龙退后几步回到刘阳身边，刘阳正一脸疑惑地看着她。

"丁侯准备凌迟处死一个不愿意归顺的反抗者。"

刘阳用惊恐和震惊的目光看着她："我父皇早已经颁了禁止使用凌迟之刑的禁令了。"

"丁侯只是一个小地方的侯爷。全国大概零星散布着几百个这样的军侯。匈奴都打到家门口了，谁还有时间去管理这些人？"小龙回道。

"可是……"刘阳刚一开口就被小龙的手势制止了。

两人把目光转向左边，看见一队士兵分开人群走了过来。士兵穿着整套的盔甲。他们的目光警惕地来回扫射。似乎都是些久经沙场的，用极不信任的眼光窥视着镇民，仿佛周边的镇民随时会抽出剑来。他们的手都在剑柄上，时刻准备着。

士兵们互相靠得很紧，看不见他们中间押送的究竟是谁。小龙用眼角余光瞟到了一些动静，刚才跟她讲话的少年此刻似乎全身都僵硬了，同时更紧地握着剑柄。

小龙转身关注眼前的整个广场情形，士兵们围拢在通往平台的阶梯口。士兵中走出一小队，拖着一名年轻女囚犯上了台阶。姑娘的双手被反绑着。已经受了严刑拷打，状况看上去糟糕透了。可姑娘的眼中充满了蔑视，而她的嘴角带着一丝决绝的笑意。虽然姑娘的外表惨不忍睹，却保持着异常的沉着和自尊。姑娘给小龙留下了极深的印象。

此时，士兵们推着姑娘来到那名胖子官员面前。胖子费劲地站起身来，拍拍身上的袍子抚平褶皱，从桌子后面俯身看着姑娘，冷笑着。"跪下。"胖子命令道。

姑娘瞪了他一眼，向地上啐了一口但却站着不动。

官员示意士兵们强迫姑娘跪下，可她不屈不挠。最后，一名年长的士兵走上前来，一拳打在她的肚子上，他们终于强行使她跪了下来。

胖子官员这时开口道："陆芳，你被告违反丁侯大人的命令。另外，你还煽动一些有不满情绪的民众，利用武力推翻你们的保护者。你可认罪？"

"我认不认罪有何用呢？"陆芳反问道，"反正你们早已决定要杀了我。我才不会临死前乞怜。"

胖子官员重新坐下，恶毒地笑着："这就等于你承认了自己的反叛罪行，我们只有一种刑罚处置叛逆者。"

小龙和刘阳从站的位置，可以毫无阻挡地看到所发生的一切。陆芳完全明白这意味着什么。她的脸色发白，却仍然保持着镇定。"还等什么呀？快点动手吧。"她开口说道，声音没有一丝一毫的颤抖。

胖子官员没有理会陆芳，用手指从一把竹签中选出一支，上面刻着四个字。他把竹签扔到地上，宣布："处以凌迟之刑。"士兵拖着陆芳到木柱前。一群士兵把陆芳团团围住，将她的双臂绑到了柱子后面。待一切就绪，胖子官员的声音又响了起来："请行刑官。"

此刻，陆芳的目光迅速地扫视了一下人群，很快地发现了她的五名伙伴。他们紧紧地盯着她，她显然知道她的伙伴们想要救她。她想用目光告诉伙伴们快走，但他们毫无退缩之意。很明显，这些愤怒到极点的伙伴们，此时不再听从她了。

与此同时，小龙向陆芳的五个伙伴瞟了一眼，确定他们还没有马上动手的意思。五个年轻人互相交换着眼色，但似乎不知道该怎么着手。广场上的镇民们都紧紧地盯着胖子官员，紧张和恐惧的情绪压抑着所有的人。多数人拒绝正视陆芳受刑。镇民们显然是被逼着来到广场上的。小龙多么希望镇民能待在家里，真不希望有这么多的人目睹自己劫法场。小龙摇头驱散这些想法，她的手偷偷地伸进口袋里扯出一块黑布。

"你想干什么？"刘阳小声说。

"你什么都不准做。"小龙坚决地回答道，"我要去救她。"

"要不要我引开士兵？"

小龙还没来得及回答刘阳，一个身材瘦长目光闪烁的男子走上了高台。他圆球般的眼睛扫过人群，然后转向胖子官员行了个礼。一排样子可怕的小刀子挂在他的腰带上，他的出现使人们不禁倒吸一口凉气。

虽然千刀万剐不是常用的刑罚，但还是有职业的行刑官专门执行这一极其残忍的刑罚。大多数时候，这些行刑官其实很享受这一刑罚，会想方设法让受刑者慢慢地死去。

行刑官行完礼，走过去仔细地打量着陆芳。绕着她走了一圈，一边拿手指抚着一把小匕首的刀锋。陆芳控制着自己的目光不跟着他转。最后，他走到了陆芳面前说："害怕吗？"她没有回答。行刑官笑着说："不准备说话吗？可能坚持不了多久。"

行刑官从腰带上选出了一把带有锯齿的小刀在陆芳面前挥舞着。"从这一把开始吧，好吗？"他把刀凑到陆芳的脸前，陆芳不由自主地想避开去。行刑官大笑，放下了小刀。

19^章

在最后的一瞬间，小龙射出一枚银针打落了行刑官手中的小刀。士兵们四下寻找，可谁也不知道暗器是从哪儿发来的。行刑官受了挫折，却又不肯放弃，伸手拾起刀，怪叫一声松了手，这下引得台下人群发出了一阵嘲笑。他俯身查看被打落在地上的刀，用手捏着刀柄提了起来。小龙的银针打穿了整把刀，可刀还依然钉在刀柄上。

作为一个老江湖，行刑官此时明白，一个劲敌在阻止他继续执刑。他在人群中扫了一圈，没有发现什么可疑人物。他最终觉得，有这么多士兵保护，仅仅一个劲敌有什么可怕？于是他又拣出一把刀，还没等他动手，手中的刀再次被打落。

与上次一样，士兵们仍然不知道银针来自哪里。行刑官暴怒得大吼一声，转身对着人群。从腰带上取下一把匕首，一上一下地翻弄着。突然，手腕一翻，利刃向人群疾飞了出去。他估摸着假如有人出手打落小刀，能够在台上看得一清二楚。很可惜，他再次失算了。

小龙早预见到了他的诡计，行刑官的小刀乍一出手，她的两枚银针就已射了出去。一枚针啪地打在匕首上，将它哐唧一声打落在高台上。另一枚银针击中了行刑官的肩头，将他立时打晕了。

一时间，台上台下一片讶然寂静，每个人都在回想突然发生了什么事。此刻，胖子官员在桌上猛拍一掌："谁干的？即刻现身，不然性命难保。"不出所料，无人听令也没有人移动。"如果凶手再不出来，抓几个农夫杀头。"胖子官员最后下令道。

过了好一阵子，两个士兵犹豫着上前来执行命令，可是莫名其妙地摔倒在地。另一名士兵指着陆芳，用恐惧的声音颤抖地说："是她，是这个姑娘干的。她肯定是个女巫师。赶紧杀了她，一了百了。"

彻底吓疯了的士兵们，一下子扑向陆芳。还没等士兵们靠近柱子，小龙就蒙上了面，一跃飞入空中，落在柱子旁。她的剑已出鞘，她一边挥剑砍断了绑住姑娘的绳子，一边警惕地盯着吓得不住往后退的士兵们。

陆芳震惊得有片刻不能动弹，她很快把身上的绳子抖落，离开了柱子。她的同伴们此时都纵身跃起，一个个落在她的身边。刘阳也跟了上来，跃到了小龙身旁。小龙瞪了刘阳一眼："跟你说了，什么都别做的呀。"

刘阳望着小龙笑道："总不能让开心的事全由你一人独占了，你说呢？"

"事情马上会变得越来越糟的。"陆芳看着腾地跳了起来的胖子官员说。

他站起身来，声嘶力竭地叫嚷："把他们全抓住。"

士兵们面面相觑，四下散开去包围众人。原先在广场四周的士兵们向着高台移动过来，可是被密密的人群死死地挡住了。虽然士兵们都气急败坏，但也没蠢到直接对抗愤怒的民众。士兵们只是站在广场边上，任由人山人海的镇民把他们跟同伴分隔了开来。

与此同时，台上二十多个士兵包围了小龙、陆芳和她的五个伙伴，不安地盯着他们七个人。士兵们持剑逼上前来，小龙踏前一步，目光炯炯地注视着士兵首领的眼睛，低声道："你最好不要跟我动手。"

士兵首领皱着眉头，似乎犹豫不决："有令在身不得违。"

小龙会意地点点头，把剑收回鞘中。然后双手后拉，猛地用力推出，将三个士兵击得向后飞了出去，顺着高台滑到了另一边。一会儿工夫，三个士兵站起身来，眼睛大睁并充满了惊恐。台上所有人都望着小龙，她的目光牢牢地锁住了士兵首领的眼睛。

士兵首领咽了一下口水，很快稳住了自己，指着几个被银针打倒的士兵说："他们还能好吗？"

"半个时辰后会醒的。"小龙回道。

士兵首领点点头，然后慢慢把剑收回了鞘中，向手下做了个手势，士兵们都跟着收起了他们的剑。站在广场四周的士兵们也都收了武器。"好吧，我们走。这是我们最后一次替丁侯卖命了。"闻言，人群中响起嗡嗡的赞同声。士兵首领点点头，转身对着人群说："请原谅我们跟错了人。"他带头往台下走，可是人群不肯让开。

此刻，台下人群中一位膀大腰圆的男子叫道："让士兵们过去。"

镇民们马上纷纷地退到两边，腾出中间一条走道让士兵们通过。士兵首领冲着大伙儿不住地点头，带着士兵们离开了。

士兵们撤完了，气得胖子官员张口结舌。这会儿，他一个人站在巨大的桌子后面，眨巴着眼睛完全傻了。

指挥大家给士兵们让路的男子走上高台，对胖子官员说："回去告诉你的主子，假如他胆敢再来的话，我们一定出城迎战他。"

胖子官员只是愣愣地盯着他，陆芳走上前去一把抓起胖子官员的前襟："听见我叔叔的话了吗？"胖子官员点头如捣蒜，陆芳一把将胖子官员推向台阶："趁我还没有以牙还牙之前，赶紧滚开吧。"胖子官员脸色苍白地匆匆奔下台阶，一路小跑着溜出了镇。

胖子官员刚从众人视野中消失，陆芳的叔叔便开始高声号令起来了。他先让几个男子抬走还不省人事的行刑官并看押起来，然后指挥大家组织防御，而后去邻近的村镇报警。一会儿，广场上只剩下陆芳和她叔叔，还有她的伙伴们。

小龙招呼刘阳他俩该走了。她朝一条横街的方向歪了歪头，想在人们开始发问之前离开。刘阳一个劲地摇头，小龙瞪着他，但还是妥协了，她摘掉了自己的面罩。

陆芳的叔叔转向小龙和刘阳，对着小龙深深地鞠了一躬："我叫陆峥嵘，谢谢你救了我傻侄女的命。"边说边转身对着陆芳，"说过多少次了你都不听。你是怎么想的？想救我吗？你被士兵们抓走，你父母知道了会怎么说呀？"

陆芳坚定地望着她的叔叔："父母亲一定同意我的做法。你是头儿，你的命比我的更值钱。如果你当时没有从屋子里逃走，也不会成功地组织整个镇的人起来抵抗。"

"尽管逻辑是对的，但你实在是个笨蛋。"先前跟小龙说过话的少年说，"你为什么让士兵抓住你呢？"

"拿我的命换你们大家的。"陆芳回答说，"觉得这笔买卖不错啊。"

"你真是疯了。"一个肤色白净扎着长辫的姑娘说。

"也许吧，不过我们不都活着吗，是吧？"陆芳问。

长辫的姑娘哼了一声，用手中的矛点着小龙和刘阳说："因为他们俩恰好在千钧一发之际出手相救。不然的话，我们都得死。我叫白凤。"

少年侠

其他的几个人也都各自报上了自己名字。起先小龙认识了的神情紧张的少年名叫沈不逊。一个身材极高、臂上刺满了文身的少年，叫阿特兰，他是从遥远的北方来的。还有一名身材魁梧的少年名叫向朗，他使一把挂着连环的阔刀。这几个人中的最后一位，是一名身材娇小的姑娘，却使一把巨大的戟，她说自己名叫薛丽红。

陆峥嵘微笑地看着小龙和刘阳说："两位不妨跟我们一起来，至少让我们请二位吃一顿便饭。"

刘阳抢先答应了，哪怕小龙想反对也为时已晚了。"多谢了，我已经饿坏了。"小龙转过头瞪着刘阳，可他却毫无察觉。小龙只好叹口气跟着众人去了，可她觉得刘阳是有意无视自己。她在心里暗骂了刘阳几遍和他的不分青红皂白地表示友好的性格。

这时刻，小龙和刘阳真不应该吸引太多的注意力，特别是昨晚在客栈发生了那一切之后。假如有人想要追踪小龙，实在是太容易查到她这几日的所作所为了。

当他们穿过重新恢复了熙熙攘攘的街道时，小龙迫使自己保持平静。她明白自己有时过于偏执。父母亲所谓的"叛乱"已经过去五年了，很可能没有人在追捕自己了。如果她是个男孩，也许情况会不一样，但是谁会把女孩视作威胁呢？或许现在可以让自己稍稍放松一下警惕了。

小龙摇摇头叹了一口气。她近来变了很多，连她自己也不明白这些变化是好还是坏。小龙感觉到刘阳至少在自己的变化上起了关键作用。她不可能永远埋葬自己的感情。情绪迟早会沸腾起来。可小龙还无法让自己真正地快乐起来。她每次放松警惕，总会有不好的事情发生。

一会儿，大家来到了一家客栈，一位拄着两根拐杖的老翁迎了出

来。当他看见陆芳的时候，不禁笑了起来："我一听到消息就一直在
等你回来。"他向众人点点头，也对着小龙和刘阳微笑，好像是早就
认识了他们似的。他张罗着让大家进了客栈，虽然挂着双拐，可行动
却是异常灵活。老翁带路向一条走廊走去，用他的拐杖撞开了门。
"我让跑堂在这儿摆好了酒食，没有人会来打扰的。要什么尽管招
呼。"还没等回答，老翁就匆匆地走了。

陆峥嵘笑着摇了摇头。他自然而然地当起了主人，把年轻人赶进
了房间，一脚踢上了身后的门。房里圆桌上堆满了碗碗碟碟佳肴。大
家坐了下来，小龙的右手边是刘阳，陆芳坐在了她的左侧。

不出所料，刘阳跟其他几个人一样，一坐下便一头扎进了食物
里。陆芳转脸对小龙笑道："我还没有正式谢过你的救命之恩呢，不
是吗？"

她正准备继续说下去，刘阳打断了她："这里到底发生了什么事
情？"

"两天前，丁侯的军队来了。"陆峥嵘回答道，"没人想到丁侯
会来，我们根本没有准备，所以我命令大家先不要抵抗。"

"有人告密说我叔叔是当地的非正式领袖，因此很快有一队士兵
直向他的家里扑去。"陆芳说。

"所以我们六个人去袭击了士兵，"薛丽红接了下去，"想让峥
嵘叔有足够的时间通过暗道逃走。"

"可没料到，士兵们却把我们包围了。"阿特兰斜着嘴笑着说。

"我们边打边突围，但陆芳要我们快跑。"沈不逊不满地说着，
拿眼睛瞪了她一眼。

"我们蠢得竟然听了陆芳的话。"白凤说，"我们一跑，她转身
扑向士兵们。等我们回过神来，陆芳已经故意让士兵捉住了。"

"怎么没完没了，是吧？"陆芳问。

"当然啦。"白凤回嘴道。

"难道能救大家的性命没有意义吗？"陆芳问道。她的朋友们互相对视了一下，然后牢牢地盯住她，一起摇了摇头。陆芳叹口气转头向她叔叔求助。

"我也不同意。"陆峥嵘跟她说，"还没跟你算完账呢。"

"如此说来，估计丁侯也不会这么轻易放过我们的。"沈不逊说。

白凤表示赞同地点点头："待没用的胖子官员一爬回去，丁侯一定会增派人手前来镇压。"

"我们该怎么办呢？"阿特兰想知道。

"先下手为强。"陆芳开口说。其他人望着她，咀嚼着她话中的含义。

"你不是认真的吧？"陆峥嵘顿了一顿说，"这等于是以卵击石。"

"留在这儿等军队打上门来不是自寻死路吗？"陆芳不服。

"说得有道理。"白凤说。

"猜你会这么说的。"薛丽红驳道，"不管是谁接管，谁又能保证不会像丁侯一样残暴？实际上，丁侯还有可能来报仇。假如我们能够得手。"

"我不是说去暗杀丁侯。"陆芳抗议道。

"什么？"沈不逊问，"你建议我们直接去打丁侯？"

白凤看着他，翻了个白眼："你什么也不明白。"

沈不逊瞪了她一眼，转头对陆芳说："这是疯了。丁侯有一整支军队在保护着。我们根本近不了他的身。"

　　"我有一个计划。但我们需要小龙的帮助。"陆芳转头看着小龙，"你觉得怎么样？"

　　小龙还没来得及细想，便点点头。

　　陆芳咧开嘴，笑着望着她的伙伴们："计划能成功。"

　　"每次陆芳露出这副表情，我们就肯定会有大麻烦。"阿特兰顺从地说。

20 ^章

班超弯下腰透过墙上的铁栏杆偷偷向另一边看，可朱成一胳膊肘捅开了班超，因为她想自己看。两人推来搡去的抢到最后打了个平手，于是同时跪在地上眯起眼睛往墙的另一边看。他俩的眼睛过了一阵子才适应了明亮的光线，当终于看清楚了面前的景象时，差一点失声大叫。

墙的另一面是一处围了木栅栏的牢房。屋顶上垂下的灯笼里，有明火不停地闪动，地上铺着脏脏的稻草。稻草之下，尘土布满了石头地面，水不断地从一面窗口流下来。牢里似乎没有人，可是牢门外面站着许多人。

一个五大三粗衣着破烂的男人正在开牢门的锁链，他推开木门，门砰的一声重重地砸在牢房墙上。他退开一步，两个打手将一名男囚犯推进了牢房。狱卒猛力推了一把男囚犯，囚犯重重地摔向铁栏，班超和朱成连忙后退。

囚犯慢慢地爬起来，离开了铁栏，他身着华丽的服装。班超和朱成再次靠近铁栏杆时，恰好瞅见两个打手用力地关了牢门。眼见着打手和狱卒出了牢门，狂躁的囚犯疾骂不停。

班超拉拉朱成的袖子，两人退回到走廊里。班超轻语道："囚犯是这里的县令。"

"什么？"朱成惊得大声喊道，忽然想起来现在必须轻声说话，赶紧吐了一下舌头。

"帮主已经开始动手了。记得起先我与你提起过帮主要夺县令的位置吗？他已经准备就绪了。"

朱成思索了片刻，脸上的表情变得严肃了起来："还等什么呀？我们去救县令。"恰在此时，忽然听见有人提高了嗓门咒骂，朱成和班超又赶快回到铁栏前。

县令径直走到牢房栅栏前对着牢外一位双手抱胸的中年男子大叫着。看着站在牢外的男子架势十足的样子，朱成思忖着应该是帮主。帮主脸上带着戏谑的笑，平静地听着县令咒骂，仿佛县令在他的眼里不过是一只蚊蚋而已。

骂声终于停了，帮主松开抱在胸前的双手，上下打量着气得冒烟的县令。他抬手打了一个响指，脸上的笑意更深了。

两个打手从走廊一头走过来，从腰间抽出了佩剑，上前打开了牢门的锁链。

朱成压根儿没与班超商量。她目测了铁栏的大小，确定自己能穿过后，便一跃而起。她脚带内力，猛地一脚踢向铁栏，铁栏一下子被踢得飞出了牢房。

班超没来得及拦朱成，她已飞身从开口处跳进牢里，落到了震惊的县令身前。

朱成身上的衣服还在滴水，抽出剑瞪着两个打手，同样受惊的打手不禁往后猛退。班超从开口处爬进去后，又把在场的人吓了一跳。由于班超直接摔倒在地上，他的出场姿势比朱成的差远了。班超手忙脚乱地爬起身来，满身上下全是稻草。

帮主首先稳住了自己，打了一个响指。立刻又出现了五个打手，所有的狱卒也都一起围了上来拥在牢门口盯着牢里的三个人。

"我不知道你们是谁，"帮主轻蔑地说，"不过你们很快会见识到我的威力。没有一个人能不付出代价而偷偷地进入我家。我不知道你们是怎么进来的，但可以保证你们肯定出不去了。杀了他们。"

作为对帮主的回应，班超抽出佩剑踏前一步和朱成并排站在一起。班超示意县令站到他俩的身后，县令马上照着做了，好像还没有完全从震惊中醒悟过来。

与此同时，朱成的目光在忙着开牢门的打手和他头顶上的灯笼之间来回溜着。她眯起了眼似乎有了一个计划。

打手一打开牢门，朱成立刻冲上前去，一个旋身踢向了木门。一扇木门向外爆裂，恰好击中另一名打手的胸口，将他撞飞到墙上。朱成旋即冲出了牢房，立刻挡住了刺来的一剑。她将剑推了回去，顺势一转，手肘一下子击中持剑人的腹部。他弯下了腰，她一把抓住他的肩膀，猛地一发力，把他扔了出去。

接着，朱成朝帮主追了过去，可帮主躲进了走廊，同时大声地呼唤更多的打手。看见越来越多的打手涌进了屋子，朱成舞剑挡住了打手。她的眼角瞥见班超也正与几个打手过着招。

又有三个护卫冲着朱成而来，于是她跃上了半空。她一边躲开他们的利刃一边用力地踢开他们，伸手从房顶上拉下一盏灯笼。三个护卫仍然朝她奔来，她趁势弹开，一路奔跑一路踢中了三个杀手的脸。

朱成落回班超身旁，着实吓了他一跳，差点失手挡开打手刺来的一剑。她脸上闪过一抹微笑，将灯笼一下子塞进班超的手中。上前一步挡在他的身前，重重地挥出了一剑，把几个打手击得滚了开去。

他俩在牢房门口扫出了一个可供腾挪的空间。班超在朱成的身后，跟着一起往后退，一路后退到牢房前窄窄的走道上。走道里每次只能容纳两个打手跟朱成面对面地打，如此一来，朱成可以轻松地击退打手。

"你在干什么？"班超质问道，急着想找个出口冲过去。

"你带县令先走。"朱成命令道，同时一拳打在一个打手的脸上，又踢中了另一个打手的肚子。

"我不能把你一个人丢在这里。"班超叫道。

"你没有选择。"她答道，"你早点带县令走，我就能早点脱身追上你。你马上给我走，省得我转身，拿剑狠敲你的脑袋。"此时有两把剑一起朝朱成刺来，朱成仰身向后，剑身在胸前一横挡住了两把剑。她猛一发力，挡了回去，一翻腕将两个杀手的剑全部震落。"你到底带不带县令走？"她大吼道。

班超被朱成气坏了，可想了想还是决定先听从于朱成。他转身拉着县令，带他朝墙上的出口走去。县令先爬出了洞口，班超也跟着爬了出去。

班超拿灯笼在四下照着，觉得还是按原路返回安全。走了没多久，班超想起一位朋友曾经说过，沿着帮主家里的蓝色的标记走，才能找到出口。

班超一路走得很急，几乎错过了蓝色的标记。他猛地停下，身后跟着的县令差点撞上了他。班超用手摸索着蓝色的标记，将灯笼提得高高的。

"是这个吗？"县令指着一个半截埋入墙上的把手问。班超点点头，县令伸手向外拉了拉。起先不见一点动静，随即响起一阵咔嗒声，一面墙登时开了。

班超把灯笼伸进去看见了一排梯子，随手将灯笼递给县令。"待在这儿。"他命令道，"我先去看看。"班超抓住梯子，在黑暗里向上爬。过了一小会儿，爬到楼梯的顶端，他的手碰到了房顶。又摸到了另一个把手，班超做了最坏的打算，一下子将把手拉开。只听到咔嗒一声，房顶向上一翻移向了另一边。

班超把头伸出去看了看，是一个通向房顶的出口。他用脚在两边滑道上一点飞身上了屋顶。转身从洞口看下去，瞅见县令站在滑道底。"上来吧，没问题，灯笼留在下面。"班超对着下面大叫。

县令匆匆地放下灯笼，爬上梯子跟着班超一起上了屋顶。"你的朋友怎么办？"他问。

"我还得回去。"班超回答，"从这儿能自己找回去吗？"

"能。我会带着人手来，把这里包围起来。"县令说，他的表情因愤怒而严厉起来。

班超扶着洞口的边缘伸脚去找第一级梯阶。

"谢谢你所做的一切。"县令说。

班超点了点头便消失在滑道里。滑到底后，他拎起灯笼重新顺着自己的脚印，循着墙边隆隆的脚步声跑了过去。

朱成继续在牢房里与打手们格斗着，她压根儿没打算和班超他们一起逃。班超和县令一走，朱成一路向前打去，不能让帮主逃走。必须使帮主受到正义的审判，哪怕自己非得先打倒成千上万个打手。

朱成仿佛确实是在跟数以万计的人交手，打手们一刻也不停地涌进屋子。朱成双拳出击，内力随拳头送出，将面前所有的对手打得退后了几尺。她走出牢房，一脚把已经损坏的门踢得又关上了。她不想让任何一个打手从身边溜进去，趁机追赶上班超和县令。

然后她把剑收回鞘中，准备好好干上一场。她脸上闪现出狼似的微笑，哪怕最凶狠的打手都会为之一颤。这个奇怪的姑娘不知是从哪里来的，这么多打手却无法将她拿下。

145

　　此外，打手们看见她眼中的胜券在握的光彩。大部分打手觉得她大概疯了，可是一些聪明的打手却偷偷地溜走了，不想再跟这个眼睛大大、脸上挂着嘲讽的姑娘纠缠下去了。

　　虽然剩下的打手团团围住了朱成，她却伸出手指挑衅打手上前。朱成低头躲过第一柄向她挥来的剑。可挥剑的打手却无法收住自己的脚，顺着剑势向朱成左边越过，朱成一把抓住他的肩膀，利用惯性将他扔到了同伙身上。

　　下一个打手也没有太好的运气。

　　朱成扔出第一个打手时，第二个打手移步躲开了。然后他挺剑直指朱成的心口差点击中目标。可朱成只是懒懒地举起左手，轻轻一拨把他的手臂推到一边，剑尖也无伤无害地避过了她的身体。然后她举起了另一只手，狠狠击中了他的胸口。第二个打手立刻蜷倒在地。

　　朱成一刻不肯放过打蛇随棍上的机会，她一步跨过一个打手。身体发力向前一弹，舞得密不透风，一边不停地出击一边左腾右挪。她很快打倒了五六个打手。

　　朱成一点儿不觉得累，她抓住其中一个打手的胳膊，用内力将他举到了空中。她似陀螺般地转动起来，一下子把打手掷了出去，砸中了另外两个打手，一举把三个同时打倒在地。当她准备对付剩下的几个打手时，听见背后的牢房里传来一些动静，一回头，正好看见班超从墙上的出口爬了进来。

　　朱成烦躁地低吼一声，出手一拳打在面前一个打手的脸上。她纵身扑进对手圈中，不再用姿势好看的招数。只使了几下快拳，就把剩下的打手全部打得动弹不得。打手们全部倒地后，朱成似乎也气喘吁吁了。

　　班超此时推开了牢房门，跃跃欲试，却发现所有的打手已经躺倒。他惊奇地眨眨眼睛，用敬佩的目光注视着朱成。

　　而朱成却只是瞪着班超："我记得叫你带着县令逃去安全的地方？"

　　"我做了呀。"班超说。

　　"你做了什么？把他扔在屋顶上？"

　　"这……"

　　朱成忍不住脸上的笑意："只好祈祷县令吉人天相了。我们快去找帮主吧。"

21^章

当天下午，小龙和陆芳等策马冲进了丁侯的领地。小龙目不斜视地望着前方，骑在她边上的刘阳吸引了她的目光。刘阳的眼中闪着淘气的光芒，好像这是他今生以来参与过的最了不得的事情。小龙冲他略略点了点头，又把目光转向前方。

队伍领头的是夏无敌，之前来镇上的一队士兵的队长。陆芳想出了一个缜密的方案，希望能够一箭双雕，既推翻丁侯又同时使夏无敌得到晋升。

陆芳仔细解释了她的方案之后，大家像疯了一样去追赶已经离去的夏无敌和他的小队。追上夏无敌后，他起先以为陆芳和小龙他们发疯了，方案也确实有些不可思议，但陆芳坚信只要有他的配合并加上小龙的帮忙，方案是完全可行的。

至此，实行方案最困难的部分是说服夏无敌，因为他不想做地方上的军侯。虽然他的部下都希望他接受，可无敌始终声称自己只想带一小队兵马。

最后是向朗说服了无敌。向朗一整天没说一个字，却让无敌明白了方案的重要性和所能产生的影响。向朗只是简短而又坦率地对无敌说道："为了民众。"

短短的四个字，却承载了很多的含义。无敌想了好久终于明白了其中的重要意义。他答应协助一起推翻残暴的丁侯。

方案确定后，大家分头忙了起来。众多的事情需要组织，所有的人都穿上了军服，除了峥嵘叔和陆芳，因为他俩要扮囚犯。沈不逊突然记起被放跑了的胖子官员。

无敌立刻派了几个人去追胖子官员，却发现他因心脏病发作倒在了镇外的路边。因而胖子官员被抓了回来带到镇上与行刑官关在了一起。

随后全队人马开始全速向丁侯的临时大本营进发。没多久，他们就到了目的地，陆峥嵘和陆芳被绑在马背上，其余的人伪装成士兵散布在无敌的队伍中间。

马儿慢慢止了步，小龙轻轻一扯缰绳将自己的坐骑紧挨在无敌的后面。

事先已经派人传了话，所以丁侯身后簇拥着许多人一起出来迎接无敌他们。丁侯身材高大威武，脸上常带着笑容使他看上去充满了魅力，可他的眼神却闪着阴郁。站在丁侯身边的官员们毫不掩饰他们自己的恐惧，仿佛丁侯是一座随时会爆发的活火山。

无敌靠上前去，及时翻身下马，他的部下也一起下了马。阿特兰和向朗粗暴地把陆峥嵘和陆芳拉下了马，还装模作样地低吼了几声。此时，无敌在丁侯面前单膝下跪，双手合十，低着头。

丁侯上前一步拉起无敌："不管我的师爷们怎么说，我相信你是不会负我的。他们一定要我带这么多人出来以显示军威。"丁侯转身指着三个老头子，他们似乎连毛笔也握不住，更不用说出谋划策。其实人人都知道，丁侯自己是个极度爱猜忌的人。无敌最近才归属丁侯帐下，难怪他会把所有的士兵都亮出来以摆明态度。小龙不禁吸一口气。心想，这一仗不太容易打呀。

"我依然是您忠实的奴仆。"无敌边说边低头鞠躬。

假如不是在这样严峻的情势之下，小龙很可能会忍不住哼一声。事实上，她的右边传来轻轻的一声笑，只见白凤脸朝地面并将头垂得低低的。

小龙把自己的注意力转回到眼前，恰好丁侯转身在查看两名囚犯。丁侯皱着眉头问无敌："这两人是谁？"

"他们不肯向我们投降。"无敌回答。

"记得已经叫信使传了命令怎么处置这个姑娘。信使没到吗？"丁侯的脸上即刻浮现出敌意。他身后的士兵都已经不知不觉地溜走了，谁也不想处在风口浪尖上。

目睹士兵们对自己长官的态度，小龙开始相信陆芳的计划，也许是有可能成功的。简单地说，丁侯是不受士兵爱戴的。陆芳想沿用历史悠久的决斗传统由无敌替代丁侯，希望丁侯的部下能被说服而接受无敌为他们的长官，假如无敌能够成功地打败丁侯。

丁侯本身是个有名的厉害武士，在正常情况下，无敌很难战胜他。这就是为什么陆芳需要小龙的暗中帮助。如此，无敌只是需要用激将法使丁侯自己提出决斗，然后丁侯就不能再怪别人设计陷害他。

"我的信使没有到吗？"丁侯再次发问，声音低沉得可怕。

无敌抬起眼睛直视着丁侯的脸："侯爷，您的信使的确到了，我替您做主把信使关了起来。他宣称您下令要把这个姑娘凌迟处死。我知道您肯定不会对一个姑娘行此极刑的。"

听闻此言，陆芳稍稍有些哽咽，带着一种真的像是怨恨似的表情瞪着无敌。陆芳和无敌就究竟用哪个托词一直没有达成一致，无敌觉得之前讨论的有些勉强，认定现在的理由更好些。

考虑到所有相关的因素，无敌和陆芳的表演真是挺可笑的，他俩的表演显然没能骗过丁侯。他不是个蠢人，仅仅靠无礼的举动没法维持这么久的统治。很显然，丁侯也聪明不到哪儿去，因为他没有意识到，无敌和陆芳是故意让他发觉他俩在骗他。这样能使丁侯更容易踏进设好的圈套里。

丁侯仿佛已经上钩了，他突然带着一种杀人的微笑对无敌说道："倘若真是我下令处极刑的呢？"

"我不相信您会下这样的命令。"无敌平静地回答。

"你这么肯定？"丁侯说。

"假若确实是您的命令，我当然一定照办，并放了您的信使。"无敌说。

大家屏住了呼吸，等待丁侯的回答。他歪过头审视着无敌，最后认为决斗是解决问题的最容易的办法。再则，使无敌死于众目睽睽之下更容易震慑存有二心的部下。"怪不得你认为以下犯上能得到轻恕。至于我，定叫你得偿所愿。"

无敌脸上的惊奇表情是非常真实的。小龙感觉无敌的成功在于他一直怀疑这个计划的可行性。无敌即刻恢复了正常，继续表演自己的戏份，无礼地直视着丁侯。"我从来无意冒犯您，但如果您坚持这样的话，我必须维护自己的尊严，侯爷。"最后一个词听来充满讽刺意味，小龙认为是神来之笔。她猜想不是无敌的演技好，而是他根本不会演。

在场的所有人都倒吸一口气紧盯着无敌，震惊于他居然没有下跪求饶。不管丁侯的部下是如何久经沙场，都会下跪求饶，因为战死在沙场远比死在丁侯手中省事得多。

丁侯此时的笑发自内心。他明显地觉得自己会很享受这场比武。但他不知道，小龙会确保让他高兴不了。丁侯四下看了一眼，下令道："让出点地方来。"战士们忙不迭地行动了起来，围了一个半圆形。

与此同时，无敌后退了几步，他的部下也跟着往后退。无敌停下后，部下又继续后退了几步，给小龙留了足够距离以便让她助一臂之力。无敌和丁侯拔出了剑，丁侯把他的兵器扔到了一边："空手对空手吧。"

无敌点点头，解下了自己的腰带递给他的副官。然后摆了一个防守的姿势，两人便开始互相绕圈。

小龙利用短暂的松懈打量着丁侯。他脸上虽然带着一抹不在乎的表情，可是他外表的酷劲儿像是在掩饰内心的一丝紧张。丁侯的目光不停地瞟在无敌的部下身上，好像是怀疑他们中有人会出手袭击。小龙暗赞丁侯。他不是一个有勇无谋的草包。也许他是有一点本事，才会传出他不可战胜的谣言。不管是哪一种，她很快会知道真相。

丁侯突然发力向前一弹。无敌也不是泛泛之辈，他及时地躲到了一边。趁这个空当，小龙的手几乎不被觉察地动了一下，一枚银针射向了丁侯。她没想到的是，丁侯的内力很强，银针竟然从他身上弹了开去。小龙故意减弱了力道，但也应该足以刺穿丁侯的防御。小龙的目的不是制服他，只是打伤他，好让无敌有机会在决斗中获胜。对付像丁侯这样的人，不得不借助一下胜之不武的方式。

遗憾的是小龙知道现在仅靠银针远远不够。丁侯很快地逼近无敌，无敌眼下还能支撑住是因为丁侯还让着他。

无敌双拳劲风挥出，丁侯闪身躲开了。然后他掠上半空，转了一个圈落在了无敌的身后。小龙准备好了另一枚银针，可丁侯只是推开了无敌而已。

无敌踉跄了一下，再次旋转身体挡住了丁侯的下一击。丁侯攫住无敌的双臂将他举了起来，然后从肩上摔过。无敌重重地摔在地上，丁侯退后一步，给他足够的时间重新站起来。谁都能看出来，丁侯在戏弄无敌，而小龙知道丁侯为什么这样干。

丁侯想让小龙上钩，以便确定她的方位。小龙权衡着面前的选择，刘阳捅捅她，也没去理会。她最后决定，既然已经同意帮忙，必须帮到底。

丁侯再次冲向无敌的时候，小龙射出了三枚银针，银针带着很大的劲力并伴随着尖啸声。小龙眯起眼睛紧盯着丁侯，猜他一定会出手格挡。丁侯听见破空声，跃了开去，扭头看着无敌的部下，手一挥一排匕首飞了过去。小龙踏前一步，舍弃所有的伪装，张开双手。

她注足内力，一记击落了所有的匕首。丁侯纵到小龙身前，冷冷地盯着她看，她毫无惧色地用同样冷硬的目光迎上了他。"你是谁？"丁侯质问道，"你的武艺非常不错，如果你肯投降的话，可以在我的身边谋得一个要职。"

小龙没留意他的话。她瞟了一眼无敌，无敌正挣扎着站起身来，由几名部下护着退了下去。现在只剩下她对付丁侯了，这跟原来的计划不太一样。周围审视的目光，使她很不舒服。

小龙的偏执狂又发作了，她拿目光扫了一圈围观的人群，强忍着想要逃跑的冲动。她的目光终于停在了丁侯身上。心想，事情已经糟到不能再糟了。她再怎么做也不可能变得更坏了，所以她现在得尽力去补救。小龙暗暗地叹了口气，希望能把丁侯最终落败的功劳记在无敌头上。

丁侯已经变得很不耐烦了："你不会是个傻子吧？我在问你呢。"

"你问了问题，并不等于她必须回答你。"刘阳还嘴道，紧接着用手按住了自己的嘴巴，"啊呀！"

"唉，我还以为数我的嘴巴大呢。"白凤叹了口气道，"反正已经演砸了，我们不如索性摘了这些头盔吧。我不知道你们是怎么受得了这个的。"她摘了自己的头盔夹在胳膊下。

其他人都盯着她看："什么？"

"你非得开口说话吗？"陆芳低声道。她猛跺一脚，一把匕首从她的靴子里弹了出来。她一把接住落下的小刀割断了缚住双手的绳子。陆芳替她的叔叔也松了绑之后，把匕首重新插回了靴子里。

丁侯审视着他们，仰头大笑，连眼泪都笑了出来："你们是一帮平庸的蠢货，不是吗？我一直等着有人来暗杀我，以为会是陈柳的蠢货呢。结果，等来了你们，一帮计划欠妥，执行起来更差的小混混。没劲呀，真正是没劲。"

"他为什么这么高兴？"白凤对着大伙儿说，"我们还没有输呢。"

这句话又引来丁侯一阵恶狠狠的大笑，他用最粗鲁的方式来表达自己的嘲讽："我的身后站着一支军队。你们中间有谁敢跟我单挑？希望不是和刚才一样没用的队长。"

大家望着小龙，小龙依旧一言不发。丁侯只是嘲弄地冷哼了一声："她将必死无疑，你们也都会有同样的下场。"丁侯冲身后挥了挥手，"把他们包围起来。"

士兵们的行动很快，按照丁侯的指令把小龙他们一下子圈在了中间。无敌的部下伸手去摸剑，无敌挥挥手示意部下先别动。小龙留意着士兵的行动，然后又把注意力转回到了丁侯身上。她知道这次遇上难缠的对手了。

这一仗不容易打，但是小龙决心要取胜，哪怕非得动用魔力。她希望不要走到那一步，好在自己的魔力跟武功交融得很好。自己有时候都不知道武功和魔力是什么时候结合在一起的。即使动用了魔力，也没有人能注意到。不管怎么说，今天必须拿下丁侯。

"还有什么话要最后留下吗？"丁侯问。

小龙没有回答，反而从鞘中抽出了剑，挑衅地望着丁侯。当她发怒的时候，她眼中的金色斑点会变得更明显，看上去好像是烧着了似的。丁侯意识到自己的身体不由自主地抖了一下。一瞬间，他有一种不祥的预感，但强压了下去。丁侯不能失了信心。这姑娘看上去不超过十七岁，肯定不是自己的对手。

丁侯打了个响指。一名士兵跑了过来，把他的一把超大的双手剑递了上来，然后鞠了一躬退去。丁侯舞动着他沉重的剑好像是耍一块竹片。"所有人向后退，谁都不准插手。等我一剑扎穿她，没有人再会说我是用计赢的。"

刘阳愤愤不平地咕噜了一声，小龙却丝毫没有被丁侯的嘲讽激怒。因为小龙不会让丁侯有机会靠近自己。她伸出另一只手，翻转手腕平平推出。立刻，她身上所有的盔甲尽数片片碎裂跌落下来。她没有理会周围人的目光，依然是一动不动，等丁侯出招。

虽然丁侯被小龙的超能力略略震动了一下，但他告诫自己不能表现出任何惧意。他后退了几步，旋转了一圈然后将他的剑疾疾斩出。虽然他站在离小龙有几个剑身之远的地方，但他这一击的劲力仍然是破空而来。

若是一个寻常的对手，估计已经被劈成两半了，但小龙仅略略一侧她的剑便将剑气挡了回去。丁侯惊讶得睁大了眼睛，他反应敏捷，把剑陡然一横，剑身抵在左掌上。当一股剑气击中他的时候，他向后滑出了几步，只稍稍用力将气道卸去。可是还没等他站稳身子放低剑身，小龙已经扑身上前。

小龙腾空而起，在半空中一拧身，双腿笔直地向丁侯伸出。双足点上了他的胸口，以此为跳板，重新又掠上半空。

待小龙轻轻落在丁侯身前，他横出一掌挡在胸口。小龙无意给他时间恢复，紧接着一招切势，他勉强挡住。但他的握力很强，小龙强行摁压。他开始微微颤抖起来，终于发出一声受伤的闷吼，松开抵挡退开了几步。

丁侯向前一弹，妄想一剑刺进小龙的腹部。她斜移一步，剑锋从旁穿过未伤及她丝毫。她紧接着把剑插入他的剑身下方快速向上挑起，一下子把利刃从他的手中击落。丁侯的剑刚一脱手，小龙猛地掠起抓住剑柄。

小龙不容丁侯再有机会夺回剑，将他的剑抛起插入地面直至护柄。小龙随着剑一起落回地面，一脚踏中丁侯的面部，把他踢得向后飞去。

小龙有意减弱了这一脚的劲力，不想一下子让他毙命，也不愿让自己显得太强。希望这一切能使他放弃反抗，可是被打成猪头一般的他挣扎着站起身来，一直不停地咳喘着。他紧紧瞪着小龙，想用目光来威胁，但徒劳无功。

丁侯再次发动攻击。小龙等他到了离自己仅两步开外的地方，将自己的剑抛向空中。她踏步上前，一只手抓住他的肩头，另一只手猛击他的胸口。他胸口一闷，几乎瘫倒在地，只觉得几欲晕倒。

小龙收回手，伸出两指点中他肩上的穴道，直接封了他的内力。然后小龙用手掌按在他胸口上缓缓转动。再次击中他时，小龙已经尽数废去了他的武功。

这一切似乎只花费了片刻工夫，小龙松开手，退开一步。不省人

少年侠

事的丁侯便一下子瘫倒在地，恰好小龙的剑也从空中落下并无声无息地滑进了剑鞘中。

虽然未见小龙脸上的笑容，但当她转过身来的时候，眼中的一抹笑意是显而易见的。大家瞪着她。沈不逊悄悄对薛丽红说："记得提醒我千万不能与小龙为敌。"

白凤也听见了，不禁笑了出来，于是引起大家一阵欢笑。小龙走回到无敌部下的身边，陆芳和她叔叔向她鞠躬。"我们都蒙受了你的大恩啊！"陆峥嵘道。

"事情还没有结束呢。"无敌指出，显然他的声音里充满了敬佩。

小龙转身面对丁侯部下的军官们，他们正惊恐万分地盯着在地上缩成一团的丁侯，互相对视了几下，咧嘴大笑。军官们发出了欢欣的叫喊声，消息传到了后排的士兵中间，每个人都欢呼了起来。

一位留有大胡子，穿戴整齐的军官对小龙说："真不知道怎么感谢你。我当了这么多年的兵，从来没有一个长官比他更残酷了。我们心里都很憎恨他，可是非常怕他的权势。没人胆敢挑战他，无论谁有一丁点儿犯上的举动，都会被当众吊起来往死里鞭打。老规矩依然作数吧，我们现在都听你的命令。"

其余的军官试图阻止大胡子军官的提议，他们不是很愿意立刻听从一个姑娘的指挥。但想起刚才小龙是如何对付丁侯的，决定还是闭嘴的好。如果激怒了小龙，估计今后的日子不会比在丁侯手下好到哪儿去。

小龙摇摇头，他们的忧虑登时烟消云散。"无敌是你们的头领。"说完她往后退去，走向刘阳和无敌的部下站在一起。

士兵们对视了几眼，点点头，像是事先说好了的一样，一起转身对着无敌，单膝下跪。无敌眨着眼睛瞅着小龙："我没有赢啊，不能成为大家的头领。"

小龙瞪着无敌。刘阳笑了，觉得非常有趣，倘若大家都像他俩这样用眼睛对话，都不需要说话了。过了片刻，无敌顺从地走向丁侯的军官们，接受他们的宣誓效忠。一瞬间，震耳欲聋的欢呼声响彻云霄，士兵们高兴得喊哑了嗓门。欢呼声停下后，无敌下令抓起丁侯，等候审讯。无敌又下令简报邻近一带乡村的情势，尔后顺利地进入了头领的新角色。

22^章

"此刻，假如我是恶霸虐待狂，会藏在哪儿呢？"朱成沉思道。

"肯定不在能被轻易找到的地方。"班超回答说。

"倘若我是帮主，不用找自己了，是不是呢？"

"当然，当然。"班超对朱成说。

他俩在屋里轻手轻脚地四处查看，设法找出恶霸到底躲在哪儿。撞上了几个无用的打手，因帮不了忙而各被当脸赏了一拳。

没过多久，他们听到有人高声说话。两人互视一眼，循声而去。沿着一排装饰粗陋的石头厅飞奔而去，同时尽量不发出声音。这对朱成来说是毫无问题的。她几乎是点着地面飞行，很快把班超甩下了一大段。班超瞪了她一眼，加快自己的速度。

他们刚一转过屋角，朱成突然停住趴下，使得班超差点撞上朱成而滚作一团。班超懊恼地从朱成身后探出头，见前面走廊的地面上有无数巨型铁棘凸起。他吸了一口气，仔细地查看着走廊。他俩目前仍然身处屋子的最底楼，四周的墙面由于潮湿而显得水淋淋的。墙上的石块切割得很凌乱，有几处石块完全高出了墙面。地面也不是很平整，必须很小心才能避免被绊倒。整个地方看上去像地牢一样，地面上的铁棘更加深了这种感觉。

除了铁棘之外，两边墙上和房顶上布满了暗洞，只要谁胆敢越过，就会有毒镖射出。微弱的灯光布满了整条走廊，使这个地方充斥了一种怪异的感觉。在铁棘的右边有一条向上的楼梯，而左边是另外一条走廊，不知道通向哪里。

"仿佛很不妙。"班超评论道。

"哦，可真是个新闻。"

"怎么能找到出路绕过去呀？谁知道这地方有多大。"

"谁说绕着走了？"朱成转身笑着说。

"你不是说真的吧？"

"哦，当然是真的。"

"会被切成碎片的。"

"怎么会呢？"

"难道你已经有计划了？"

"还没有很完善。"

班超挑剔地看着朱成："注定完了。"

"多一点信心，好不好？"朱成仔细地检查着铁棘。然后她又去查看墙上的暗洞。"真是老土。"她喃喃道。她从腰间的皮带上取下一把匕首，向铁棘扔了过去。匕首一下子触动了控制发射器的机关，突然听到一片嘶嘶声。

随着匕首的飞行，墙上的洞里同时射出了箭和镖，显然这机关是为了杀死任何胆敢穿越此处的人。箭和镖从墙的一面射出，又快速地飞进对面墙上的洞里。这边的箭和镖射完后，对面又重新将箭和镖发射回来。然后，巨大的铁棘从房顶上滑下，与地上的铁棘对接合齿。

班超看着铁棘退回原位，不禁狠狠地吞咽了一下口水。朱成在他的身边点点头："挺不错的，但很有规律。"

"什么意思，有规律？难道你以前见过这样的机关？"

"事实上，见过很多次了。"

"什么？"

"记得吗，我是个小偷。"

"我曾经也是。"

朱成哼一声："你显然不是个胆大的贼。所有的好贼都有潜入古墓的经历。"

"我才不偷死人的东西呢。"班超反驳道。

"没错，我也是。要是人死了又怎么能称为人呢？大多数时候，我去古墓只是为了进去而已。没有比闯入一个到处布满了陷阱的地方更刺激的事情了。你无法想象有些人为保护自己死后的尸骨绞尽了脑汁。"

"你难道不怕邪秽的鬼怪跟着你吗？"

听到班超这样问，朱成的笑声回荡在墙壁之间："若是人能起死回生并替自己报仇，世上的犯罪行径一定不会这么多了。另外，你早应该明白了，我是面对危险敢笑的人。你要是能从秦始皇陵里活着出来，就没什么能吓住你了。当然，凭你在任何场合都能触动任何机关的本事，我可真的要自己小心着点。请帮我个忙，千万别碰任何东西，行吗？"

班超举起双手打量着四周，他的这种夸张的配合方式也确实是很罕见的。朱成笑着轻轻地推了班超一下，她又转回身观察走廊。过了一会儿，朱成耸耸肩，准备向前纵去。恰在她准备起跳的时候，班超抓住了她的手臂："你真的准备这么冲过去，是吗？"

"当然是呀，你松了手我才能跳啊。"看见班超脸上的表情，朱成不禁翻了个白眼，"不会有事的。"

班超依然给她一个表示怀疑的表情。

"好吧。我们换一种容易的方法。没受过教育的人真难对付。边看边学吧。"她取出几把刀柄上系着细绳的小匕首。像是甩出了一副纸牌一样，小匕首纷纷扎进了屋顶下方的石墙中。匕首触动机关，一瞬间夹道里乱箭齐飞。朱成没去理会，只是紧紧地抓住了系着匕首的绳子。

随着一排铁棘开始归位，朱成用目光紧紧地盯着她的匕首。因为铁棘是连成一片的，所以当边上的铁棘被匕首阻挡突然停住时，整排铁棘都停止不动了。朱成继续注视着匕首，它们仍然牢牢地卡在铁棘里。猛然一阵抖动，铁棘又重新回归到屋顶下方。

"把你的剑给我。"朱成命令道。班超将剑递了过去，她又继续说道："当我说走的时候，你用最快的速度冲过去。"

"你在开玩笑吧。"

"不，绝对没有。等我数三下，一、二、三，走！"当她数到三的时候，朱成奋力地掷出了班超的剑，剑在半空中直向另一头飞去。班超便不假思索地照着朱成的命令飞奔了出去。他将自己的内力往下压，这样他的脚就不会触到地上的铁棘。班超飞奔向前，剑在他的左前方飞了出去，恰是箭飞出来的地方。

不停旋转着的剑打歪了飞来的箭，如此确保了班超在到达另一端之前的安全。他的双脚触地后，差点摔出去，但他稳住了身子。转回身看朱成，发现她已紧随而来。恰在她快要通过的时候，两把匕首在墙上断裂开来，使得其他几把匕首无力挡住顶上铁棘的压力。

朱成骂了一句，加快了步伐，用内力将飞来的箭挡开。赶在两边的铁棘合上之前，她终于从中间翻滚了过来。

朱成摔倒在地转眼便弹起了身，脸上带着一抹笑意。待铁棘回归了原位，她拉动绳子，六把匕首全飞了回来。她接住匕首，看着其中齐柄折断的那两把摇了摇头："真是太糟糕了。这些都是不久前刚从一个洗手不干的小偷手里买来的。这将是我最后一次花钱买东西了。你想做一件好事，到头来命运反而给你当头一棒。"朱成抬起头，正好对上班超朝她射来的愤怒目光，"我们还得赶紧追那个恶霸呢。"

朱成说完转过身，几乎脚不着地地向上爬梯子。她轻轻地落在上面一层，慢慢地推开了一扇门。见附近没有人，便把门全部打开，朱成一下子睁大了眼睛。

班超紧跟在她的身后，瞧见房内的情景惊得差点呛住。他俩走进了一间储藏室，但里面存储的不是食物而是各种尺寸的笼子。每个笼子里关着一个年龄从五岁到十二岁不等的孩子，他们带着恐惧的目光盯着朱成和班超。

"我听说这个镇里发生了许多绑架小孩的事件，可是没有想到原来帮主是幕后的主谋。"班超说。

"帮主为什么绑架这么多孩子呢？"朱成问。

班超耸耸肩，一名年长些的女孩子在窄小的笼子里站了起来："我们的父母是帮主的生意对手或者是城里的戍卫军官。帮主抓了我们来威胁我们的父母。"

朱成望着说话的女孩，她似乎跟自己一样有着一双大大的黑眼睛。父母被杀的时候，自己就跟这个女孩子一般大。记忆瞬间涌上脑海，但朱成硬是压下了自己的思绪。心想，现在不是自哀自怜的时候。随即掏出开锁针，走到女孩的笼子前，跪了下来，一眨眼的工夫锁被打开了。"想必你知道怎么用开锁针吧？"朱成说。

女孩郑重地点点头接过了开锁针。

"把所有的孩子都放了，先待在这儿别动，行吗？我们再回来接你们，一会儿有格斗，不能伤着你们。"朱成说。

　　"我能帮着打架。"女孩对朱成说。

　　朱成微笑着，想起当年的自己大概也是这么回答的。"你更应该留在这里保护其他的孩子。你叫什么名字？"

　　"刁梅。"她答道。

　　"好，别让任何人进来，除非他能叫出你的名字。"朱成告诉女孩，又朝着她笑笑，然后向正在奇怪地看着自己的班超招招手，和班超一起走到地牢门对面的一堵墙边，按了其中一块石板。石墙向后滑开，两人钻过去后石墙又重新合上了。

　　班超继续用奇怪的眼神看着朱成，她终于注意到了。"干吗？"她质问。

　　"没什么，没什么。"班超回答，"只是觉得你有很多让人摸不透的地方。"

　　朱成哼了一声："每个人都是这样。假如你到现在还不知道这一点，我真不知道你这辈子是怎么过的。"

23^章

　　一个男子骑马沿着大道飞奔而来的时候，小龙正一人坐在火堆旁。他俩自昨天告别陆芳和她的伙伴们后，距离淮州只有几个时辰的路程了。尽管刘阳的耐力增强了许多，可步行了一整天，确实把他累垮了。所以小龙决定今晚在路旁宿营，明天再继续赶路。

　　刘阳每次宿营都抢着值第一班。尽管他从来没有成功过，但今晚他却一反常态，倒地便睡。这些年来，小龙养成了在必要的时候可以基本不睡的习惯。最近几天，她每天睡觉不多于两个时辰。她见刘阳累成这个样子，想着让他睡个整晚。自己一晚不睡没什么问题。记得以前被五个捕快追赶的时候，有过很多整夜无法睡觉的晚上。

　　这五个捕快是所有追赶小龙中的最后一批，甚至当其他的捕快都放弃对她的追捕后，他们五个仍然坚持了很长一段时间。虽然当时只有十二岁，可小龙一直是块难啃的骨头。有一点可以肯定，小龙的气功比他们五个好，每次他们快要追上她了，都被她甩掉，如此往返了好几个星期，五个捕快才不了了之。

　　当骑马的男子从小龙身边飞驰而过的时候，她仿佛刚从梦游中醒来。虽然月光很暗几乎看不清骑马者的面貌，加之他低低地伏在马鞍上，但从服装的款式来看，似乎是个信差。小龙的目光追随着信差直到他消失在她的视野里，马蹄声也随之渐渐地淹没在夜色中。小龙仰望着天际的星空，叹了一口气。

　　第二天一早，两人终于到了淮州。城市延向四面八方，规模似乎跟陈柳差不多大小。淮州是一个很大的集市镇，人推马拉的车辆在狭窄的街道上川流不息。空气中弥漫着蒸馒头的香味，各种各样的小贩在大街上争奇斗艳。

　　小龙和刘阳在街上的人群中穿行，躲避着杂耍艺人和小偷的纠缠。即使是最胆大的小偷被小龙尖锐的目光瞧见时，也吓得不敢动了。与此同时，刘阳满怀惊奇地东张西望。他从来没有独自一人到过集市。上洛阳的集市时，到处布满了护卫。或者说，每次他去的时候至少得这样安排。刘阳现在才充分意识到洛阳集市的护卫是为了他而临时部署的。

　　不管怎么说，刘阳实在无法想象集市竟是这么嘈杂。人们都推来搡去的，相互间根本没有一点儿私人空间。有好几次小龙不得不把正在独自欣赏大道两边屋子的刘阳从马车前拖开。街上的大部分房子是饭馆或者酒家，每间阳台都伸出街面。各式各样的灯笼挂在屋檐上，灯笼的穗子在风中轻摆好像在空中起舞。

　　在都城洛阳，刘阳从来没有机会像现在这样与乡民们直接接触，所以他非常享受今天集市上的自由。他几乎上前跟每一个小贩搭话直到小龙把他拽走。他又停下来看着一个到处漫游的江湖郎中，郎中的幡子上写着能包治百病。可他看上去不像个郎中倒更像个要饭的，破破烂烂的药箱上的泥水比病人还多。

　　小龙瞪了刘阳一眼，他加快步子赶紧跟上了她。可是没多久，街上的熙攘和喧闹又把刘阳吸引走了，他完全忘记了自己要跟着小龙。一个过路的小贩举着一根挂满包了糖浆的小红球的杆子。刘阳从来没有见过这样的小吃，双眼死死地盯着小贩，把小贩看得浑身不自在，便很快消失在人群中。小龙后退了几步和刘阳并排走着，说道："你能跟上吗？"没有听见刘阳回答，小龙转身一看，刘阳又跑掉了。

小龙禁不住懊恼地低吼了一声，四下查看，瞅见好奇的刘阳正慢慢挤进人群里看杂技表演。她跟上了他，一边灵巧地躲着四周的人一边跟在他身后，他正在奋力向前排挤去。他终于挤到前排，差点摔倒，但恰好被小龙一把抓住。

小龙扶刘阳站直，他不好意思地向她笑笑："我想看杂技表演。我兄长说宫里的艺人是全世界最好的。我想看看他说的对不对。"

"下一次，至少先在走开前告诉我。假如你再突然消失，最好永远别再出现，否则我就剥了你的这张皮。"刘阳刚想张嘴反驳，可小龙指着杂技艺人说："我以为你说你很想看表演呢，马上开始了。"

刘阳转身看见站在场地中间的表演者真的像是准备开始表演了。边上，有一个身材魁梧的汉子身上挂了一排长矛，那长矛像是镶在身上的装置，还有一个捧着一摞碗的小女孩。一个跟小女孩差不多年纪的小男孩举着一根长长的杆子，上面写着"吴山班"。班子里最后两名成员一个是身佩各种匕首的年长女子，一个是举着一面小锣的年轻男子。

年轻男子举起一根缠了包布的小棒，在锣上敲了几下吸引人群的注意。等镇民们安静下来后，他开口说道："我名叫洪赛步。我们家遭逢不幸，需要筹些银子为老祖母请个郎中，要是大家看表演看得尽兴，请赏些小钱。先谢过各位啦！"他鞠了几个躬之后，向后退去，小男孩来到场子中间。

小男孩一边向观众点头致意，一边将旗杆立在指尖上。然后将杆子向上一扔，用头顶接住了旗杆。他把旗杆平衡在头顶上，微微摆动却没有掉下来，走了一圈。接着小男孩轻轻向上一扬头，旗杆又向空中飞去。与此同时，他做了一个空翻之后又做了一个单手倒立。旗杆再次落在他的脚后跟上时，响起了一阵欢呼声。

小男孩一边笑着，一边把杆子重新踢起，一边又翻身立起，用手接住了杆子。他向之前说话的年轻男子——洪赛步，使了个眼色，不易察觉地点了点头。小男孩很轻松地把杆子又抛了起来。

小男孩一抛起旗杆，赛步一掠而起在空中连连踏步跃到旗杆之上。他抓住旗杆，不用脚向上攀，然后单手立在杆顶上。地上的小男孩连做了几个后空翻之后伸出了一条腿，让旗杆轻轻地落在自己的脚指头上。小男孩这个姿势保持了一会儿，然后把杆子踢了开去。

赛步也松开了杆子，等小男孩接住了旗杆，他便落在了小男孩身旁。人群中爆发出一阵欢呼，小男孩一边笑着一边退到了幕后。

捧着一摞碗的小女孩这会儿来到了场子中间。她向人群微笑着，把手中一半的碗放在地上。然后，把剩下的碗一个接着一个依次扔向空中。镇民们的目光都被牢牢地吸引住了，看着碗在空中划出一道弧线又重新往下落。小女孩向边上踏出一步，用头顶稳稳地接住了第一只碗。

后面的三只碗恰好完整落在了第一只碗上，小女孩站着一点都没有动。等最后一只碗稳稳落下后，碗漂亮地叠成一摞，观众热烈地鼓起掌来，小女孩继续她的表演。

她低头看向脚边的那些碗，将脚放在第一只碗的碗沿，碗翻到了她的足尖上。然后她抬起脚将碗抛了上去。碗在空中往上翻了一圈又一圈，她连看都没有看一眼空中的碗。她只是略略向前探了探头，碗似乎听话地落在了她的头顶上。

余下的三只碗一个又一个地落在了小女孩头顶上，八只碗摆在了一起。接着她开始表演最后的项目，道具是一只大盘子。她将足尖轻轻探到盘底把大盘子挑到了半空中。大盘子看上去像是慢镜头般飞了上去然后落在了一摞碗上，发出清脆的一声响却没有打破任何一只碗。大盘子摇摆了几下停稳后，小女孩高兴地笑着将碗和大盘子从头顶上取了下来。

接下来上场的是那名拖着一排双头矛的壮汉。他懒得跟观众打招呼，硬生生地开始表演了。他转身从架子上抽了一支矛出来。将其中一头撑在地上，把手掌抵了上去。他深深吸了一口气后，用力冲着尖尖的矛头按了下去，人群中不禁发出了一片惊呼。有些人甚至转开头去，生怕矛头刺穿壮汉的手掌。恰恰相反，他用内力将矛生生插进了土里。等他使完力，矛的一半已经埋在土里了，而他的手掌上只留下个淡淡的印子。

然后壮汉又取出三支矛，如法炮制，把三支矛排成了一个三角形。他跃至空中，光着脚站在其中一支尖尖的矛头上，脸皱都没皱一下。看到观众的目光牢牢地被他吸引住，壮汉露出一点微笑。

他向前倾了倾身子，任由自己向前跌去，双手抵住两支矛头支撑着自己。然后轻松地一推矛头，腾上半空，落在了一排长矛边上，毫发无损。

观众大声地叫好，他踢踢架子，最后一支长矛飞了出来。接住长矛后，他将其中一头抵地，又把另一头对准了自己。然后踏上一步，把矛尖刺上了自己的胸膛。他略停了一停积聚气劲，用他的胸口将长矛送进了土里。

做完这一切，观众完全沉默了，瞧着这样的功夫一下子回不过神来。壮汉一言未发地将长矛从地上拔起，一一放回架子上拖了开去。

洪赛步等观众从震惊中慢慢恢复平静后，示意小男孩捧着一面锣穿行在观众群中，索取大家的打赏。小男孩走过小龙身边的时候，小

龙也扔出了几枚钱币。小男孩点头致谢，然后又走向下一个人。小龙
随即轻轻拍拍刘阳的肩膀，用拇指点着大路的一头。

刘阳得到暗示后，跟在小龙身后穿过渐渐散去的人群。"真是不
错啊。"他评论道。

"连你都无话可说，想必是相当不错的。"小龙说。

要是别人这么说，刘阳一定会不高兴的，但此时他只是大笑。
"你不能否认你只是开个玩笑吧。"

"是又怎样呢？"

"确实是很不错的。你终于可以放松一点了。"

小龙轻哼一声，刘阳知道小龙被他逗乐了，从她的眼睛里看得出
来。

"你能做到吗？"过了一会儿刘阳问。

"什么？"

"像壮汉一样玩长矛。"

"从来没有试过，应该可以。趁你还没问，先警告你，我不会让
你做这么危险的事。"

"你了解我如此之深，我无话可说了。"

"你应该少说话，也许我应该多说一点。这样才比较平衡。"

两个人继续在街上走着，突然一个曲背老妇人走到了小龙面前。
她抓住小龙的上衣紧紧不放。"你是游侠，你就是我要等的人。预言
必定会应验的。我看见了死神。你无法终老，将孤独死去，为你的国
家而战直到用尽最后一口气。你是世上力量最强大的凡人，可是却没
有足够的力量救自己。死神将降临到你身边的人身上，而你却救不了
他们。你将会被历史忘记，你的事迹也无法载入史册。你的生命不是
你自己的。你的命运已经注定。神自有他们的道理。"

少年侠

24^章

听了老妇人的这些话，小龙整个人都僵住了。

刘阳在一旁瞪着眼睛，以为她是个神婆，拉开了小龙："疯婆子吃错了药。"

小龙回头看着仍在冲着他俩叫喊的老妇人："预言一定会实现的。"

"这些人除了胡扯，难道没有别的法子逗乐他们自己了吗？记得有一次，一个所谓的预言者来到宫里，胡言乱语了一通世界即将终结之类的废话。真无聊。谁能准确无误地预料未来发生的事情呢？"

刘阳不停地嘟囔着，小龙力图让自己从震惊中挣脱出来。过了一会儿，刘阳已经完全忘掉了这个小插曲，可小龙仍不停地在自己的头脑里回忆刚才老妇人的话。看着刘阳继续东张西望地打量着他自己感兴趣的东西，小龙不敢告诉他这已经是自己第三次听到这个预言了。每次听到这个预言，厄运就将至。

九岁时，她第一次听见这个预言，表姐的全家被洪水冲入了黄河。十二岁的时候，第二次听见这个预言，自己的全家遇难。而如今再次听到这个预言，突然一阵冰凉感传遍小龙的全身，让她不禁打了个寒战，思索着这个预言又意味着什么呢。

小龙并不深信神的力量，可是对自己拥有的魔力却也无从解释。

再则，同样的预言来自三个完全不同的预言者，并且是在不同的时间和地点，由此小龙意识到也许这个预言的确有点道理。

小龙无暇顾及如何拯救国家或英年早逝。细想起来，拯救国家对自己而言简直是无稽之谈；至于英年早逝，又有谁能逃脱各自注定的命运呢？尤其，在经历了多年的江湖生活后，各人都会有潜在的仇人，谁又能永远活在这个世上呢？死只是个时间问题。小龙压根儿没有想过预言的最后一部分，但此刻她迫使自己思索，究竟谁需要自己的保护呢？

小龙瞥了一眼刘阳随即摇摇头，仿佛否认自己刚才的想法。假若死神再次袭击自己身边的人，那个人会是刘阳吗？小龙咬紧牙关，暗下决心不管以后发生了什么，自己都将严阵以待。必须保护身边的任何一个人，不成功则成仁。

小龙突然想到也许预言是在暗示自己注定需要完成的事情，诚如保护皇子刘阳。确保他的生命安全不就是拯救了国家吗？她还没有想得太远，身后忽然响起的惊叫声打断了她的思路。她和身旁的刘阳同时转过身循声望去。

街的另一头，五个脸上蒙布的男子从阳台跳到了街上。他们向三个在街上的男子围了过去。凭小龙以前来这里的经历，她断定三个男子中的一个是这里的县令。

县令身边的两个男子，一个拔出了剑，另一个摆好了防守的架势。五个杀手越围越近，县令大声呼叫街上的其他士兵。他的喊声招来了街上的一队士兵，但他们要从人群中间挤过来，恐怕来不及赶在杀手下手之前来保护县令。

小龙暗暗叹了一口气，掏出了自己的面罩，指头一弹，用魔力将面罩系好。没等面罩完全系好，小龙已经跃入半空中。她抓住其中两名杀手的衣领，把他俩掷在一个水果摊上。然后她跳回地面，落在县令和其余三个杀手中间。

小龙飞快地挑了一个杀手的剑，他手中的剑随之被震得掉落在地。她又击中了他的肩膀，将他甩了出去。另外两个杀手中的一个向小龙掷出了两把匕首。

假如小龙平时不是一个不苟言笑的人，估计现在早已放声大笑了。杀手好像以为能轻而易举地打败小龙。杀手没来得及眨一下眼睛，她已经在空中接住了飞来的两把匕首并掷了回去。一把击中了杀手的脚趾，另一把击中他胸口的穴位，他瞬间僵硬地倒下。

最后一个杀手将剑高举在空中，然后向小龙发起进攻。小龙仅用食指和中指就夹住了杀手刺来的剑。杀手瞪着她，试图把剑抽回，可是剑纹丝不动。与此同时，小龙的眼睛闪着光斑，盯着杀手越来越烦躁的脸。

杀手松开了剑，转而想拿他腰带上的匕首去击小龙。他终于把匕首从套子里拔出，打算用匕首刺她的腹部。她不慌不忙地把杀手的手打到一边，然后一拳击中他的胸口。

一转眼，五个杀手都被收拾了，小龙把夺下的剑当啷一声扔在地上，然后一掠上了半空。她用内力踏步向上，一跃身翻过屋顶，从另一边的小巷中落下，摘下了面罩，重新走回大街。她环顾四周，瞅见刘阳正在左顾右盼，毫无疑问他在搜索自己。她不得不穿过人群挤到他的身边。

当小龙重新出现在刘阳身边的时候，他不禁吓得跳了起来。"下次你再这么消失，能不能先告诉我一声呀？"他问道。

小龙白了刘阳一眼，却也被他逗乐了："想都不要想。我是去救县令的命，而你是在看一尊泥人流口水。"

"你也许讲对了。"刘阳说道。

小龙没理刘阳，看见一队士兵终于赶来了。他们把县令保护在圈子里，然后上前将五名杀手都绑了起来。侍卫队长不住地向县令道歉，只见县令挥手表示无事。

县令环顾四周仿佛在找人似的，小龙意识到他肯定是在人群中搜索自己，于是说："赶紧走吧。我可不想被人认出来。"

刘阳点点头，但长叹了一口气，无奈地跟着小龙从聚集在一起看表演的人群中走了出来。当小龙和刘阳离开的时候，听见左边一群人正在对话。一个男子告诉周围的人，是一个名为影侠的人救了县令。男子声称影侠锄强扶弱，他本人还曾经亲眼见过影侠从野蛮的强盗手里救下了一整队马帮的人。

听了这些故事，小龙不由自主地做了个鬼脸，把头埋得更深了。她越走越快，刘阳几乎要小跑才跟得上。"慢一点。"刘阳说。

"对不起。"小龙回答，把步子慢了下来。

"我不懂你为什么这么怕。你难道不想得到一点感谢吗？"

小龙摇摇头："我帮助人，不是为了得到感谢。我这么做只是因为这是一件正义的事。另外，人们假如知道面罩后面仅仅是个十七岁的姑娘，估计不会感到很高兴的。"

"还有更多的原因，对吗？"刘阳看着小龙，扬了扬眉。

他俩又走了整整一条街后，小龙叹了口气回答说："可能是我自己过于偏执吧。追捕令已经下达五年了，但总觉得有人还在追杀我。这不应该是我的错。起先，有很多捕快成天追杀我。不管怎样，我至今还是一个在逃犯。很不希望别人能追查到我的行踪，也不想给任何人带来麻烦。"

"我保证我回宫后，一定让父皇把你从犯人名单中除去。"刘阳说。

"你跟我一样明白事情不是这么简单。你父皇办不到。即使你父皇愿意，也只会给我带来更多不必要的麻烦。希望你在他面前压根儿不要提起我。"

"这意味着我无法说服你跟我一起回宫？"刘阳问。

小龙飞快地扫了刘阳一眼，确定他很认真："你一直没有很好地听我说，是吗？"

"不是吗？"刘阳追问道。

"容我想想。"小龙告诉他。

"我接受你现在的这个回答。我还以为你会坚决拒绝。"

"呃，假如我不在你的身边，谁敢保证你不惹麻烦呢？"

"正是嘛。"刘阳笑着说。

他俩又远离了大路，小龙带路穿过了几条黑暗的窄巷。他们最后到了一个相对贫困的社区，沿着小路向一间冒着黑烟的小屋走去。刘阳小心地从臭水塘上跃过，闻着令人恶心的气味尽力使自己不呕吐出来。看到刘阳的表情，小龙忍俊不禁。

小龙故意装作未见刘阳在瞪着自己，继续向前走着。她熟门熟路地绕到了小屋后门，拍了拍门。过了片刻，门上的一条木板移开，一双眼睛从里面窥视着他俩。当欧冶子看见小龙，震惊地睁大了眼睛。他打开门，上下仔细地打量着她："老天呀，小龙，是你吗？"

"我很惊奇你还能认出我来。已经很长时间没见了。"小龙说。

铸剑师欧冶子继续盯着她看了好一阵才默默地退到一边让他俩进屋。他指了指屋里另一头一张摇晃不稳的桌子，慢慢地关上了门。然后转过身来重重地靠在门上。

小龙早预见到了欧冶子会有这种反应，她招呼刘阳坐在一张木椅

175

子上，自己坐到了桌子上。她一边环视着屋子，一边等欧冶子的情绪平复。欧冶子是世上最好的铸剑师之一，完全可以选择任何他喜欢的生意，甚至可以在皇宫里工作。其实，皇帝曾经亲自请他去宫里铸剑，但他拒绝了。

他反而选择了在这样不起眼的小屋里工作。小龙的父母说过，欧冶子不想要一个高的官职，因为他不要财富和名利。事实上，他害怕荣华富贵，因为觉得会给他带来厄运。

欧冶子过着简单而舒适的生活，打铸些钉子和工具。干这些活儿赚不了多少钱，所以小屋里的布置显得陈旧，可能都是些二手货。但欧冶子的屋子很整洁，看得出主人很用心地清理过。墙上挂着各种各样的工具，墙边立着一把备用铁砧。跟他的房子相比，他的工具倒是维护得无可挑剔。这些质量极高的工具，他维护得很好。虽然这些工具是任何铸剑师都愿意拿性命来换的东西，可是跟他墙上挂着的其他东西一比就相形见绌了。

他的墙上挂满了兵器，到处都是各种款式、形状、尺寸的剑和匕首。每一个兵器都是一件艺术品，都是经过大师级的精心设计和铸造的。目睹着满墙的兵器，小龙很惊讶这屋子竟然至今还没有被这么多沉重的兵器压塌。墙上每一把的锋刃都闪着寒光，每一把剑柄上的卷曲图案都藏着许多动人的故事。

欧冶子走到桌边，重重地坐在一张凳子上，低头看着凹凸不平的桌面，手指抚着上面的纹路。终于他又重新抬起头来，眼中闪着泪光。"当我听到你父母和朱甫一家的事情时……我……我不知道说什么好。也不知道做些什么才能有所帮助，我很痛心，以为你也死了。"

"差点死去。"小龙说，"我在外面流浪了很久，但我最近与金煌和田灵住一块儿。"

"他们还在经营客栈吗？"欧冶子问。小龙点点头，欧冶子叹了口气。"我已经有很长时间没见金煌和田灵了。"欧冶子摇摇头，然后仰头望着小龙，"自上次我给你这把特铸的剑后又过去了好多年。你已经长大了。"

"不仅仅长了年纪。"小龙附和道，然后移开目光，眺望着窗外，"不全是好事。"

"我肯定你父母一定会为你骄傲的。作为你的义父之一，我有资格这么说。"欧冶子微笑着，然后看着刘阳，"这位是谁？"

"我弟弟。"小龙回答。

欧冶子给了小龙一个奇怪的表情，转过头来又仔细地打量着刘阳。一瞬间，欧冶子轻轻地吸了口气："他是……"

小龙点点头，回答了欧冶子还没有问出口的问题："他叫刘阳。"

欧冶子屏息静听，然后轻轻吐了一口气。过了很长一会儿，说道："你比我想象的要成熟得多。"虽然并不完全赞同欧冶子的话，小龙却也没有吱声。欧冶子转过身来面对着被他的审视的目光搞得坐立不安的刘阳，说道："你长得很像你的父亲。你是太子吗？"

"不是。太子是我兄长。"

"无法想象你父亲竟让你走出皇宫。你父亲是四个结义兄弟中最小心谨慎的一个。"

"我溜出来的。"刘阳有些尴尬地承认。

欧冶子笑了起来，对刘阳道："你也许长得像你父亲，可是你的所作所为和他的一点都不像。他总是循规蹈矩。倘若不是张步的恳请，你父亲或许永远不会聚兵起义的。"欧冶子脸上的笑容突然消失了，然后叹了一口气，"生活中充满了选择。我必须选择受人景仰却无法胜任重责，或者是受人轻视但过着稳当的日子。我选择了后者。也许这是一种懦弱的表现。真是这样的话，我是个选择了一条有退路的懦夫。我当年也是为你父亲夺得江山，出过一份力的。后来，你父亲劝我留在宫里，我谢绝了。我不想为自己出力打下的江山担当责任。"

"我父亲的剑是你铸的吗？"刘阳问。

"啊，是的。从艺术上来讲，是我早期最好的作品之一。为你父亲铸剑的时候，我还很年轻，当时仍然怀有许多崇高的理想，相信世间到处有良知。现在我已茫然若失，这些信念似乎离我已经非常遥远。我很想知道你父亲是否依旧怀有这些信念。不管朱甫在哪儿，不知道他现在是怎么想的。"欧冶子摇摇头，"太多的怀旧呀。你今天来这儿是为了想有一把自己的剑吧？"

刘阳望着小龙，点了点头。

欧冶子站起身走向挂满了兵器的墙。他沿着屋子走了一圈，用手指抚着剑柄。墙上的兵器是按种类摆放的。一个地方挂着弯弯剑身的宽剑。有些上面有挂环，另一些剑锋上有刻纹。在这些宽剑的旁边，挂着一排双刃宝剑，这是一种最常用的剑。

他停在这一片剑前微笑着，从墙上摘下一把修长的剑，在手中转了一圈，伸出食指将剑放在指尖上。剑身平稳地停在上面，丝毫未动。剑身中等长度，两边镶着花纹。他把剑鞘从墙上也摘了下来，转身走回桌边。他将剑递给刘阳，刘阳面带惊异地审视着剑。

剑身其实是火焰花纹，刘阳用手指抚过平滑的剑身，料想欧冶子不知花了多少时间才铸成了这把剑。然后他把目光转到了剑柄上，剑翅是由两只面向两边的银色凤凰构成。长长飞舞的凤凰尾巴合在一起形成剑柄，而剑镡像是云的形状。

欧冶子看着刘阳审视剑的神色，不禁微笑了。恰似任何一个艺术家一样，他喜欢看到别人对他的作品流露出的真心欣赏。他将剑鞘递了过去，刘阳把剑送入了套中。剑匣和挂锁是由类似于凤凰的图案装饰的，剑鞘的皮革是火红色的。

"试试剑。"欧冶子说。他将刘阳领到后门，刘阳利落地一下子把剑拔了出来。在挥动剑的时候，刘阳聆听着剑刃清脆地划破空气，声音如同音乐般悦耳。

在刘阳试剑时，欧冶子向小龙伸出手："让我看看你的剑。"小龙递过她的剑，欧冶子仔细地检查了一遍："保护得很好。"剑身像诞生的第一天那样锃亮。从外形上看，小龙的剑和刘阳的剑非常相似，但小龙的剑身两边镌的是龙。龙头构成了剑耳，长长的龙身作为剑茎，尾巴落在剑镦上。她的剑鞘是深绿色的，欧冶子把剑匣做成了瀑布的造型，像是从张开的龙嘴里喷涌出来的。

欧冶子看着这把漂亮的剑，再次叹了口气。他思忖着，上一次看到这把剑的时候，天下还很太平。默默地，他将剑递还给小龙，注视着她的眼睛。她会意地点点头，像能读懂他的心思似的。

刘阳试完剑，走到欧冶子和小龙身边。欧冶子指指剑，说道："我一直在等机会将这把剑给你，已经好多年了。除了铸剑以外，我并无其他一技之长，在为你们的父母铸剑时，也给四个结义兄弟的孩子们各铸了一把。白虎剑和玄武剑已经失落很久了，小龙用的是青龙剑。我从来没时间和勇气去探望你父亲，所以也没有机会把属于你们兄弟俩的剑给你们。现在，这剑终于找到它的主人了。"

"非常感谢你。"刘阳说。

"不客气。"欧冶子答道，"我相信你一定会好好地用它的。小龙，我还想给你一样东西。"他走回小屋，走到放着一个铁柜子的角落里。他跪下来，打开盖子。他伸手进去，取出了一把跟小龙的剑配对的匕首："我原想着把这个给你的弟弟。我当时计划着去探望你们一家，考虑到你弟弟的年龄，我觉得应该先给他一个小礼物。"

小龙静静地接过匕首，转了一下，然后把它系在自己的腰带上。她脸上的表情并未有变化，但刘阳还是从她眼中看到了悲伤和承诺。

当晚，他俩在欧冶子家中留宿，准备次日离开。第二天天气阴郁，小龙没有花太多的时间道别，只是简单地朝欧冶子点点头便向着肮脏的小路走去。

刘阳给欧冶子深深地鞠了一躬，再一次感谢他赠送的剑。

欧冶子回了礼，然后说道："小龙一直是这样沉默和内向。我想在过去的五年里，对她并没有什么好处。你照顾好她。"说完后，他点点头，转身走回小屋。

欧冶子进了屋，刘阳才追上小龙，两人默默地走着。

路上的行人很少，而阴郁的天气一直跟随着他俩。

当晚，在允许刘阳睡觉之前，小龙让他练剑直到他全身酸痛。刘阳在心里暗骂小龙，可还是听了她的话，慢慢地习惯了自己的新剑。他对这把新剑爱不释手，惊诧于剑劈开空气的感觉。但练习实在不是一件有趣的事。他知道以后自己会感谢小龙的，但他现在仍然满腹牢骚，每一次练习他都不停地抱怨。可小龙根本不予理睬。她只是耐心地等到刘阳听她的指令为止。

两天半之后，他俩终于回到了围绕着客栈的山岩地带。时至晌午，刘阳的肚子饿坏了。他盼着回到客栈之后来一顿热气腾腾的饭食。可就在此时，刘阳看见空中有一柱浓烟升起。他皱起眉，想回头问小龙哪里来的烟，可她已在空中似疾风一般飞远了。

小龙赶到客栈时，震惊得停住了脚步。眼前，马厩早已经燃烧了起来，火正威胁着燃向客栈。她伸出了双手。

25^章

　　小龙凝神聚起内力，用意念与烈火的炽热能量连通。她张开双掌，把火焰的力量吸到自己身上来，瞬间火势开始减弱了。火焰慢慢地失去了势头，火苗还未舔上客栈的房顶，就开始自动熄灭了。因为用力太猛，小龙边喘着气边望着大路的尽头，见有一团滚滚尘土消失在远方。

　　她猜想那一定是刚才放火烧马厩的一帮人，但没有立刻追上去。首先得确保大家平安无事。刘阳落在小龙的身后，她挥挥手让刘阳过来。自己先跑进了客栈，却一下子愣在了原地，她惊讶地看着面前的一片狼藉。椅子全部翻倒在地，摔得破碎的长凳比比皆是。

　　以前用来放名贵酒坛的架子，全部被推倒在地，屋里不见一个人。哦，不完全对！小龙瞧见金煌被绑在右边角落里的一根柱子上。小龙骂了一句，即刻冲了过去，给金煌松了绑。金煌被打得很惨，小龙把他放在地上的时候，他的眼皮微微动了几下。小龙感觉到金煌的生命征兆变得越来越弱。

　　小龙一挥手，把地上的碎片扫到了一边，然后将金煌扶起坐在地上。小龙盘腿坐在他身后，双掌抵上了他的后背。

　　刘阳一进门，看见客栈被破坏的景象不禁倒吸了一口冷气。曾经挂在屋顶上的灯笼大概是刘阳唯一还觉得眼熟的东西。小龙没有理会刘阳，全神贯注地抢救金煌。她闭上眼睛，深吸一口气聚起内力，紧咬牙关，将真气经由双手送入金煌的体内。她用自己的内功为金煌续力。小龙的能量非常强，金煌身上的瘀青马上开始消退了。

小龙不断地将自己的内力输给金煌，确保他没有内伤。她将神识随内力一起输入他的体内，发现他腹中埋着一把匕首，这正是金煌全身是血的原因。小龙双掌一翻，吐出一口气，然后重重地推了一掌。金煌的身体猛然向前一震，嘴里喷出几口血，匕首同时被喷了出来。

小龙腾出左手，在金煌背后点了两处穴道帮他止血。随后继续将内力送入他的体内，直到他睁开了眼睛。

金煌眨眨眼睛并咳了起来。这下惊到了刘阳，他转而推推小龙说："金煌醒了。"

小龙点点头，收回了双手。站起身后，又将金煌扶了起来。刘阳和小龙把金煌扶到了一张完好的椅子上。金煌滑进椅子后再次咳了起来。

"取点水来。"小龙对刘阳说。刘阳立即冲到厨房里，倒了一杯水。厨房里也空无一人，他皱起眉，心想究竟发生了什么事。刘阳往回返的时候，恰好小马夫从旁边的走道里出来，刘阳不禁吓了一跳，差点把水洒了。

刘阳本想数落小马夫，可看他吓得直发抖，又把话咽了回去。小马夫猛然说："来了很多当兵的，把客栈里的人都抓走了。我躲在一个柜子里所以当兵的没发现我。小龙在哪儿？"

"和金煌在前头。"刘阳回答，"我得把这水送过去，跟我来吧。"

"小龙能把被抓走的人都救回来。"他俩边走小马夫边说。小马夫看到屋子里的景象，不禁张大了嘴。他张开双臂径直向小龙飞跑而去，随即紧紧地抱着小龙。

小龙眨眨眼睛，她铁石般的目光变得柔和起来，轻轻地拍拍小马夫的背。等他松开环抱的双手，小马夫不禁放声大哭了起来。刘阳此时走向金煌，将一杯水递给他，他用颤抖着的手指接了过去。他同时摸摸侧身，惊异地发现自己的伤口已经完全愈合了。金煌摇摇头，深深吸了一口气稳定自己的情绪。

"这里发生了什么事情？"小龙问小马夫。

"大概半个时辰之前这里来了一队当兵的。"小马夫开始讲，"当兵的责令客栈里所有的人都集中到这里，但我躲进了厨房的小橱柜，所以没人发现我。我听见人们在小声地议论，当兵的逐一查看每个人的脸，跟一张画像对照。其他的事情我不知道了，因为我躲在柜子里，动不了。"小马夫羞愧地低下了头。

小龙伸手按住他的肩膀："你很勇敢。不出来是对的，不然的话你也会被抓走，我还得像救其他人一样去救你。"

"是的。"小马夫同意，他转向金煌，看见了他身上的血迹，"你在流血。没事吧？"

"现在没事了，多亏小龙。"金煌边说边注视着小龙，"我以为自己死定了。你的能力越来越强了。"

"我知道。"小龙答道，似乎并不因此而感到高兴，她站起身走向门口，"我去追那队当兵的。很抱歉所造成的一切。"

"别这样。"金煌说，"当兵的不是在找你。"

她转过身盯着金煌："找谁呢？"

金煌瞅着刘阳："找当今二皇子。"

刘阳瞪着金煌："不可能。兄长肯定不会出卖我的。"

"其他见过你的一百多号人会不会呢？"小龙问，接着低吼一

去，随即紧紧地抱着小龙。

小龙眨眨眼睛，她铁石般的目光变得柔和起来，轻轻地拍拍小马夫的背。等他松开环抱的双手，小马夫不禁放声大哭了起来。刘阳此时走向金煌，将一杯水递给他，他用颤抖着的手指接了过去。他同时摸摸侧身，惊异地发现自己的伤口已经完全愈合了。金煌摇摇头，深深吸了一口气稳定自己的情绪。

"这里发生了什么事情？"小龙问小马夫。

"大概半个时辰之前这里来了一队当兵的。"小马夫开始讲，"当兵的责令客栈里所有的人都集中到这里，但我躲进了厨房的小橱柜，所以没人发现我。我听见人们在小声地议论，当兵的逐一查看每个人的脸，跟一张画像对照。其他的事情我不知道了，因为我躲在柜子里，动不了。"小马夫羞愧地低下了头。

小龙伸手按住他的肩膀："你很勇敢。不出来是对的，不然的话你也会被抓走，我还得像救其他人一样去救你。"

"是的。"小马夫同意，他转向金煌，看见了他身上的血迹，"你在流血。没事吧？"

"现在没事了，多亏小龙。"金煌边说边注视着小龙，"我以为自己死定了。你的能力越来越强了。"

"我知道。"小龙答道，似乎并不因此而感到高兴，她站起身走向门口，"我去追那队当兵的。很抱歉所造成的一切。"

"别这样。"金煌说，"当兵的不是在找你。"

她转过身盯着金煌："找谁呢？"

金煌瞅着刘阳："找当今二皇子。"

刘阳瞪着金煌："不可能。兄长肯定不会出卖我的。"

"其他见过你的一百多号人会不会呢？"小龙问，接着低吼一

183

声，一掌劈向身旁的一张桌子，将其劈成两半，"这事儿迟早会发生。都是我的错，应该早点告诉你。"

"别傻了。"金煌说，"埋怨自己帮不了任何人。"

"我们没有告诉任何人我们住在哪儿呀。"刘阳说，"当兵的是怎么知道的呢？不可能，我不相信兄长会告诉我父皇。哪怕兄长说了，我父皇也不会这么做的。我了解我父皇。"

"你肯定他有选择吗？"小龙问，声音中充满苦涩。

刘阳脸色发白，然后对着金煌说："跟我说说所有的细节。士兵带了圣旨吗？"

金煌摇摇头："和孩子说的一样，当兵的把我们全都集中在这里，举着一幅画像，画中的人与你很像。查完后，当兵的让客人离开，然后找客栈掌柜，我站了出来。田灵也想跟我一起出来，我没让。总得有人去保护大家。当兵的直接问我你在哪里。我说我完全不知情，当兵的就开始打我了。他们人数太多，我没有胜算，所以只能由他们打。除了田灵没有人知道你们的去向，所以他们什么都没问出来。然后，他们将匕首插进我身体，又把其他人捉了起来留后拷问。在他们走之前，他们放火烧了马厩，那个时候我基本上已经昏了过去，除了坐着什么都做不了啦。"

"当兵的走不了多远。"刘阳说。

"现在去追。"小龙答道，"山儿，我们不在的时候你能照顾好金煌吗？"

小马夫坚定地点点头。

"你还行吗？"小龙问金煌。

金煌轻轻笑了一声："你把这么多真气输入我体内，我想不行都难呢。仍然不敢相信你还站得住，更不用说去打一队当兵的。假如有谁能把被抓走的人都带回来，只有你了。千万小心。"

"我一定小心。"小龙答道，向着刘阳招招手便一起离开了客栈。

小龙和刘阳走后，金煌看着山儿："他们每次出去做傻事的时候，都是这么说的。"

与此同时，刘阳忠诚地跟着小龙出了客栈前门。尽管远处的尘暴已经消失有一会儿了，可是当兵的走得一定不快，所以应该很容易追上。小龙站在客栈外面，盯着焦黑的马厩废墟，思索着该怎么收拾这些当兵的。之前她已经发现马厩里没有马了，一定是当兵的把马全带走了。

他俩此刻只能徒步追赶了。要是就小龙一个人，她可以很快地追上当兵的，可刘阳无法跟上小龙的速度。无论如何，小龙觉得天黑之前还是先不要动手。她向刘阳一挥手，两人向着最后看见尘暴消失的方向走去。

他俩先在大路上走了一段时间，当一队士兵出现在视线中，他俩开始在路两边山岩的掩蔽下前进。太阳快下山时，两人已经紧紧地尾随在队伍的后面了。他俩走到一块高耸的山岩后面时，小龙对刘阳说："留在这里。我去看看我们将要对付的是些什么人。"说完，她一纵而起跃上山石，卧在岩顶上。

小龙爬到足够看清全部人马的高度。窥见只在队列前方有一面金色的皇旗。除此之外，再也看不见其他任何旗帜。这事很不对劲，通常来说，带队远征的军侯一定会在皇旗旁边打出一面自己的旗子。

小龙记得刘阳说过他父皇一定不会下这样的命令，心想可能刘阳是对的。一定是一个想隐瞒身份的大人物雇了这些兵。很有可能就是上次要置刘疆于死地的同一个人。要是这样的话，小龙的众多朋友都会有生命危险，当然，现在的首要任务是抢救从客栈被抓走的人。

小龙相信主使的大人物不会在这支队伍中，也许当兵的能认出他们的头领。小龙暗暗地点点头，目光继续在队伍中搜寻着。她数了数总共大概有一百名士兵，假如计划得当，打倒他们应该不成问题。士兵大部分都骑着马，其中有一半马是从客栈偷来的。五驾装着囚笼的马车在队伍中间隆隆地走着。

囚笼里关着客栈所有的十六名员工。田灵坐在中间一个笼子里，她的情绪看上去很不好。隔着这么远的距离，小龙仍能看出她心中充满了怒火。田灵不常发火，可是当她发火的时候，不管是被谁激怒的，下场一定是灾难性的。

不管怎样，小龙一个人是很难对付一百个当兵的。希望到入夜之前，田灵能保持冷静。小龙跳回到地面上。

"有多少当兵的？"刘阳问道。

"大概有一百名士兵。"小龙回答。

"一百个？我们是不是……"刘阳说到一半停住了，怯怯地笑道，"没关系啦，我相信你能对付的。"

"可今天的事儿有点古怪。我不相信是你父皇下的令。"

"一开始我就这么说了。"刘阳指出。

"士兵只举着皇旗，可又不是御林军。肯定是受了别人的指派，而这个人又不想让人知道他的身份。"

"为什么想要掩藏身份？"

"这也是我想要查的。"

"我们快去。"刘阳说着向路上冲去，小龙伸出一只手将他拽回来。

"到日落之后。"

"好主意，是吧？"

26^章

与帮主大屋的底层不同，楼上的厅堂却是装饰得极其奢华。木地板上铺着厚厚的地毯，墙上则挂满了充满意境的山水画。每个墙角有闪烁的灯烛，与窗外透进来的阳光争辉。

脚下软软的地毯隐去了脚步声，显然这对于朱成而言无关紧要。此时，朱成和班超已穿过了整座大厅，未见一个人。这使得班超越发感叹这栋楼房所占据的巨大面积。

奇怪的是整个楼面不见一个人，没有来来往往的仆佣和任何护卫。他俩在各处徒劳无获地探寻了一会儿，忽然听见窗外传来叫喊声。他俩对视一眼，跑向窗台。班超撞上一个高细的花瓶，不过朱成赶在花瓶落地的最后一刹那用脚尖接住了倒下的花瓶。她踢了一脚，花瓶又重新竖回原地。朱成瞪着班超，然后把他拱到一边自己向窗外查看。

他俩恰好身处二楼，朱成发现楼外的小巷里挤满了一队愤怒的士兵。县令站在士兵队伍的前面，仿佛已经准备好了来报他的仇。县令转身给士兵下达了命令，几个高大的士兵走上前来。"把门打开，否则我们就要砍门了。"县令叫道。

见没人应答，县令做了个手势，士兵把斧头高高地举过了头顶。一下子斧子的一半砍入了厚重的木头大门，士兵费了九牛二虎之力才把斧子拔出来。朱成叹了口气，从窗边退后："等他们进来，帮主早就跑了。谁知道这屋里有多少秘密出口？"

"我们必须赶紧找到帮主。"

"怎么找呢？"朱成问，"这栋楼比皇宫都大。"

"怎么会比皇宫大呢？"班超说。

"打个比方而已，笨蛋。"

"等等，你听见声音了吗？"班超小声说，指指附近的一条走廊。从一边的角落里传来说话声，其中一人听上去像是帮主。

朱成点点头，跑近了走廊。她不是个细心的人，情愿面对面地处理事情。她边跑边悄悄地把剑从鞘中抽了出来，从角落里包抄了过去。她刚一转身，一柄剑迎头向她刺来。她倒地向前翻滚，然后站起身，马上靠在一面墙上，这样可防止被人从她背后偷袭。刚才是帮主本人袭击朱成，这会儿帮主已经逃远了。

与此同时，三个凶悍的杀手向朱成杀了过来，他们手中如风车般舞着小刀。他们三个不同于普通的打手，似乎是职业杀手，朱成眯起了双眼，准备对付面前的三个杀手。她的左边，帮主和他的护卫继续往后撤退。

三个杀手还没来得及攻击，朱成已经先出手了。她举剑向前一弹，击落中间一个杀手的匕首。见此情形，其余两个杀手将他们的匕首朝她掷了过来。她脸上露出轻蔑的一笑，左手接住了其中一把飞刀，又一张口凌空咬住了另一把飞刀。她吐掉口中的小刀，纵身扑向对手。

她倒转剑柄，重重击中了其中一个杀手的胸口，杀手痛得瘫倒在地。另外两个杀手即刻向后跃开躲避，同时拔出剑来。她瞟见走廊入口终于出现了班超的身影。她冲他点点头，一个杀手跟着转头察看走廊入口。

朱成抓住这个机会出手，跃入空中，一推身后的墙向杀手纵去。动作如此迅捷，杀手根本来不及举剑。朱成抓住两个杀手的衣领将他们掷向对面的墙上。等他俩一落地，她的拳已出手，凝气集中内劲向他们击去。

两个杀手重重地摔倒在地上，朱成指指走廊一头："跟上，行吗？不能让帮主跑了。"

朱成和班超忽然听见楼下远处传来沉闷的破裂声和木头碎成片的声响，随之而来的是欢呼声，接着听见重重的脚步声，好像整个房子的地基都在震动。很明显，县令和士兵冲进了楼房。朱成来不及庆祝反而骂了几句，然后向走廊的另一头冲去，班超紧跟在后。

他俩展开轻功飞快地在走廊中穿行，越追越近，很快瞥见一片衣角一闪而过。拐了最后一个弯，他们来到一个光滑石质地面的宽敞客厅，拱形的屋顶上挂着许多灯笼。

帮主和他的三个护卫已经跑过了半个大厅，当听到朱成在后面挑衅地叫喊时，他们转过身来。"我对付帮主，你对付三个蠢货。"她对班超说。还没等班超吱声，她已经出击了。班超叹口气，紧随而上，朝三个迎上来的护卫扑了过去。

没等三个护卫近身，班超纵上半空翻了个跟头，对着地面俯冲下来，剑尖直指最近的一个护卫，他躲了开去。班超并不退缩，他的剑尖抵上了地面。剑身略略弯曲，他将内力注进自己剑中，剑又助他弹回半空中。

这一切变化令三个护卫眼花缭乱，另一个护卫向班超砍了个空剑。班超微微一笑，在半空中扭转身子，轻轻落回地面。他舞了几个剑花，示意护卫上前来。三个护卫互相看了看，默默地点头仿佛达成了共识。中间一个使双剑的向后退开一步，让他的同伙们先上前。他没有攻击班超，反而向纠缠在一起的朱成和帮主走了过去。

剩下的两个护卫慢慢地向班超靠近，班超利用这个机会揣测他俩的实力。左边一个使一柄阔刀，那刀看上去大得足够劈开一座山。与他形成对比的是，他的同伙是一个年轻女子，看上去二十出头。她翻起长袖露出两把弯月刀，两把都是十字形的月牙钢刀。两人的眼中闪着冷光，也在审视着班超。毫无疑问，他俩注意到了班超宝剑的质量，还有班超打量他们时毫无惧意的样子。假如不轻敌的话，班超完全能击败他俩。

班超原先准备打一场硬仗，摆出了防卫的姿势。可是突然间，班超向前冲了出去。边跑边以弧线兜向左边，如此一来他只需先面对一个对手。一次对付一个要比同时对付两个更容易些。否则需要一心两用，面对眼下危险的对手，班超不想错失任何良机。

班超准备了这么多，却没料到恰在他跑动中竟有一把匕首朝自己的脑袋飞来。他登时从震惊中回复过来，顺势卧倒在地，匕首刚好从他的脑袋旁飞过。他倒地后一滚，避开了那名使阔刀护卫劈下的巨型利刃，然后重新站起身来。

班超边起身边举剑格挡。幸运的是，他刚一站起，女护卫射来一把匕首，正好撞上他的剑锋。他将手中的剑一抖，把匕首挥到一边。他虽然吓得不轻，但不想表现出来，瞧着女护卫从地上拾起她的弯月刀。

女护卫冲班超一笑，使得班超恼羞成怒。但他明白一定不能感情用事而上她的当，所以极力控制自己的脾气，将满腔怒火化作一种彻底打败两个危险的对手的动力。他向后退开半步，给自己留出空间，然后又冲向了空中。

　　班超再次由空中向两名护卫俯冲，他这一次冲得更近了，猛地一扭身子随即旋转起来。他的剑也随着旋转，并将内力贯注在整个剑锋之上。

　　两个护卫举起各自的兵器，也用他们的内力来抵挡班超的攻击，却被班超同时扔向两个方向。房间的陈设似乎跟着一起旋转，班超瞅见两个护卫也分别落下来站定。他赶快跑向正准备站直身子的男护卫。

　　男护卫举刀向班超砍来。班超平静地举起自己的剑，刀剑相撞。兵刃相交的声音在房间里回响，班超丝毫不退缩。男护卫拼尽了全身的力气压向班超，可是班超稳稳地撑住了剑，反而使得男护卫的宽刃开始慢慢弯曲。班超看准机会，尽力推出另一只手，然后移向旁边。

　　正当男护卫快速向前跌去时，班超追加一股劲力在他的背上把他顶上了半空。男护卫一直飞向对面的墙壁，随着碎裂声响起，他的头撞上了石头，立时双眼翻白。他的剑当啷一声掉在地上，人也同时滑落回了地上，砸出重重的回响。

　　班超没有沉浸在取得的胜利中，很快地转身面对也已经站直身子的女护卫。她咳了一声，毫无惧意地迎上了班超的目光。在毫无预警下，女护卫手腕一翻，将自己其中的一把弯月刀掷向班超。班超没料到她会用这一招，因为弯月刀根本不是用来当暗器掷的，所以班超迟疑了片刻，刀便割下了他的一小绺头发。

　　班超猛地吞咽了一下口水，注视着弯月刀又飞回到女护卫的手中。她的弯月刀有四个尖角，看上去就像一只足以致命的飞轮。女护卫轻松地将飞回的弯月刀在空中捏住，仿佛她是抓一只木盘子似的。女护卫没等抓牢飞回的弯月刀，已经将手中另一把掷了出来。她接到第一把刀后，又重新向班超飞了过来。好在这一次，班超已经有准备也知道怎么对付了。

当她的两把弯月刀朝班超越飞越近时，班超没有躲开，反而踏前一步迎向第一把刀，举起他的剑，利用刀中间的空隙接住了刀。还没等刀顺着剑身滑下，班超手腕一抖，将弯月刀回掷给女护卫。当第一把刀在空中飞转时，他又对第二把弯月刀如法炮制。

第一把弯月刀砸入地面，并将女护卫衣袍的一角钉在地上。当第二把刀又向她飞去的时候，她已经来不及躲避了。班超掷出第二把弯月刀时早已随着飞身上前，他此时探出手，在离女护卫不到一寸的距离将刀接住。她难以置信地盯着弯月刀，自己的弯月刀竟被别人掷回来，女护卫被眼前几乎不可能的事实惊得目瞪口呆。

班超乘胜追击，在女护卫肩上点了两下，令她无法移动。班超对自己的表现非常满意，他转过身来，恰好看到一把锋利的剑正朝他迎面飞来。

27^章

　　士兵在一个时辰前扎了营，可太阳直到这会儿才开始下山。小龙和刘阳猫在离囚犯不远的几块大石头后面。士兵将关着田灵和其他人的五辆囚车拉到一起，并设了五个哨卫。

　　其他士兵聚拢在一堆大篝火边正在吃喝、唱歌和跳舞。刘阳和小龙早已确认这些士兵不是御林军侍卫。他们不但缺乏纪律，而且装备不齐，也没有真正军队的徽章。他们很可能只是雇佣兵，或者有人花钱从附近某个军阀手里借来的。

　　现在，他们是谁不重要，重要的是他们替谁干活。小龙思忖着，从这些士兵嘴里不太可能问出有用的信息来，但也不妨试一下。

　　小龙的计划是先放倒哨兵，打倒守在囚车四周的护卫，然后神不知鬼不觉地救出囚犯。可原先的计划是假设此时士兵已经回帐篷休息了。谁也没料到这些士兵仍在笙歌入夜。好在士兵们离囚车相当远，假如不是特意朝囚车方向看，估计很难留意到这里发生的情况。

　　小龙他们不想等到太阳完全落山后才行动，因为黄昏是潜行的最佳时机。移动的阴影在这个时间段里不易被人注意到，稍微采取些技巧即能做到不被发现。小龙又察看了一下围在篝火边的士兵，再次把目光移回到五个守卫着囚车紧盯着这个方向的哨兵。

　　小龙终于做出了进一步行动的决定，对着刘阳举起了手，示意他既不要出声也不要动。但她还是立刻觉察到身边的刘阳，早已紧张起来了。假如不是因为此刻需要绝对的安静，小龙一定会长叹一声。她想着晚些时候需要跟他聊聊，可现在有更要紧的事情需要做。

小龙小心谨慎地准备了五枚银针。当篝火边的士兵们又开始新的一轮歌曲时，她向五个哨兵挥出了银针。哨兵们一个接一个地瘫倒在地，他们什么都还没有觉察到便晕过去了。身体倒地的声音淹没在嘈杂的歌声中。

士兵们或许没有觉察到哨兵们被打倒了，可囚犯已经发现了。几个囚犯有点惊恐，但明白他们自己最好不要有明显的行动。另外几个囚犯紧张地偷望了远处的士兵几眼，当小龙突然出现在离火堆最远的一辆囚车边时，囚犯们却没有感到吃惊。其他几辆囚车恰巧挡住了士兵们的视线，所以小龙不必太小心。

所有的铁链都上了锁，小龙边检查边皱起了眉，担心她开锁的时候会发出响声。她叹了一口气，闭上眼睛施展魔力。魔力包裹着全部囚车，在所有的铁链上都附上了一层能量。小龙释放出魔力，所有的铁链同时无声无息地掉在地上。接着囚车的门慢慢地打开了。等她睁开眼睛，每个人都正张大嘴巴瞪着她。她点点头，示意他们从囚车里出来。

刘阳来到小龙身后，帮助囚车里的人慢慢出来。前面四辆囚车里的人都无惊无险地撤了出来，大家小心地选着落脚的地方向大路走去。田灵第一个从囚车里出来，她冲着小龙和刘阳笑了笑。她双脚一落地，立刻开始发号施令了，极有效率地用手势指挥所有人原地不动，待车里人全部出来后一起行动。

最后一个出来的是一个出了名的笨拙的使唤丫头。一点儿没错，她才一踏出囚车，车便一下瘫倒在地。

士兵肯定听到了这一巨大的响声，因为囚车上的牢笼掉到了地上完全崩塌了，好几个士兵猛地回头看着他们。一些反应快的已经跳了起来，开始大喊大叫。小龙骂了一声，挥挥手，五辆囚车立刻被提到了半空中，射向飞奔而来的士兵们。前面的士兵望着从天而降的囚车，猛地停了下来。后面的士兵无法及时停下，把前面的士兵一下子撞倒在地。

尽管小龙没把囚车砸在士兵身上，却让囚车落在了士兵和马的中间区域。

田灵登时明白了小龙的用意，叫道："抢马。"大家已习惯于听田灵的命令，照着她的喊声冲向马匹。囚犯中有些本身是马夫，很快使受惊的马儿镇定了下来。

他们每两人骑一匹马，以便由会骑马的照顾不会的。田灵向小龙望去，小龙挥手让她走。田灵点点头，带头冲上了大路。小龙摆摆手，一把银针飞去解开了仍然系着马的绳子，一瞬间马儿乱作了一团。

此刻，小龙转身对着奋起直追的士兵。起先，士兵们向后猛退，被不清楚的状况吓坏了。可如今，在首领的命令下，不少士兵翻过崩塌的囚车向小龙和刘阳冲了过来。小龙凝视着越来越近的士兵，思索着反正先前已经使了魔力，现在没有必要再继续掩饰了。

她张开双臂闭上了双眼。她的神识飞向士兵们，用意念控制住了横七竖八滚了一地的囚车上的木桩子和木柱子。一弹响指，所有的木桩子和木柱子被提上了半空。

士兵们互相望着并一起向前逼了上来。小龙明白田灵他们需要更多的时间，她决定打晕全部的士兵。假如每个士兵都失去了知觉，没有人可以详细报告这里发生的事情，至少最近几天士兵不会再被派去客栈了。

小龙甩了一下手，受控制的木头仿佛像线控木偶一样前冲后突起来。碎砾卷成一阵龙卷风包围着士兵。士兵们互相对望着，转身想逃，可是没走几步又被一道废墟帘挡住了去路。眼下的情势如此严峻，可士兵们脸上不知所措的表情真是有趣极了。

小龙陡然发现自己似乎挺享受此情此境，虽然明白不应该这样，但还是觉得非常解恨的。一会儿，她凝住神力，唤起一阵废墟风，几乎把所有的人都吹倒了。随即风越来越大，以至于发展到了巨飓的程度，此刻她才将能量释放在飓风中。碎木片登时向着士兵们射了出去。

一根大木桩打中了左边一排士兵，把他们击上了空中。然后他们被轻轻地摔在地上昏了过去。与此同时，右边的木条横冲直撞，打中士兵们的头部并将他们击倒在地。

一小队士兵侥幸突围了出来，企图逃跑。虽然小龙闭着眼睛，可是通过魔力看见了阵地上的一切。她从地上提起了一大捆长矛，随手朝着士兵逃跑的方向抛去，长矛飞上空中，继而插入了试图逃跑的士兵周围的地上，将士兵们围得水泄不通。企图逃跑的士兵猛地停住，紧接着一阵木桩雨打在他们的身上，一个个都横七竖八地摔倒在地。

当这一切完成后，小龙一挥手，所有的碎砾便停了下来。起先由于用尽了全力控制魔力，小龙此时累得直喘气。

与此同时，刘阳已把目光从士兵身上移回到依然熠熠闪光的小龙身上。渐渐地，小龙身上的光芒消失了。太阳此时已经完全落山了，星星升上了天空，恰好刚够勉强看清楚周围。

小龙垂下手，深深地叹了口气，转向刘阳，皱起了眉："事情搞砸了。"

"你在开玩笑吗？"刘阳问，"这是我见过的最酷的事情了。"

小龙只是摇摇头。她低头瞄着脚下一截木桩子，用脚踢了起来抓住它，然后将一点魔力送入木条中，啪的一声，木条的另一头燃起了火焰。红色的火焰跳动着如同一支巨大的蜡烛。神奇的是，火焰中包裹着的木条却没有被烧掉。刘阳目瞪口呆地看着这一切，小龙又踢起另一根木条，如法炮制。

她将其中一支火把递给刘阳，走向不省人事的士兵，显然没有注意到刘阳在看她时的惊异神情。她走近每一个倒在地上的士兵侧身查看。刘阳将火把举到一臂之外，眼中充满了疑问。他终于问道："你怎么点燃火把的？"

"用内力点的。"小龙回答，"靠气劲支撑着能烧一阵子。很有用的。"

"太有用了。"刘阳说，"你现在又在做什么呢？我们该赶紧回客栈去了吗？"

"先得查清楚是谁派这些人来的。"

刘阳点点头，又紧张地望了一眼火把之后，和小龙一起搜找线索。他将火把举得高高的，一抹金色的闪光吸引了他的目光。他向闪光点走去，见一名晕过去的士兵身上有一枚小小的包金名牌："我可能找到了一样东西。"

小龙走了过来，看见了士兵身上的包金名牌。那玩意儿按重量来说挺重的，下端坠着一串穗子。牌子装饰华丽，上面的一枚玉扣是用来系在腰带上的。正面的铭文表示持牌者可以自由地出入皇宫。背面镌刻着仙鹤图案，表明来人官阶不小，小龙确定此人肯定不是一个普通的士兵。她将令牌交给刘阳，然后又蹲了下去。她伸手探入那人衣服的前襟，取出一封信来。

小龙轻巧地撕开信封口，取出了信笺。她的目光上下飞快地扫着密信。要是说作为天下最有权势的将军之一的女儿有什么好处的话，她现在所拥有的才学，是其他同年纪的人望尘莫及的。

小龙的父母不是蛮横不讲理的家长，但事关她的学业，还是颇为严格的，完全不让她有松懈的机会。这反而激发了她自己尽力学习的愿望。先生教给的东西，她不但照单全收，还能做到青出于蓝而胜于蓝。实际上，后来她拆解密信的速度比她父亲还要快得多。

小龙只需在密集的字里行间快速地浏览，便能读懂密信里隐藏的意思。她此刻读着信，脸色渐渐变白。刘阳看着她瞬间变得苍白的脸色，心想是什么恐怖的事情竟然让她有如此强烈的反应。

小龙长长地叹了一口气闭上了眼睛。刘阳终于不耐烦了，从她手里抢过了信，可是却看不懂上面说的是什么："怎么回事？"

小龙好久好久都没有回答。后来她终于开口了，样子显得很挫败："士兵是来对付你的。"

刘阳几乎是烦躁地低吼了一声："这个我们不是已经知道了吗？"

"他们要你的命。"小龙说。

这可叫刘阳有点难以接受，他吞咽了一下口水："他们一定会以同样的方法去对付父皇和皇兄。"

"应该是的。"

"我们得赶紧回皇宫去。"刘阳说，有些气急败坏。

"我明白。"小龙几乎是用耳语的声音回应道。

刘阳登时想起这对小龙意味着什么。他压了压自己的惶恐情绪，望着她："你不必跟我一起去的。"

小龙睁开眼睛，摇摇头将信取了回来："我和你一起去。天一亮就走。"说完，她转身向客栈走去。

第二天一大早小龙和刘阳向金煌和田灵辞别。他们和客栈的其他员工也都打点好了行李。他们不能继续留在这里了，被小龙打晕的士兵迟早会带着援军再找上门来的。要是他们还待在这里的话，士兵到时候肯定不止是将金煌拎出来毒打了。

小龙的脸色很阴郁，紧咬着牙关，默默地看着客栈。

金煌上前，把手按在她的肩上："别责备自己。"

"假如不是我来投奔你的话，你还在经营这间客栈。"

"我们一定会闷得发疯的。"田灵指出，"你和我们住在一起的这段时间再次提醒了我们，当年为什么放弃富贵的生活。"

"另外，也是我们该回陈柳去的时候了。"金煌说道，"在外太久了。听说有一个军侯占领了陈柳。也许我们在陈柳还能为此做些事情。至少，我们还可以再开一间客栈，但不会再在这种前不着村后不着店的地方了。"

"自然，得先挣些钱。"田灵说。

听到这里，刘阳上前几步，紧张地清了清嗓子："对于发生的这一切我真的很抱歉。不是小龙的错，是我的错。"

"你现在听好了。"金煌开始说道，"我们最不想看到的就是你也过分自责。没人逼着我们接纳你们。我们这么做，非常清楚后果是什么，所以你别再自责了，你们的自责帮不了任何人。"

"我懂。"刘阳回答，"但有些事情还是能帮上点忙的。"刘阳将自己的黄金佩剑解了下来，就是他父皇赐他的那把，交到了金煌手里，"拿着。至少这是现在我能做的，真的。"

金煌和田灵两人的目光在刘阳和佩剑之间来回转了几次。金煌试图把剑塞回给刘阳。

"你别开玩笑了吧。"田灵说道，"这把剑能买下一座城池呢。"

"正是。"刘阳边躲到小龙身后边说，"你们可以用它买你们需要的任何东西。"

金煌思忖了一会儿，最终把剑递给了小龙："我们真的很感激，别误会，可是我们不能要。首先，想想这是从哪儿来的东西。除此以外，我们拿着它走在路上你想会发生什么事情？"

刘阳皱着眉承认了："我想你们也不能太平了。"

"正是这个道理。"金煌说。他从小龙手里拿过剑，重又交回给刘阳。

"我真的很想为你们做点什么。"刘阳说，然后咧开嘴笑了，"有了。小龙，你能用你的魔力从剑身上取下几块珠宝来吗？"

小龙点点头，接过了宝剑。她将一小股劲力送入剑身，一大枚蓝宝石和一小枚红宝石落在她手上。她向刘阳扬扬眉，刘阳挥手示意她再多取一些下来。

没等小龙再取宝石，田灵抢上前来把剑夺了过去："两颗足够了，不能再多了。就这两颗已经能买任何我们想要的客栈了。"

刘阳会心地笑着将宝剑重新挂回腰带上。

田灵和金煌有些怏怏的样子，小龙着实高兴了很多："保重吧。"

山儿走上前来，抬头望着小龙："你不跟我们一起走吗？"

"不了，"小龙答道，"我们要去京城。"

"你以后会来找我们吗？"山儿问。

"要是可以的话，一定会去的。"小龙答着。心里却想，或许这次自己没法活着回来了。

　　"谁来保护我们呢？"山儿问道。在过去的半年里，山儿把小龙视作自己死去姐姐的替身。金煌和田灵客栈里的所有员工都是无家可归。几年前，山儿流落到客栈，又肮脏又有病在身，他的双亲和姐姐在饥荒中死了。金煌和田灵收养了他。

　　小龙低头望着山儿，目光渐渐温柔起来。要是自己的弟弟还活着差不多就是这年纪，于是她决定给他一个纪念品。她将手伸入腰带取出欧冶子原先给她弟弟特铸的匕首。她把匕首递给山儿，弯下腰注视着他的眼睛："这本该是我弟弟的。"没再多说一句，山儿看得出这匕首对她十分重要。

　　山儿庄重地点点头，将匕首别在腰带上。然后他抱了抱小龙，跟她告别。

　　小龙直起身，看见金煌和田灵正盯着自己。她向着他俩略微躬躬身子，转身朝着大路走去。刘阳挥挥手，紧随在小龙身后。小龙没再回头，刘阳回头望去，发现金煌和田灵还在原地目送着他们。金煌抬起手，刘阳挥手回应了他。不一会儿，一列山岩挡住了他们的视线。

　　过了一会儿，小龙长长地舒出了一口气，刘阳望着她。"你把匕首送人了。"他说，不知道她会如何作答。

　　"像我之前说的，过去的就是过去了。虽然我无法保证我以后都不会再想，可我不会让它控制我的生活。我会放下一切，就算丢了性命也会尽我全力保全你的父皇和兄长。"

　　刘阳没有接这个话茬，两人默默地走着。

28^章

　　时近中午，小龙和刘阳到了一个小镇，径直去了一家面档。他俩一边吃着，刘阳一边看着背着杂货走过去的镇民们。

　　这个小镇只有一个村落大小，仅一条街。卖布的商贩正向路人兜售货物，时不时地还跟认识的人打招呼。卖小吃的小贩没有固定摊位，推着车在街上来回走，希望能招揽些生意。小龙吃得很慢，她的目光落在远远的地方，刘阳知道她正沉浸在深思中。

　　一会儿，小龙的眼神专注了起来，她与刘阳一起打量着镇里来来往往的人。她突然发现有些不对劲。在这样规模的一个小镇，应该只有一两个要饭的，可在他们的附近就有七八个。就在小龙留意的这一会儿工夫，又来了几个。

　　然后，她也注意到了乞丐衣着上的细微差别。街对面聚集的乞丐胸前打着一块红色的补丁；而在面档街的这边，乞丐们的衣衫上打着蓝色补丁。满身满脸泥污的乞丐们各自缩在一个角落里，面前摆着一只破碗，并且警惕地搂着一根竹棒。

　　乞丐们仿佛尽量地保持镇定，可是掩藏不住他们对另一方的明显敌意。没过多久，镇上的人也注意到了突然增多的乞丐。很明显，这对于镇民来说是一件熟悉不过的事情，因为商贩店家开始收拾铺子。面档的掌柜向小龙和刘阳走过来，行了个礼："真的是对不住，我得回家了。"

恰好小龙和刘阳已经快吃完了，所以很快离开了座位。在掌柜匆匆忙忙地走掉之前，小龙叫住了他："这帮乞丐是些什么人？"

面档的掌柜似乎对整个情势深觉恐惧，偷偷地向会集在一起的乞丐看了一眼，用近乎耳语的声音说："他们不是真正的乞丐，或者说跟我所知道的乞丐不一样。他们是一个邪教组织里对立的两个帮派，这个组织里的人发誓身着乞丐服。"

"他们在这里干什么呢？"刘阳问。

"这些乞丐每年来这个小镇上打一架。每年都有几个会死在这里，我们还得替他们收拾残局。要是叫我说的话，他们该找一个我们看不见的地方去打他们的架。"掌柜又瞟了一眼乞丐，"我得赶紧走了。真是对不住了，换作是我，会赶紧离开这里。"说完，他拍拍牛肚子，牲口开始慢慢地拉着车向前走，身后拖着整个面档。

小龙估计了一下形势，冲着两个大屋中间的空地偏了偏头。

刘阳跟着她，问："我们该做什么？"

"你怎么会觉得我们要做什么？"小龙问。

"要是有你不出手的一天，就是我身上长翅膀的一天。"刘阳答道。

"算你说得对。我们先跳到这房顶上看他们怎么打，直到需要有人介入。你能上去吗？"他俩背靠着一间两层楼的商铺，小龙指指房顶。

刘阳估计了一下，点点头。

"跳吧，要是你掉下来，我保证让你摔得不是很痛。"

"这不像是在保证我不摔。"

"自己别掉下来呀。"

　　"我不会掉的。"刘阳不服地说。在起跳之前，他凝神聚气，挑战自己的内力。然后一纵而上，将全部的气劲都释放了出来，刘阳跳得比以前高出许多。他跃了六尺多高，接着在空中踏步将内力向下压，又升高了几尺。这样，他很快跃上了屋顶。没等刘阳站稳，小龙也无声无息地落在了他的身旁。"你至少得给我片刻的工夫让我为自己得意一下嘛。"刘阳说。

　　"对你没好处。"小龙马上回答。

　　"噢，你可以，是吗？"刘阳不依不饶。

　　小龙给了刘阳一个阴阴的表情，但没有持续太久："我能做的事我都做得绝对地好。"

　　刘阳眨了眨眼："这可是新鲜的事。"

　　"我的玩笑还是我的自大？"小龙踏在屋瓦上向着屋脊边走边问。

　　他闻言一笑，然后回答："两样都有。"他跟小龙一起趴在屋顶上，将脑袋伸出屋脊察看。地面上两派对立的乞丐们还没有闹起来，人数明显增多了。刘阳估计两边至少各有十几人。一场恶战肯定是少不了的。乞丐们的竹棒打人会很痛，不过刘阳仗着有剑，他不担心。

　　小龙好像是能读懂刘阳的心思似的，她很快打碎了他的美梦："你不可以下去。"

　　"为什么不行？"刘阳反问。

　　"如果我没猜错的话，这是一个恶名昭著的帮会。每个能入帮会的人都是出了名的格斗好手，假若我要介入打斗的话，需要专心。我就不能分心兼顾你了。"

　　"你这是对我的侮辱。"刘阳抱怨。

　　小龙取出了她的面罩："是事实。而且……"

"我知道，我知道是你为了我好。我很希望能帮上你的忙而不是常常成为你的累赘。"

"别这么想。你在这么短时间里的进步已经远远超过了我的预期。"

"你在夸奖我！我现在觉得好多了。"

小龙嘟囔了一句："别太高兴了，我随时会打击你的自大。"

"有你在身边，我不会自我膨胀。"刘阳跟她保证。

下面突然骚动起来，打断了他们的对话。突然一下子，仿佛事先有约定的信号，两帮乞丐列队站到了街道两边。

乞丐们互相面对着即将用尽力气拼杀的对手，一时间讽刺声和叫骂声此起彼伏。一会儿喊叫声停止了，街道两边的乞丐们沉默地站了好久。风渐渐地止歇了，仿佛整个世界都屏住了呼吸。

终于，一名身着打着红补丁衣服的乞丐向前猛地冲了出去，成群结队的乞丐开打了。乞丐们一对一地打了起来，双方差不多势均力敌。但身着打着蓝补丁衣服的乞丐多了两个，他们两人联手攻击对手。没多久，一个被三个蓝补丁乞丐袭击的红补丁乞丐开始败下阵了。

被打的红补丁乞丐开始变得狂躁。从他的招数上看，他只是集中精力招架如雨点般砸下来的拳头，毫无还手之力。

其余的乞丐都在专心打自己的架，没人腾出空来帮他。他使出了绝望的最后一击，将自己整个身体都扑了出去，压在其中一个对手身上。两人在地上纠缠着，蓝补丁乞丐被压在了底下。还没等红补丁乞丐出拳头，另外两个蓝补丁乞丐就像野兽一样扑了上去，对着红补丁乞丐的腹部连环出击，直打得他瘫软倒地。

小龙决定该出手干预了。在下屋脊之前，她又对着刘阳投去了警告的一瞥。她边走边打了个响指，用面罩蒙上了自己的脸。她不想被人认出来。

她落在被打得半死的红补丁乞丐的身边。她一翻手腕，两个抓着他的蓝补丁乞丐向后飞了出去，撞在了石墙上，立时晕了过去。

附近几名正在开打的乞丐转身看着小龙，放弃了原先各自的对手赶来对付她。显然，相比自己的对手，乞丐更恨搅局者，因此他们联手来对付她。小龙一点儿也不担心，当六个乞丐一起向她攻来时，她只是静静地站着。等乞丐进入了攻击范围，举起竹棒向她戳过来时，她向后弯腰，竹棒从她面前掠过。她继续向下弯腰，并用指尖轻轻触地。以此借力，两腿踢向空中，把乞丐手中的竹棒统统打落。

重新翻身站稳之后，小龙顺手接住了一根掉下来的竹棒。还没等乞丐们明白过来发生了什么事，她已经纵身向前。她像个行家一样挥舞着竹棒，时快时慢让人猜不到她的招数。她用竹棒将面前的一个乞丐缠得一跌，他一下子摔倒在地，并将他身旁的乞丐也撞倒了。

他俩右边的一名乞丐头顶被竹棒一劈，倒在地上。其他几个乞丐也都受到了同等待遇，只在呼吸之间，六个乞丐便失去了战斗力。小龙没花时间欣赏自己的杰作，她向余下的一些刚刚注意到她的乞丐走去。

他们一起向小龙围来，瞥见被她打倒在地的六个同伙。边上的两个乞丐，像是各自帮派的首领，向自己手下示意先集中力量对付小龙。乞丐们接到指令后，每对格斗的乞丐互相憎恶地看了对方一眼，然后点点头，似乎赞同先收拾了小龙再继续他们自己的格斗。

与此同时，小龙猛身上前穿行在乞丐中间，她行动迅速，乞丐们根本没有机会击中她。乞丐们使的套路让她赞叹。虽然套路编排得极其高妙，但出招的乞丐们功夫不到家。

　　一根竹棒向小龙头顶劈来，小龙用自己的竹棒封住。她略略转了一个角度，轻易地化解了力道，并把竹棒从乞丐手里挑了开去。然后她放低手中的竹棒，一头戳中了乞丐的肚子。乞丐弯下了腰，她手中竹棒一转，击中了乞丐的脑袋一侧。

　　小龙取过竹棒，掷向空中。竹棒飞快地转动了起来，像是一只飞旋的盘子，打倒了好几个乞丐，然后又向小龙飞了回来。她一把接住，及时躲开了另一个乞丐的一击。没等乞丐改变攻击方向，小龙抓住乞丐的手一抹，将她自己的竹棒夹在乞丐的手臂和腰侧之间，竹棒于是压到了乞丐的背上。

　　乞丐的眼睛睁得老大，任凭小龙发力将他往下摁，直到把他摁倒在地上。小龙在他的颈根轻轻一点，确保他有好一阵子不会醒过来。

　　这会儿，大概只剩下数十个乞丐。想到路边的店家都在偷偷地从窗户里往外看，小龙决定尽快结束格斗。直到此时，小龙还没有使出自己的全部功力。此刻，她想尽快结束余下的格斗。

　　一打定主意，小龙马上将手中的竹棒向身后一扔，竹棒当啷一声掉在地上。乞丐们不自觉地向后退了一步，警惕地看着她下一步的招式。乞丐们的担心不无道理，瞬间，小龙用尽内力双掌推出，把乞丐们一起撞向他们身后的墙壁。

　　乞丐们一起滑倒在地，小龙将注意力转向她暂时放过的两个头领身上。他俩互相看看对方，想转身逃跑。可小龙没打算轻易放过他俩。她伸出双手，将内力送出去，用气劲把两个乞丐头领严严实实地包裹起来。然后一收力，两个乞丐头领在她的脚下瘫软了下来。

　　小龙松开他俩，弯腰抓住他们的前襟提了起来。她用严峻的目光从一人的脸上转到另一人的脸上，直到两个乞丐头领害怕得叫了起来。"下一次，去别的地方打你们的架。"他们两人忙不迭地点头，小龙再次盯了他俩一眼算是定下了这个承诺。然后松开手，她在他俩肩头一点。两个乞丐头领咚的一声同时倒在了地上。

没等镇上的人出来问东问西，小龙一纵上了屋顶，落在刘阳身旁："我们离开这儿。"

"就这么两下子，竟是出了名的高手？"刘阳道，"我都能收拾这些乞丐。"

小龙落在店铺后面的地上，刘阳也跟着跳了下来，落地时没扬起尘土。小龙摘下面罩，向着镇外走去："乞丐们会把你杀了。"

"你觉得会这样吗？"

"我肯定。"

"想知道我怎么想的吗？"

"问题是，我有选择吗？"

"希望下一次，你能让我跟几个家伙单独过过招，这样我能知道我到底有没有进步。"

"好吧。"

"真的？"

"如果你这么不确信的话……"

"不，不，我确信。"当他们离开了小镇地界，重新走上大道时，刘阳非常满足地微笑着，"我等不及再遇上几个强盗了。"

"我们应该碰不上。"小龙说道，"不久前我们已经过了京师兵巡防的界限。这里的乡间没有这么危险了。不管怎么说，你已经无惊无险地穿过这里一次了。"

"嗨！"

"你带着这把剑，这么明显的目标都没有被袭击，真可以算得上奇迹了。这倒提醒我了。"她把手伸进衣袋里掏出一大块布，"把你的这把剑裹起来。"

刘阳接过了布，皱起了眉头："一定要吗？"

"是，一定要。"

"不管谁想偷，你都能打退他们呀。"刘阳指出。

"不关这事。你的剑太惹眼了，见过的人都会记得。我应该早点让你裹起来。无论如何，它会招来太多不必要的注意。大部分的人会认为它是假的。认为它是真的的人要么想来偷，要么会跟人谈起它。你觉得如果京师兵听到风声后会发生什么事呢？"

"我猜不会是什么好事。"

"他们会来追杀我们，认为是我们偷来的。"

"可我不是偷的。"

"你能证明吗？"

"我有腰牌。"刘阳答道，指着一块小小的能证明他身份的金牌。

"谁会相信你是皇子？"

刘阳低头看看自己，不得不承认小龙讲得对。刘阳此时穿着一身寒酸的袍子，看上去像是一个平头百姓。他并不觉得这是一件坏事。他最后耸耸肩听从了小龙的建议。

小龙从刘阳手中拿过裹好了的剑，背上自己的肩膀。当刘阳要求自己背的时候，她只横了他一眼，他便安静了。对刘阳来讲，多背一把剑确实会碍手碍脚，但对小龙而言，却不算什么事儿。

29^章

当晚小龙和刘阳投宿在一间客栈，一夜平安无事。第二天一大早，小龙起床后，跃上了客栈的房顶看日出。她伸出双腿垂在屋檐边，头枕着双臂躺在房顶上。看日出总能使小龙感到宁静，当看着圆圆的太阳慢慢爬上天空时，什么都不用去想了。

然后小龙把思绪拉回到山儿和其他人的身上，不禁长叹了一口气。为了躲避追踪，金煌和田灵他们绕远路前往陈柳，想来现在也快要到了。原先打算要安全地送他们到陈柳，可是当她跟田灵和金煌说明了情势之后，他俩坚决让小龙跟刘阳去京城，一再说他们能照顾自己，小龙只能希望他们可以平安到达陈柳。

她还是没法相信自己把弟弟的匕首送给了山儿。倒不是觉得山儿配不上这把刀，只是没想到自己能这么轻易地放下过去。把弟弟的匕首送人，比起当时向刘阳保证不向他父皇寻仇，更使她多了一层解脱。她现在没有办法收回自己的决定，她已经永远放弃了复仇的权利。这是值得自己高兴的事，尤其今天是家人遇难五周年的忌日。

小龙轻叹一声，觉得一日之内往事已经想得够多的了。她寻思着在唤醒刘阳之前再做点别的事情。昨天赶路把刘阳累坏了，所以她想着让他多睡半个时辰吧。她又重新躺回到屋顶上，但背上系着的宝剑硌得她背很不舒服。

　　她突然有了个主意，决定先试验一下。她伸出手催动魔力将一块大石移向自己。任它飘浮在半空中，她闭上了眼睛。她寻到自己神识运足内力，一点一点地，将大石越压越紧，像是把棉花塞进一个袋子里。她终于满意了，睁开双眼，她几乎在微笑。大石被缩成了自己的拳头大小。她成功地将石头缩小了。既然可以压缩石头，为什么不能压缩宝剑呢?

　　小龙轻轻一挥手，放开了对石头的控制。它发出轻轻的一声爆破音，又重新弹回了原来的样子。她把石头轻轻放在地上，拿起刘阳的宝剑。打开裹布，钻石的光芒差点把小龙闪瞎。阳光反射在宝石上，小龙眯起眼睛才能看见东西。

　　小龙用对付石头的同样方法，将宝剑的气场缩成小小的一团。当她睁开眼睛，宝剑已缩到只有原来大小的五分之一。现在宝剑变得像匕首一样，可以让刘阳藏在外袍下面，别在腰间。

　　她一边上下抛着手中的匕首，一边走向刘阳的房间。当她走近时，皱起眉吸了吸气，发现空气中有一种说不出来的奇怪味道。突然间，她想起这是一种特殊的药草，一经点燃，会将人迷晕。

　　小龙骂了一声，疾步向刘阳房间赶去。她屏住呼吸踢开门，目光飞快地闪到床上，发现刘阳已经不在床上了。对面的窗子开着，透过窗子，她看见远处一块岩石后面有一抹衣角闪过。她冲上前从窗口纵了出去。一落地便立时跳起，跃上半空。

　　片刻之间，她已经飘到三个把刘阳扛在一个口袋里的汉子上面。她唯一觉得欣慰的是假如他们已经杀了他，就不会这么麻烦拖着他到处走了。她在他们面前轻轻落下，使出内力向他们击去。他们三人向后飞了出去，而装着刘阳的袋子却浮在空中然后轻轻地落在小龙脚边。她用手不着痕迹地一挥，袋子裂成两半，露出还打着呼噜的刘阳。

很明显刘阳还活着，于是她将愤怒的目光转到三个绑架者身上。他们向后退了一步，互相看了一眼之后决定不能退缩。没有人想被当作懦夫。可是小龙决定要做点足以让他们害怕的事。她向他们三人上前一步，开口道："谁派你们来的？"

中间的汉子把手伸进怀中取出一张画着刘阳画像的悬赏布告："我们是捕快。要是你知好歹的话，赶紧消失。"

想起刘阳曾经说过的话，小龙答道："我从来不知好歹。"

三名捕快闻言略略愣了一下，但很快恢复了平静。他们拔出自己的宝剑，上前向小龙走来。她看都不看他们一眼，手腕一翻对着他们射出了三枚银针。

等他们三个倒地后，她坐到了刘阳身边。将他摆成坐姿之后，把一股内力输入他体内，逼出他体内的毒。他咳嗽几声，猛地一抖，登时醒了。他迷惑地摇摇头，四下里看看："究竟发生了什么？"

确定刘阳没事后，小龙又走到三名捕快身边，从他们怀里取出布告。她将布告打开，看了一遍。所有的内容都很正常，除了赏金部分。如果活捉刘阳的话，捕快可以拿到二百两金子，这是一个比普通人一辈子能赚的钱还要多好几倍的荒唐数字。

刘阳走过来站在小龙身后，她把布告递给他。"嗨，这是我呀。"他说。

"一点儿没错。"小龙说，她指指三个倒在地上的捕快，"他们是来捉你的。"

"我什么都没察觉到。"刘阳道，声音听上去吓坏了，"我皇兄常说我睡得像块木头。要是他知道了这事，会永远说个没完。"

"他们先把你迷倒了的。"小龙告诉他。

"这样说得通了嘛。"

"我们以后不能再投宿客栈了。简直不敢相信我竟然疏忽到让他们离你这么近。"小龙自责地说。

"别担心。你已经保护我这么长时间了，不管从哪个角度看都是非常令人赞叹的事情。"刘阳安慰她道。

小龙没答话，刘阳感觉他的话已经使她舒服了些。"我有样东西给你。"小龙说着取出匕首，抛给了刘阳。

他接住看了好一会儿才认出来："这是……"

"我把它缩小了。"小龙答道。

"你是疯了吧？"刘阳惊奇地小声道。

"这样你可以别在腰带上了。"

"还能把它复原吗？"刘阳有点着急地问，这毕竟是他父皇给的呀。

"当然。"

刘阳深思地望向她，问道："你能把人也缩小吗？"

"我不知道。怎么了？"

"只是好奇。"刘阳回答。

小龙白了他一眼，耸耸肩，没再理会刘阳。

30^章

　　朱成朝帮主冲去，留下班超一个人对付三个保镖。她举起已经出鞘的宝剑向帮主的头上砍去。他轻松地一挥手举起自己的剑挡住了一击。朱成转动剑锋，分开剑身。分开时的冲力把两人同时击退了，朱成在地板上滑出去几尺，使劲地在地上跺了一脚才停住。

　　帮主挥舞着剑，催动一阵阵气劲向朱成击去。她将剑打斜，一侧锋正好将气劲又冲帮主反弹回去。可他再次切出宝剑，卸去了一些力道。但帮主还是退后了半步，这就给了朱成机会进击。千钧一发之际，帮主偏身向左，朱成的剑尖恰好滑过，将他的衣衫割成两半。

　　帮主举起左手，试图向朱成掷出一把匕首。幸好朱成突然变换了方向，成功地一脚踢中了他的肚子。

　　他重新站稳脚跟，对朱成提高了警惕。他小心地看着她，她也意识到他应该是很长一段时间以来她面对过的最危险的敌人之一。至少有一点，他的速度跟她一样快，这一点已经叫人担忧了。

　　在帮主向朱成袭来时，她突然感知到第三名保镖出现在自己身边。她一急转身，自己的剑可以同时挡住两人的攻击。当保镖举起他的另一把剑时，她俯身向前，将全部重量都压在冲她袭来的双剑之上。

　　她强劲的内力一下子把两把剑震了开去，当保镖的第二把剑在她头顶疾挥而过时，她马上卧倒，接着又跳起身，一气呵成。

两个人围住了她，她发现新来的保镖，比帮主更高更壮。保镖手使鸳鸯剑，熟练地舞着剑花。他脸上带着一种冷峻的表情，动作灵活。朱成的眼神并未退缩，不过当麻烦来了，她还是能分辨出来的。

帮主和他的保镖互相使了个眼色，朱成极不喜欢他俩流露出来的一种志在必得的神情。她决定不给他们时间计划周详，所以她先发制人了。她向前冲两步，纵身上了半空，且一个空翻，落在帮主的背后。

在她落地的一瞬，帮主扭转身子正好挡住她的袭击。她举起剑用尽全身力气砍了下去。因为站立未稳，帮主的剑差点儿没能挡住她的一击。她越压越低，他跪了下去，剑几乎脱手。

与此同时，保镖用他的双剑向朱成袭来。她放开帮主，跃上半空，用双脚将保镖其中的一把剑抽了出去。她夹住剑在空中使力飞了开去。等她落回地面，脸上带着嘲讽的笑容看着他俩。果然上钩了，他俩同时发起了攻击。她挡住了他们的剑，开始转动双腕带动他们的剑一起转。她将两把剑转动得越来越快，好像是在身边转动着两只银盘。

突然之间，朱成改变了手腕转动的方向。帮主握住了他的剑，可是保镖的剑脱了手向屋子另一头飞去。剑深深地没入墙中，保镖低吼了一声，用手掌向朱成击出。朱成没来得及收回自己的手，他的拳头击中了她手中的一把剑，剑跟着飞了出去。

然后保镖追着他的剑跑了开去，剩下帮主自己一人保护自己。朱成对这个喘息的机会很满意，她将全部注意力都放在揉着手腕的帮主身上。朱成知道自己在保镖跑回来之前没有多少时间了，她纵身向前。离帮主四尺远时，她将剑尖冲下对着地面，以此为支撑抬起腿踢中了他的胸口。帮主只退后了半步，比朱成估计他恢复的速度要快得多。

　　没等朱成自己站稳，帮主攻上前来，向她发出一连串的猛击。他狂风暴雨般地出击，打得她只有招架之力，连连后退。她终于又稳住了脚步，接住了下一拳。两人分开身后，朱成发现帮主已经将她逼过了半个屋子。

　　就在保镖又重新加入的时候，朱成听到了一声闷响，望过去正好看见班超将另一名保镖扔到了墙上。

　　"你能对付她吗？"保镖问道。

　　"没问题。"帮主用一种极其轻蔑的语调说。

　　保镖在班超放倒了第二名保镖时偷偷走到了他身后。

　　班超一转身，几乎迎面碰上保镖刺来的一剑。他向后一仰跳开，保镖跟了上去。

　　两把剑粘在一起，两人的内力互相冲击着对方，把两人都推了开去。等他们都稳住了脚步，慎重地审视了对方，这才又重新纵身向前。班超就地团身一滚，举起剑架住了向他两边压下来的双剑。然后他用剑鞘重重地击中了保镖的肚子。

　　班超飞扑到一旁，翻身站起，看见保镖正咬紧牙关忍住痛。可他仍旧轻蔑地笑了笑，说："要是你投降的话，我会说服帮主收你做他的保镖。"

　　班超瞪着他，马上回过神来，冲地上鄙视地啐了一口："我永远也不会为这种人渣卖命。我也永远不可能跟你这样的人并肩而战。"

　　保镖怒吼一声，向班超猛地冲了过来。

31^章

两天后的清晨，刘阳和小龙终于走到了城门口。守城的卫兵看都不看一眼挥挥手让他们进了城，刘阳不禁叹了口气："我离家出走的时候，是通过一条出城暗道，而且是深更半夜。相比之下，今天这也太没意思了。"

"总比一进城就被抓了好。"小龙回应道。

"好像你情愿我被抓走似的。"

小龙没再理会刘阳的问话，反问道："打算怎么进宫里去？"

"卫兵能让我们走正门吗？"

"不可能。还是翻墙吧。"

"城墙有五丈高，而且重兵把守。"刘阳指出。

"整个城墙都有吗？"

"是啊，据我所知。"

"你当时是怎么出来的呢？"

"我朋友可兰用马车偷偷送我出来的。"

"你带我去城墙，我再想办法进宫里去。"

刘阳点点头，然后径直朝皇城中心走去。他俩花了约一顿饭的工夫穿过大街小巷，来到了环绕皇宫的城墙脚下。城墙足有五丈高，每处至少有一丈厚。他俩站在远离正门的地方，抬头打量着周边的围墙。巨大的红色宫门几乎直抵墙顶。眼下，城门大开着，城墙之上的堡垒里站着一大队卫兵警戒着。

城墙两边的角楼里也布满了卫兵，在各自的布防暗哨注视着整座城市。几个卫兵手执弓弩，不过大部分卫兵只是把弓挎在背上。他们显然是些训练有素的士兵，每一个卫兵都时刻警惕地注视着接近皇宫大门的人。卫兵是非常尽责的，但小龙敢打赌不是所有的卫兵都一样忠于职守的。

皇宫正门的护城河上，一座汉白玉桥连接着两边。小龙起先想着直接从这儿过桥，但转而又否定了，不值得在此引起不必要的注意。

小龙反而沿着护城河边一路向北走。没多久，他俩到了第一座角楼下。角楼坐落在城墙上使其高度增加了一倍，形如一座三面塔。可这里的卫兵把守显然松懈了许多。

一个计划渐渐在小龙脑海中形成，但她需要先找些伪装。她挥挥手让刘阳跟紧她，然后他俩来到了一处后巷，这儿行人不多。她很快撞上了她想要找的，四个歇岗的皇宫卫兵。他们一行四人全都喝醉了，她见四下无人恰巧可以实行自己的计划。

四个卫兵还未注意到他俩的出现，小龙已一个箭步蹿上前，在每人的颈后轻轻一点便将他们全部放倒。她一挥手，两个卫兵身上的皮甲滑了下来。她再一弹手指，凝神聚力。瞬间，卫兵的皮甲早已稳妥地套在了小龙和刘阳的身上。

刘阳张开双臂，低头看看自己，抬头看着小龙："你以前干过这个吗？"

小龙摇摇头："从来没有，但我的魔力越来越强了。"

刘阳弯下腰，捡起两个头盔。他戴上一个："好极了，很有用的。"他边笑着边将另一个头盔递给小龙。

　　小龙领头朝角楼走去，闭起眼睛然后催动魔力。她的魔力向周围蔓延开去，遇到了一阵轻风。她扣住这股轻风，将自己内力输入其中。然后稍微调整了一下，这股风立即在城墙上端旋转了起来。她一抖手腕，把这股风送入了角楼。这股风像一阵小旋风似的在城墙顶上打着转，角楼上的所有卫兵都转过头来看。几个向楼梯处跑去，想到城墙上去看个究竟。

　　机会来了，小龙抓住刘阳的手，纵上了半空，一直上到角楼的第一层。当她催着刘阳向楼下跑去的时候，刘阳仍然震惊地睁大着眼睛。他俩跌跌撞撞地冲下了石阶。好在，一直到底层都没遇上任何人。

　　在角楼的最下层，一个卫兵向他俩点头打招呼并擦肩而过。小龙点头示意，卫兵又继续向前走了。

　　通向皇宫的大门在角楼的楼梯口对面，小龙和刘阳朝着楼梯口走去。她拉开大门，招呼刘阳先进门，如此这般他俩溜进了宫里。他俩的正前方是恢宏庞大的皇宫宫殿。远处隐约可见的是处在宫殿对角线上的一座刚才他俩溜进来的角楼。

　　"我们先去哪儿？"小龙问。

　　"去找皇兄，"刘阳回答，"我有一种直觉，父皇肯定对我特别不满，所以希望皇兄能帮忙缓解一下情势。"

　　小龙有些紧张，说："别跟任何人提我的姓，要是有人问，就说我姓赵。"

　　刘阳点点头，有点担心地向小龙瞟了一眼："我猜，特别是不能跟父皇提。"

　　"特别是不能跟你父皇提。"小龙叹了口气同意。然后她向一条小路走去，刘阳跟了上去。很快轮到刘阳带路了，他俩路过了一片区庐和一间马厩。

　　这里的房屋与房屋之间距离相对比较近，有很多的人走来走去。大部分是巡逻的士兵和宫人，但周围也有一些官员。尔后有一大帮穿着各色官服的官员向他俩的方向走来。

　　刘阳恐怕有人认出他来，向边上一挪，离开了主道。"上早朝的时间到了。"他向小龙解释。

　　他俩没走多远，有一个跟他俩年纪相仿、比刘阳稍矮一点的姑娘从阴影里跳了出来。她身着一件朴素的衣袍，左手却握着一把剑，她应该不是普通人。她径直向刘阳走来，伸出一根手指点了点他的胸膛："你已经回来了吗？凭我惹的这么大的麻烦才把你送了出去？你知不知道当我承认是我助你出逃的，我爹有多生气吗？你父皇倒还好，可我爹说如果有必要的话，哪怕把你打晕也要阻止你出去。我到现在还身陷麻烦呢！"

　　"可兰，声音轻点儿，行吗？"刘阳急切地小声说。

　　可兰一定看见了刘阳的神色，皱起了眉："好吧好吧，去我们老巢吧。"她很快掩进了一栋屋子后面，推开一块大石头，底部露出了一个大洞，这是一处空置院落中的一间屋子。她抓住洞口上方的把手，然后滑了进去，落到有好几尺深的地下室。

　　可兰点起一盏灯笼，刘阳也已经钻了进来。小龙向四周扫了一圈才跟了进去，她脚落地的同时手一挥，石头恢复了原位。

　　地下室里的家具和装饰比想象的要齐全。刘阳和可兰拿这里当他们的老巢好几年了，在那段时间里，他们把用得到的东西偷偷运了进来。地下室是一个统间，可兰沿着墙走过去，将屋顶上挂着的一对灯笼都点着了。

　　刘阳一下子跌进散落在各处的一张软椅上，然后舒出了一口气：

"回来可真好。"可兰在他附近坐下，翻了个白眼："何必要走呢？算啦，别回答这个问题了。你肯定要扯开去说些什么要让你的名字传颂千年之类的话了。"

"我没有。"刘阳着急地否认道。

小龙除下头盔，脱掉盔甲，坐下抱起双臂准备看出好戏。

刘阳和可兰来回斗了好一阵嘴，刘阳才终于站了起来："我来给你介绍我师父，小龙。"

可兰抬头看着小龙，她虽然微笑着可是眼中带有警觉："很高兴认识你。刘疆告诉我你一个人打退了七名黑莲令杀手。"

没等小龙回答，刘阳就打断了可兰："等一下，假若皇兄跟你说了这件事，他会告诉父皇些什么呢？"

"什么都没说。"可兰答道。

"为什么要告诉你呢？"刘阳迷惑地问道。

可兰笑了起来，冲他扬扬眉："你知道，你可不是我唯一的朋友。再说，我想你可怜的皇兄独自守着这些秘密快发疯了。幸运的是，大部分目睹了整个事件的人随着使节走了。你皇兄甚至说服了梅乔不要提起这件事，虽然我不知道他是怎么做到的。甚至没有人知道他被袭击了，所以我可以说你的秘密还是安全的。但你现在回来了。还没有告诉我你为什么要回来。"

刘阳呼出了一口气，又坐回到椅子上："说来话长。"

"下早朝之前你见不到你皇兄和父皇的。"可兰指出。

"对。"刘阳清了清嗓子，这才开始讲起了故事。他讲了所有的事情，但却没提小龙的姓，也没有提起她的魔力。可兰竟一次没有打断刘阳，虽然她的目光不停地在刘阳和小龙之间来回扫着，因为她实在没有办法相信他们经历的这些事。刘阳讲完，坐回椅子中："这就是我为什么要回来的原因。"

好一阵儿，可兰没出声。然后她转向小龙："你一个人击退了一百名士兵？"

小龙纠结着该告诉她什么，又该说多少。然而她知道自己需要得到这个女孩的信任。她伸出手打了个响指。立刻，一团火焰在小龙的掌上燃了起来。当她合上手掌握紧拳头的时候火又灭了。

可兰的眼睛睁得老大，瞪着小龙，不知道说什么好了。

可刘阳倒是有很多话要说了："等等，你足足过了好多天才给我看这些。你这才刚刚认识可兰，就这么信任她？"

小龙耸耸肩："你信任她吗？"

"当然了，我认识她好多年了。"刘阳指出。

"大多数时候我相信你的判断力。"小龙加上了一句。

刘阳白了小龙一眼，似乎没有被小龙的话安抚住。他转向仍旧迷糊着的可兰，又将所有的事情解释了一遍，并加上了小龙驱使魔力，大战丁侯以及刺客等情节。

等刘阳讲完，可兰跌坐在椅子里，来回看着他俩。她终于清了清嗓子："我开始后悔没跟你一起去。"

"想想那样你得惹多大的麻烦呀。"刘阳说。

可兰轻哼一声，翻了个白眼："我没觉得有什么关系。反正已经惹了这么大的麻烦了。我想早朝应该快散了。我们去找你皇兄吧。"她站起身，然后又停住了，"其实，你们俩应该换上件像样点儿的能在宫里走动的衣服。"

刘阳低头看看自己，笑了："好主意。记得我留了几件不惹眼的衣服在这里的。"

"你有不惹眼的衣服吗？你是堂堂皇子，你的东西没一件是普通的。"可兰说。

"相对普通一点的，满意了吗？"刘阳没停下来等可兰回答，便向房间远处的一个角落走去。墙边放着一只箱子，他打开盖子，在里头猛掏了一阵，选了两件衣服拎了过来。一件是闪滑的丝质锦袍，绣着凤鸟图案；另一件的衣料稍微粗糙些，是刘阳从洗衣局里拿的宫人穿过的衣服。他把这件递给小龙，知道她穿不惯华丽的衣服。

小龙只是简单除去了皮盔甲，皱眉看着刘阳递来的衣服："我不用换。"

刘阳耸耸肩，将袍子甩到了身后。他自己穿上了一件锦袍，在腰间系上了长腰带。他掏出他的金色匕首，递给小龙："能帮我复原吗？不然我真的很难跟父皇解释。"

眨眼工夫，宝剑恢复到了原来的长度，小龙递还给了刘阳。

可兰闭上了她张大的嘴巴，清了清嗓子。像是有什么话要说，最后还是决定不说了。她走向出口顺手将一张椅子踢近了洞口，推开石头，先爬出了洞口，刘阳和小龙紧随其后。

32^章

可兰领头向着皇宫中心的大殿走去。他们一边走，小龙一边直视着前方，但她全身心都警戒着。她启动了魔力神识，用内力撒出了一张宽大的网。那网越扩越大，直到笼住了整个皇宫。在他们走到主殿的这一段时间里，小龙用她的魔力绘出一幅整个皇宫的简图。

小龙此刻将注意力转回到了身边，当他们三人走进宫廷出入的大门时，她握紧了右拳。即使在大门口，也能处处感觉身在皇宫。四周都是材质精美的器物，从铺地的木地板到各个角落里放置的花瓶。事实上，小龙只瞟了一眼便立刻看出多件青瓷花瓶值好几倍相同重量的金子呢。

快步走过的宫人向可兰点头行礼，认出了刘阳之后不禁多看了几眼。虽然很久未见刘阳，但深知不能在眼下窃窃私语，而且也知道宫里的规矩，怎能当着皇子的面讲闲话呢？

小龙暗暗地记在心里，却不露声色。尽管自己下过决心不再复仇，但现在要面对面地见到皇帝的时候，仍然需要很大的决心和强大的自控能力来克制自己的仇恨。

瞧见梅乔从走廊另一头向他们走来，可兰问道："刘疆在哪儿？"

"正和皇上还有你父亲在御书房里。"梅乔很快回答，然后他瞅见了刘阳，立时停在原地，"你怎么在这里？"

"回头再说。"刘阳继续向前走，喊道。

可兰朝梅乔一挥手，小龙面无表情地朝他点点头。可兰和小龙很快跟上了刘阳，而小龙却听见梅乔跟在他们三人后面。

不久，他们来到一扇巨大的木门前，这是通向御书房的大门。整队的御林军沿着大门两边的走廊守着，却没挡在大门口。他们径直走向门口。侍卫们迎上来挡住了去路。可兰举起她的令牌，刘阳也拿出了自己的。侍卫们点点头，退到了两边。

而其中一名侍卫堵在小龙前面，直视着小龙的眼睛问道："你是何人？"

小龙还没回答，刘阳插嘴进来："是我师父，我给她做担保。"

侍卫们互相对视了一下，看着刘阳。

"我再加一层担保也没有用，是吧？"可兰问。

御林军头领摇摇头，转向小龙："我恐怕……"

"我也给她做担保。"梅乔边沿着走廊走来边说。

听到这话，头领点头放行，然后示意手下开门。两扇门被推开，四个人一起走进了皇上宽敞的御书房。

御书房里装饰之简朴令小龙很是意外。她下意识里以为这里所有的陈设都是鎏金的，可是大厅里几乎没有什么装饰品。墙上挂着一幅山水画，每根直通房顶的红色柱子上都挂着著名诗人的诗句。桌子和椅子看上去线条简单又不失优雅，一点没有小龙想象中的繁饰。小龙只是一眼便将房里的一切尽收眼底，她把大部分的注意力集中在屋子一头坐在桌边的三个人身上。一个是刘疆，身着朝服看似一位堂堂的太子样。坐在他身边的是一个身材高大、胡子修剪整齐、身着全副盔甲的人，想必是可兰的父亲，马原将军。最后一个人，一定是皇上了，身着显眼的红色朝服。

小龙的目光紧紧锁在皇上的脸上，咬紧牙关控制着自己的情绪。此刻，她离杀死自己父母和弟弟的人仅一剑之遥。她深深地吸了一口气，放松下来。不，皇上不是自己的敌人，他只是一个统治者，一个好的兄弟和一个尽了最大的努力遵守誓言的男人。归根结底，不是他杀了自己的家人，而是黑暗灾星造成所发生的一切不幸。

忽然见刘阳他们进来，皇上、刘疆和马原一起站了起来。当他们看清确是刘阳时，都震惊地眨着眼睛。马将军有着军人的自控力，最先恢复镇定，盯着自己淘气的女儿："可兰，你解释一下。"

尽管之前可兰说了，刘阳的出走给她带来了很大的麻烦，可她似乎不太担心，尤其他们现在是在皇上面前。小龙倒觉得在场的人的举动都很奇怪。以她所知道的，每个人必须等皇上示意，在皇上开口前绝不能先说话。可马原此时没有搭理刘阳直接向他女儿问话，而皇上好像也不生气。小龙一直以为皇上是个对宫规仪制要求很严的人，看来她显然错了。事实证明，小龙对许多事情的理解不可能总是正确的。

"父亲，"可兰慢慢地回答，"我知道刘阳出走的事情已经过了很长的时间了，我也知道他的这一身穿着不太像样，不过刘阳还是可以认出来的吧。没有人像他这么难看的。"

将军皱起了眉头，没等他说什么，刘疆就大声笑了起来。太子带着他天生能化解一切的本事，热情地笑着向弟弟走去。兄弟俩拥抱了一下，然后刘疆后退一步上上下下地打量了刘阳一遍："你把自己照顾得不错，小弟，然而不得不说可兰的评价是准确的。"

刘阳一拳打在皇兄的肩膀上笑了起来："我一直知道你喜欢她比喜欢我更多。"

此刻，皇上和马将军走了过来，马将军不住地摇着头。不管怎么说，他看着自己女儿的时候还是微笑着："我拿你怎么办好呀？"

皇上将一只手放在马将军的肩膀上："你已经做得很好了，千万不要有其他想法。可兰是个好学生，一个放眼全国都算是最棒的好士兵。而且……"说到这儿皇上转身对着刘阳，"可兰没有谁都不告诉一声就离家出走。"

刘阳心虚地笑笑并摸着自己的脖子后："对不起，父皇。我只是想离开宫里一段时间。"

皇上停顿了好长一段时间，每个人都在等着听他要说什么。然后，他点点头："我明白，我很高兴你回来，很高兴你回来了。"

刘阳展颜笑了，上前拥抱了父皇。皇上似乎被吓了一跳，但立即也紧紧地回抱了刘阳。

等他们松开了怀抱，御书房里整个气氛轻松了很多，除了小龙之外大家都在微笑。然后刘疆转到小龙面前，行了个礼："很高兴再见到你。"

小龙只是点头示意，什么都没说。

"你也认识她？"马将军说，瞟向小龙，目光中带有明显的疑问。

"正是她在黑莲令杀手袭击我们的时候救了我们。"梅乔说。

"什么？"马将军说。

"噢。"梅乔说。

"做得好。"可兰道。

"你也知道这事儿？"马将军转身问可兰。

"知道什么事儿？"可兰说，看上去完全无辜的样子，可是却无法说服任何人，尤其是她自己的父亲。

他低吼一声，对可兰说："我们要好好谈谈这些事儿。"

"很显然，我们有很多的事儿该好好谈谈。"可兰叹了口气说。

"刘疆，你可否解释一下？"皇上问。

这下轮到刘疆露出心虚的表情了，不过他还是很快并简短地将事情讲了一遍："不管怎么说，我欠小龙一份人情。"

"我也欠她了。"皇上边说边转向小龙。他打量着她，然后他像是认出点什么似的皱起了眉头。他看着她的宝剑，瞪大了双眼："你是张步的女儿。"

听见这话，马原的剑已经握在手中。他一把推开皇上挡在了他的身前。将军将剑举在小龙面门前，小龙纹丝不动。她低头看了一眼自己的宝剑，然后平静地注视着马原的目光。她能感觉到刘阳想要说话了，她举起一只手制止了他。

可皇上抢在小龙之前，将马将军推到一边，命令道："你们，全部都撤回兵器。"

马将军没有听令，还是不动，不过却挥手示意让其他人退后。

"我说了撤回兵器。"皇上又说了一次。

"不行。"马将军回答，"保证陛下的安全是在下的职责。你知道她想要做什么。"

"我知道。"皇上同意，"她有权这么做。"

"这根本不是你的错。"将军抗议，听上去像是在排演一段说了很多次的台词。马将军的目光瞟向皇上，可是仍然持剑对着小龙，马将军的剑离小龙的咽喉只有几寸之遥。

"是我下了最后的命令。"皇上答道，"我当然有责任，责任大到我现在必须要对此有个交代。"然后他轻轻一抹，抽出了自己的剑，一把击开将军的剑，把他拨到一边。

　　将军十分震惊，撞上了可兰之后才站稳了身子。他准备好了要马上再冲上前去，可是皇上转过身来，目光灼灼地盯着他："我的朋友，请你不要管这件事。"

　　马原看着皇上，妥协地点了点头。他的剑重又归鞘，然后退后一步跟其他人站在一起。

　　见马原如此，皇上转身面对小龙。他收了剑然后上前几步站到她面前："我没有期望你能相信我的话，可是你们全家的死对我造成的伤痛并不比你的少。你当然有权否认我们之间的特殊关系，可我仍旧视你为我自己的女儿。而且，我也非常骄傲地看到你尽管经历了这么多磨难，还是成长得如此优秀。我知道你不会向其他无关的人复仇。"

　　小龙深深地望进皇上的眼中，把自己的剑举到面前，然后慢慢地从鞘里抽出剑。她登时听到身后传来的尖叫声，她没去理会。她举起剑向前掷出，任剑向皇上的方向飞了出去。

33^章

剑深深地锲进皇上身后的椅子里，剑锋离皇上仅毫发之遥。皇上看着剑，又望着小龙，很是意外。小龙向剑伸出手，剑又飞回到她手中。她接住剑柄，舞了个剑花，把剑重新插回鞘中。然后她第一次开口说道："我父母从未责怪过你。就当你欠我的债还清了。"她随即转身走了出去，留下一阵尴尬的沉默。

过了一会儿，刘阳清了清嗓子，大家转身看着他。

"你知道她的身份吗？"马将军质问。

"当然，我……"刘阳说着。

"你疯了吗？"梅乔打断刘阳，质问道，"你究竟为什么把她带来这儿？她很可能……"

刘疆摇摇头："她之前何必救我呢？"

"好接近你呀。"梅乔驳道。

"小龙有必要这么做吗？"刘阳问，"她早知道我是皇子。"

"可刘疆是太子。"梅乔答。

"这有何关系呢？"刘阳追问。

"等等，"可兰叫着，"你们都没说到事情的关键上。重点是，她已经到了这里，她完全有机会复仇的，可是她没有呀。很明显，她不是为复仇而来的。"

"单凭刘阳把她带回宫里就让我很不安。"可兰的父亲说道。

"我相信小龙。"刘阳说，像是在问有谁想挑战自己。

"几个月只身在外也没有治好你的幼稚病。"梅乔叹口气说道。

"跟这事没有关系。"刘阳回嘴，"小龙永远不会说话不算数的。"

"与我们当中任何一个人相比，她都是个更高尚的人。"皇上温柔地说道。

"到底是怎么一回事？"刘疆问。

刘阳简单地总结了他的奇遇，然后转到救人的事情上，他们是如何发现耿蜀的阴谋。"我们在一个当兵的身上找到的。"他取出一封信递给皇上。

"是一封密函。"马将军看了一眼之后说道，"你看不懂这个，是吧？"

"不懂，可是小龙会看。"刘阳回道。

"当然。张步是我们中间最聪明的。他只需要看一次便能记住如何拆解密码。"皇上叹了一口气说。

"我还是非常好奇为什么小龙跟你一起回来。"刘疆问他的弟弟，"她肯定知道来皇宫后将面临很大的危险。"

"谁认为我们应该把她抓起来？"梅乔问。

"不行。"刘阳飞快地说。

"你抓得住她吗？"可兰说。

梅乔将信将疑，刘阳说："她一人打退了刺客，一人能打退七个黑莲令的高手，从宫里逃走应该是毫无阻碍的。"

"谁也不许有抓她的念头。"皇上下令道，"有关她身份的事情不准出这个屋子。我决不允许五年前发生的事情再次重演。我欠张步。听见小龙说她父母从未责怪我，足以使我高兴，虽然这并不能减轻我的罪责。将耿蜀拿下，让我一个人好好想想。"

五个人鞠躬行礼后便从门口退了出去。刘阳向一名侍卫打听小龙的去向，他们指指敞开的窗口。

刘阳看见小龙坐在对面的屋顶上便也从窗口跳了出去，几个箭步然后一跃而起，使出内力向上飞去。

可兰从下面看着刘阳快步飞上屋顶佩服极了，刘疆评论道："以前他绝对做不到这样。"

"小龙教的。"可兰说道。

"她真是个好师父。"刘疆说。

"能教会这样的孩子，应该是天下最好的师父。"梅乔勉强地带着些敬意喃喃道，"说明她更有威胁。"

"趁早歇了吧，"可兰对梅乔说，"你只是担心要是小龙真的伤了我们中的一个，会怪罪于你。"

"我不明白你在说什么。"梅乔道。

"你也为她担保的，还记得吗？"可兰问。

"不记得。"梅乔回答，瞪着眼睛看可兰。

刘阳到了屋顶上，坐在小龙的身边，她毫无反应。她听见刘阳穿过窗子，瞧见刘阳一下子跳上房顶也毫不惊奇。但她感到惊奇的是居然没有侍卫前来抓她。"我又该逃亡了吧？"她终于问道。

"不。父皇命令谁也不许透露你的身份。"刘阳回答。

"很好。我此刻没心情打架。"

"你觉得会分心吗？"

"不是，我会太专注目标。"

"噢。"

过了一会儿，小龙说道："我以为你会很不高兴我刚才做的事。"

"怎么会呢？"

"我威胁了你父皇。"

"你没有啊。他一直都没有危险，虽然你掷出剑的时候我屏住了呼吸，但我知道你永远不会伤他。"

"你这么信任我，将你父皇的性命交在我手上？"

"无论怎么看，我都没有选择。"刘阳指出，"就是马将军也阻止不了任何你想做的事。再者，你是我的义姐，我们发过誓不管怎么样都要互相信任。你已经做了你能做的，我知道你把你自己的身份告诉我是对我多大的信任。至少我能做的是回报这种信任吧。我欠你的远远比你欠我的要多。"

小龙看着刘阳满脸诚恳的表情，心情轻松了起来。她觉得刘阳说的都对，只是有一点不完全正确。自己欠刘阳的和刘阳欠自己的是一样的，这本身实在是无法衡量的。小龙对着刘阳微微一笑便纵身跳下房顶落在了庭院里。

刘阳边咧嘴笑着边跟着跳了下来，可是当他看见马将军给下马威似的盯着小龙时，他又严肃了起来。

小龙和刘阳在屋顶上的时候，其他人到了庭院里，小龙离马将军不到一丈远。她平静地看着他，他对上她的目光，审视了她一会儿。他最终右手在上一抱拳，深深弯下了腰，这对他来说是自己对对方的一种莫大的恭敬。小龙回了礼，却一句话没说。

马将军直起腰来，向小龙点点头。梅乔瞟着马将军，又看看小龙。不管他自己之前说过点什么，但他对小龙确是心存敬意的。他也弯下腰深深地鞠躬，连对皇子们他都不曾行此礼。

刘疆笑笑，举起刘阳交给他的密信和父皇给的一道圣旨："我们去抓捕耿蜀吧。"

马将军点点头表示赞同，转身对着他的女儿："我想你终究还是对的。让刘阳出去闯闯也不全是件坏事。"

可兰冲马将军扬起眉毛问道："这就是说您原谅我了？"

"这就是说起初没有事情需要被原谅的。"马将军笑着回答。看可兰咧开嘴笑，他又说道："这并不等于说我给你撒野的特许。"

"我做梦也没想过哦。"可兰对马将军说。

"好。"马将军边往外走边大咧咧地说。

刘疆、梅乔和马将军三个人离开了内廷，留下小龙，刘阳和可兰站在一起。

"你父亲今天特别和蔼可亲啊。"等他们走远听不到了，刘阳说。

"我知道。"可兰附和，"我得谢谢你父皇为我说好话。"

刘阳大笑着拍拍可兰的肩膀："马将军根本没生你的气。"

"也许没有，不过有皇上为我撑腰总是有帮助的。"可兰答道。

"也对。"刘阳转身对着小龙，"说起我父皇，他有可能想与你谈谈。你想去吗？"

小龙想了好一会儿才点点头。

"我们回去吧。"刘阳建议。

还没等他们三个人回到御书房，皇上已经打开了门。他先向小龙鞠了一躬，这可让侍卫们糊涂了。"有很多事情我想跟你谈谈。你愿意吗？"见小龙点头，他转身对刘阳和可兰说，"我知道你们俩有很多旧要叙，别在这儿晃了。去花园里走走吧。"

等皇上关了门，刘阳转身对可兰说："你这段时间在干什么呢？"

"肯定没有你经历的事情刺激啦。"可兰边朝走廊一头走边说，"你不在的话，捉弄侍卫都没有以前好玩了。"

"这等于是说你想我啦？"

可兰笑笑说："有可能。"

"肯定是啦。我们不是真的去花园吧？"

可兰猛地停住，白了刘阳一眼："你离开太久了，是吗？我去过花园几回？肯定不是啦，我们去校场。"

"刀校尉还跟以前一样混账吗？"

"我怎么知道？自从我摔了他一个大背飞之后他一句话都没跟我讲过。"

"你什么？"

"我知道。我惹了一身的麻烦，可是当我把他摔在地上的时候，看到他的脸真叫我高兴了一天。你走了之后，他变本加厉地找我的茬。几乎是无视我，两组队员对练的时候还'不小心'地落下我。他不教我，我就自己练习。我整天带着我父亲的书，自己边看边练习。我还是每天继续去上课，受了他的很多羞辱都没有发作。几周前，刀校尉终于失控了。他要把我赶出校场，说他受够了给姑娘当保姆。好吧，我也受够了，没等他反应过来，我就把他打倒在地，冲出了校场。"

"我都不知道你这么能干。"刘阳道。

"没你在边上烦我，我进步了不少呢。"可兰答道，"看得出来，你也一样。进步了多少是另一个问题了。"

"你是要跟我决斗吗？"刘阳大笑着问。

"你就当我是吧。你应战吗？"

"当然，也许现在我打得过你了。"

"对啊，接下来兔子要吃狐狸了。你要是能打过我，小龙一定是你的神。"

"你非得那样说吗？"

可兰没有回答，反身走进校场，踢了一脚门边的兵器架子。两柄训练用的竹剑弹了起来，她一把都抓住了。等刘阳进了门，她扔了一把给他："要是你觉得你真的这么厉害的话，让我咽下我自己说的话吧。"

刘阳看看手中的剑又看看可兰，迷惑地说："你不叫我咽下这把剑已经是我的运气了。"

"就是要这种状态。"可兰说道。她解下自己的佩剑，把它靠在墙边，然后走到沙石地的校场中间。

刘阳也照着做了，解下欧冶子给他的剑，他把父皇给他的剑留在御书房里了。他舞着可兰扔给他的竹剑，试着手感和重量。然后走上前，来到了校场中间。

刘阳一进入圈中，可兰即刻纵身向前，希望打他个措手不及。这招对他从来都管用，所以当他侧身躲开，并挡住了可兰的一击时，真让她吃了一惊。她笑了笑，见刘阳分开相交的剑，向她抹来，她一个后空翻避开了。

可兰稳稳地站住脚，点点头："绝对有进步。"

刘阳笑着拿剑指着她："现在投降吧，不然叫你尝尝我的厉害。"

"你倒是敢。"

叹了一口气，刘阳放下手臂："每次你这么说，最终都是我一身瘀青。"

"不断重复才是学习的关键。"

"当你开始引用刀校尉的话时，是我真正有麻烦的时候了。"

"我们不是应该已经打得不可开交了吗？你还唠叨个不停干什

么？"

"我们好好地打一架。"刘阳喃喃道。他纵身向前，向可兰挥剑过去。她横移一步一剑向他的腰腹挥出。刘阳在最后一刹那扭身避开，一下子跃起。他在半空中转身又向可兰一剑扎去。他一落地，她便卧倒在地，翻身滚开。

没等他站稳，可兰就自他身下踢了过来。等他一落地，她又重重一跺地，向上翻了出去。

与此同时，刘阳轻轻倒地，向后一卷重新站起身，整个过程中都几乎没有触到地面。他正好来得及举起剑架住可兰对准他肩膀的一剑。这一剑砍偏了，可兰不得不退后半步，可他的剑却飞了出去。

可兰咧嘴一笑，也把自己的剑向身后抛了出去，向刘阳出手击去。他低头避开，不停地前后游走着躲避她的攻击。他终于集中起注意力，抓住了她的拳头。她丝毫没受影响，一翻手腕，他冲空中直飞了出去。

刘阳已经料到她的这个变数，所以被她抓住时在最后一瞬间挪移，他一下子飞上了几丈高。刘阳在半空中做了一个繁复的翻身动作，远远地落到了地上。

可兰没有再扑上去，反而抱起双臂上下打量起他："我简直不相信你能躲过这一招。"

"是吗？我也很意外。"刘阳得意地说。

"我也是。"可兰不等说完又向他飞扑而来，眨眼间跃过了两人之间的距离抓住了他的手。还没等他反应过来，他就已经倒在地上，可兰站在他身前："这下子怎么样？"

刘阳咳嗽着，坐了起来："很痛。"

"本来就该痛。"

34^章

班超躲开保镖后，瞅着朱成和帮主缠斗在一起，觉得两个人合力胜算会更大一些。想到此，他开始移向朱成。保镖此时已是超乎想象地愤怒了，他紧跟班超，眯起眼盯着班超。当他明白班超想做什么时，伸出剑，扑了上来。

班超跃上半空，提起内力向朱成和帮主斗在一起的方向直飞了过去。朱成飞快地扫了班超一眼，一把将帮主推开，以便班超有机会加入格斗。

班超举剑向帮主扫去，被他正好用左手食指和中指捏住。

正当班超和帮主挣扎缠斗时，朱成已想好怎样将帮主拿下。她刚要把自己的剑搭上帮主的脖子的时候，突然觉察身后传来一阵剑锋破空声。

朱成举剑格住自上而下砍来的一剑。保镖手腕翻转，用另一把剑向她后背击去，她用力地低吼一声，转身面对保镖。她用力一挑他其中的一把剑，剑从他手中飞了出去。然后她用力转动自己的剑把保镖的另一把剑也挑了开去。他非常震惊于她的力量，而她这时候已经很厌倦这场耗时过长的格斗，想尽快先解决了保镖。

利用保镖震惊反应时的短暂停顿，朱成扔下自己的剑，收回双掌，尔后全力向前击出。保镖像一只破布偶一样被拎了起来，然后冲着对面一堵墙划着弧线飞了出去。保镖猛烈地撞在墙上，一声脆响，滑到了地上，他的头垂了下来。

朱成颇觉满意，猛一跺脚，她的剑又重新弹回手中。旋转身来，看见帮主和班超还跟刚才她离开时一样的动作，似乎一点都没动过。他俩的额头上布满了细密的汗珠，当她走近时，帮主的眼中闪现出狂野的神色。他以最后一击的努力，松开了班超的剑，翻倒在地，滚到一边，退开几步，然而朱成很快地用剑搭上他的脖子逼他站了起来。

帮主知道自己已然败了，软倒在地，举起双手防守着班超。朱成望向班超，朝他一偏头，仿佛邀请他做最后的了断。

班超笑了，走上前来，举起手，这时帮主叫道："等等，我不是——"

还没等帮主说完，班超的拳头已经揍上了他的脑袋，他像块石头一样掉到地上。朱成弯下腰，点了几处帮主的穴道，确保他暂时无法醒来："帮主想说什么？"

"我不知道。"班超耸耸肩回应道。

"他打算说他不是这里主事的。"一个声音在他俩背后响起。

朱成和班超急转身子，可为时已晚。等他们转身面对一个并非帮主保镖的打手时，他俩已中了毒针。朱成和班超痛得皱起了眉向后退去，打手鞠躬说道："决明为你俩效劳。"

班超想反击，但疼痛遍布全身令他没法出手。他跪倒在地，双眼翻白，然后倒在了一边。

可是朱成仍旧站着，跟跄了几步，把毒针从肩头拔了出来。她看见是一根细细的暗器，立刻辨别出毒素，是最毒的一种。中毒的人不会马上死，但却疼痛难当。从最初的晕厥中醒来后，中针的人会一直受剧烈疼痛的折磨，直到神经和意志都消磨殆尽。

这是什么样的变态施虐狂才会用这种暗器。朱成有几次不得已用毒杀人，都选择了不会给人带来痛苦的毒药。决明惊奇地看着她，伸手准备拿另一枚毒针，但又停下了。他先想知道为什么这姑娘还没有昏倒。

朱成看出了决明眼中的疑问，似笑非笑。她调整自己的双脚站稳后，狠狠地瞪着决明的双眼。然后左手伸进右手袖袋里掏出几把沾了毒的镖。

看到这些，决明大声地笑了起来："所以说你也是使毒的同道中人，是和我一样狡猾不老实的。中了毒竟然还能站到现在，你使毒的功夫应该不错，而且还这么年轻。"他瞟了一眼地上的班超，像是在策划什么，"你朋友如果知道你跟我是一样的人会怎么想呢？"

"与你无关。"朱成边运气将毒性压制下去边挤出这些话。她可以暂时压制毒性，可不等于她能不受毒素侵害。毒性越来越强，朱成跪了下来，决明轻笑了一声。

他的笑声激怒了朱成，她努力重新站了起来，松松双肩，又迎上了他，紧握手中的剑。

决明看朱成站了起来，扬起了眉毛："你比我想象的要强得多。只是可惜了，你今天依然将死在这儿。当然，除非你愿意为我效劳。"

朱成在地上猛啐一口，然后冲上前去，尽量不理会使自己几乎站不住的痛楚。决明没有想到朱成还会出击，所以他的反应稍稍有些慢。他的剑没有握得太紧，朱成很轻松地把他的第一把剑扫到一边。决明只能用自己第二把剑去挡朱成的一击。

可随即朱成把剑搭在决明的肩膀上了。她将内力贯注到剑身，她的侧锋一点一点地锲入了他的肩膀。决明扔掉了一把剑，空出手来帮着抓住另一把剑柄反撬，不让她切下他的肩膀。就在这时，朱成将内力自剑身递出，决明的剑脱手了。

还没等朱成能乘胜追击，她体内的毒性发作又引来一阵剧痛穿透她的身体。她不自觉地后退一步，恰好给了决明机会重新站稳反击。他旋转身子向朱成一剑抹去，她向后跃起避开。她转身落在班超身边，咬紧牙关忍着痛。

朱成用脚将班超的剑踢了起来，伸出左手抓住。她的手紧握着黑色的剑柄，目光迎上决明的眼睛。决明看到了她眼中的决绝，知道如果自己能有任何机会逃走的话，都不能再错失了。他收起双剑，一只手伸进怀里。等他的手再拿出来的时候，手上多了几把匕首。他的唇边挂着一抹笑，像是在预示胜利。这姑娘已经撑不住了，她没理由能打掉这些飞刀。

决明掷出飞刀，朱成做好了迎战准备。她眯起了眼睛，用尽全力，集中精神，她知道假如这次不成功，就没有下一次了。她耗费了太多的内力用来压制毒性，所以她得依赖自己的速度挡住飞刀并凌空击落。

她将双剑舞成一面盾挡在身前，舞得如此之快，飞刀直接从剑锋上弹了开去。

决明变得烦躁，将身上所有的暗器都向她掷去，每把匕首从尖角到星芒都浸了毒。等他全部掷完，朱成一掠而上，从空中向他扑来。她从袖袋中取出一根细管对准决明。她聚起内力，将气贯入整条细管。细管的一头的开口处有一阵针雨飞了出去。

太多的银针根本没法躲避，决明同时还犯了一个错误，太早地收起了自己的剑，不然至少可以打落几枚银针。他此刻只能转动身子，细小的银针尽数刺进了他的后背，很快起了作用。朱成继续在空中向前飞去，猛踢决明的后背，把银针更深地扎进他的肌肉中。痛得他大号起来，转身面对朱成。

朱成倒转剑身，用剑柄猛撞他的肚子，然后又用另一把剑的护柄重创他的后脑勺。

经此长时间恶斗，决明终于彻底地倒下了。用尽了最后一丝内力，朱成用两根手指点了他的颈后穴道，使他无法立刻醒来。她然后站起身，却又马上因为药力发作跌坐了下来。

足足有半炷香的工夫，朱成挣扎着才不叫出声来。等这一阵痛楚过去后，她把手伸进衣袋，取出一个小瓷瓶，用牙齿咬掉软木塞。她倒出两粒小药丸拍进嘴里，整个吞了下去。这种万能解药能去决明下的毒，如果还不太晚的话。

她做了很大的努力又站起身，将两把剑当作拐棍，挣扎着走到班超身边，把两粒药丸强行塞进了他的嘴里。当听到一阵混乱的脚步声终于来到这间屋子的时候，她一跤向后跌倒，虚弱得再也动不了了。

35^章

回到御书房里，小龙换了一张平静的面孔。但她的心里感到非常困惑，不知道皇上究竟准备和自己说些什么。

刘阳的父亲看上去也有些不自在，可当了这么多年的皇帝，知道如何控制自己的表情。他指指身边一张制作精美的椅子，小龙坐了下来。皇上坐在桌子另一边的椅子上，看了一眼桌上的茶壶："喝茶吗？"

"不用了，多谢。"小龙回答，她的声音在空空的屋子里略有些回音。

深深地吸了一口气后，皇上说道："我想让你知道，五年前发生的事情，是我至今最大的遗憾。你的父母是了不起的人，在我最需要的时候帮助了我。朱甫和他的全家也是一样。正如马将军早些时候指出的，这些悲剧不完全是我一个人的责任，但我不能说跟我完全无关。伤我最深的是对于这些帮助了我那么多的朋友，我什么都帮不了他们。我并不抱多大的希望你会原谅我。我只想告诉你我有多么抱歉。"

小龙点点头表示明白，然后注视着已经被她原谅的人的眼睛："也没有什么需要被原谅的。你是在恪尽职守，诚如我父母亲一样。起先已经说过了，我父母从来没有怪罪过你，所以我也不能。"

皇上正要说话，突然御书房门外传来巨大的撞击声和侍卫大声的警告，还有兵刃相交以及重物撞上墙的声音。

皇上和小龙同时跳了起来，小龙毫不迟疑地拔出了剑，犹豫着是出去还是留在御书房里，最后决定应该到御书房外面去。皇上也拔出了剑并朝小龙点点头，她便冲了出去，心想对于皇上自己来说，一个久经沙场的将士却要把拼命的事儿交给别人，确是一件艰难的事情。

小龙甩手先打开了锁着御书房的门闩，尔后将门开了一点，把站在门前的人打到了边上。她从开口滑了出去，一弹手指便关上了身后的门。她的面前是一片狼藉。侍卫互相打了起来，其他的士兵正不断地朝御书房涌来。

小龙立刻发现大部分士兵的制服上缝有仙鹤纹章，而正是这些士兵要来抓皇上。明白了眼下的情况，小龙向前一纵加入了战斗。

就目前而言，小龙没打算使用她的魔力，否则会造成一些不必要的伤害。假如场面到了无法控制的地步，或在被迫无奈的情况下，她会毫不犹豫地动用自己的魔力。

但事情似乎不会发展到那么糟糕，因为涌进来的士兵只不过几百人而已。有御林军的帮助，小龙很有信心可以全部击退他们。

小龙纵上半空，落在两队的中间，用剑身打晕了缝着仙鹤纹章一边的士兵并往后赶，把另一边的御林军推向御书房的门口。

她如法炮制，一会儿，两队中间至少间隔近两丈之远。御林军队长准备命令部下向前冲去，小龙稳稳地站在两队中间，转过身，盯着御林军队长说道："守住御书房。"

御林军队长仿佛想了想，才点点头。他瞧见小龙的动作竟是如此迅捷，当然希望这姑娘是在自己一边的，即使自己看上去有点傻。他命令余下的二十几个侍卫退到御书房大门的正前方，并排列在墙边和大门进口之间。

与此同时，小龙观察着另一边身上缝有仙鹤纹章的士兵，他们大概是三百名普通的士兵。而且士兵还在不停地涌进来，小龙猜想背后肯定有一个更大的阴谋。她望向走道两边，看见成堆倒下的士兵，不是已经死了就是不省人事。

此刻没有时间考虑背后大阴谋的事了，一个身佩校尉军阶的人拨开众士兵站到了小龙面前。他用目光扫了一下她，然后看着守卫皇上的御林军首领："队长，跟你的人说放下武器，我保证留他们一条命。"

御林军队长向地上啐了一口："刀校尉，我从来没想到会看到你叛国的一天。你们这些人，忘记了士兵的荣耀代表什么了吗？这里所有的人都曾宣誓过用生命来保卫皇上的。"

一名变节的御林军侍卫低下头然后又抬起来看着队长："对不起，队长。他们抓了我的家人啊。我不能……我真的对不起。"

"闭嘴。"刀校尉命令道，"记住，只有等耿蜀大人成功地夺得皇权之后你们的家人才会被放出来。在此之前谁敢跑掉的话，你们知道，你们的家人会被怎么处置。"

"真没想到你无耻到这种地步。"队长明显带着鄙夷地对刀校尉说，"看看皇上曾多器重你，将你提拔到现在的地位，还让你教他的儿子。他这么倚重你，而你却背叛他。"

"你可以认为我是个叛贼，可是将来在史书上，我会是个英雄。历史是为胜利者书写的，而我向你保证我们会赢的。我们已经计划了很多年了，除了你和你的一小部分人，差不多宫里所有的侍卫都是我们的人。你赢不了的，还是放弃吧。谁知道呢，也许百年之后，你的名字也会被人传颂。"

"决不。"队长没有片刻迟疑地回答道。

"这我倒并不觉得意外。没关系，让流血为新王朝鸣钟。攻击！"士兵们并没有立即听从他的命令，他环视四周所有的人，"都聋了吗？"

"中间的姑娘怎么对付？"他右边的一个士兵问。

刀校尉怒气冲天，给了士兵一个巴掌，把士兵打得飞了出去："你们怕什么？如果她识相的话，她会逃走的。给我上。要不然我把你们归入叛徒一类。"

受此威胁，士兵们开始慢慢向前，警惕地看着小龙。她瞪着士兵们，脑子飞快地转动着。她担心刘阳和其他人，可又不能这样丢下御林军队长和侍卫们。虽然他们受过特殊的训练，但没有办法长时间跟这么多敌人对抗。再加上，有些侍卫已经叛变了。

小龙将担心放在一边，打定主意先把眼前士兵收拾完后再去找刘阳他们。唯一让她觉得放心的是，至少刘阳和可兰能够保护自己。

小龙这么想着，于是收剑入鞘，纵身向前，猛地冲向士兵队列中，像一道闪电一样从这一列跳到下一列，从走廊的一头闪到另一头，动作之快几乎叫人看不见身形。她所经之处，一排排的士兵被点中了穴道晕了过去并随地而倒。剩下的士兵害怕地互相注视着。有些士兵甚至开始向后撤去直到想起不堪设想的后果。

小龙没有停止攻击，利用他们的迟疑又打倒了数个。动作如此之迅捷，士兵在倒下之前只能看见一抹影子。片刻的工夫，很多的士兵已经倒在地上，昏迷不醒。余下的士兵迷惑地乱转，不知道如何是好，不敢乱动，也不想吸引注意。

看着一个又一个倒下的士兵，刀校尉怒吼着："抓住她。"

他的喊声使士兵从惊恐中醒来，开始主动向小龙出击。但无济于事，大多数时候小龙是在半空中，借助内力推进。几个叛变的御林军侍卫跃起攻击她，她毫不担心，踢中其中一人的胸口然后借势纵得更高。接着一扭身，飞身向其他六个向她飞过来的侍卫俯冲下去。双手在身前伸出，抓住了其中两个侍卫的肩膀。把他俩扔到地上之后，她自己弹得更高了。她在又一个空翻之后落到了两个侍卫的肩上。侍卫站立不稳，想去抓她的脚踝拉倒她，可是她的动作太快了。还没等侍卫碰到她，她就又向上纵去，然后用脚把两个侍卫的头撞到一起。做完这些，她弹出两枚银针收拾了最后两个侍卫，把他俩从空中摔落。

等两个侍卫一落地，她又回身去继续收拾士兵。这时候，只剩下一半的士兵还站着。

刀校尉非常愤怒，他伸出手指着御书房的大门。"继续，攻击。"他大叫着。

被夹在一个连影子都看不见的高手和一个只会下令的刀校尉之间，剩下的士兵们决定倒戈一击。他们扯下身上的仙鹤纹章，转去对付刀校尉。

见此情形，小龙重新落回地面站在御书房门前，看着士兵们把刀校尉撕成碎片。士兵们上前来跪在御林军队长面前，请求原谅。队长看看小龙便接受了跪倒的士兵们的请求，然后双手抱拳向小龙深鞠了一躬，他的部下也紧随其后。队长随即命令放了被俘虏的侍卫，清理了满地不省人事的士兵。

小龙再次回到御书房，皇上平静地坐在里面，剑放在身旁。"耿蜀动手了，他的人控制了皇宫。"小龙说。

皇上猛地跳起身来，震惊得差点儿打翻了自己的椅子："皇子们会有危险。请你，快去救他俩。"看出小龙的迟疑，他微微笑道，"别担心我。"

小龙点点头答应了，走出御书房，掠上了半空，去找寻刘阳他们。

36^章

可兰刚把刘阳拉起来，士兵已涌入校场中。所有的士兵进了露天的校场，后面的士兵哐啷一声把门关上了。

可兰和刘阳互相看看，摆了一个防守的姿势，感受到士兵对他俩显示出一种不太情愿的敌意。刘阳感到十分疑惑。瞧着脸色凝重的士兵们拔出了剑，不知道他们要干什么。

"发生什么事了？"可兰质问道，学着马将军的模样，她的父亲是极受士兵尊重的。

许久，没有士兵开口，他俩都觉得很尴尬。尔后，一名身材高挑、蓄着大胡子的士兵上前了一步："受陛下的命令前来捉拿或者杀死皇子。"

"你肯定不是说我父皇吧？"刘阳边说边疑惑地皱起了眉。

"不是，是耿蜀大人，这个国家真正的统治者。"人群里的一个士兵说道。

"什么时候的事？"可兰冷哼一声问道，"要是你们想抓刘阳，得先过我这一关。"见没有士兵回答她，她叹了一口气，"要怎么说你们才肯听令？"

刘阳咧嘴笑笑，好像他们根本没有被士兵包围着似的："首先，你的话太多，年纪不够老，身材也不够高。"

"什么意思啊，我的话太多？假如你不再少说一点，我打到你服为止。"可兰回嘴道。

"我倒正指望你试试看呢。"

"哦，是吗？"

"是呀。"刘阳回答。

最后一句话是他俩说好的暗号，两人同时向包围他们的士兵冲去。可兰见到士兵脸上吃惊的表情，不禁笑了。很显然，士兵们被他俩装出来的争执给骗了，计划非常奏效。

可兰一边冲向前，一边扫视着士兵，他们似乎都是些普通士兵。很明显，主事的人觉得可兰和刘阳不是威胁，所以只派来了十几个普通士兵。还以为随便派几个士兵就能轻而易举打败可兰和刘阳。真好笑，可兰决定给犯这种蔑视错误的耿蜀好好上一课。

可兰狡猾地笑着，毫不犹豫地杀向士兵们。手中的竹制练习剑朝前飞去，一下子挑掉了一个士兵手中的剑。她随即跳起，在剑落地前一把抓住，尔后一剑扎中士兵的前胸使他滚跌出去。然后她低下头将手中的剑舞成一个圈，打落了所有冲她而来的兵器。

她猛地一发力，跺脚纵入半空，把士兵的人头当作垫脚石，向小院门口放着自己剑的地方奔去。她格掉脚下士兵的攻击，落地正好站在自己的佩剑边上。她将士兵的剑举过头顶掷了出去，飞过整个庭院，把一个士兵的护甲钉到了墙上。

可兰抄起自己的剑重新跃回了空中，恰好避开了劈在她刚站过的地方的剑。

刘阳武功的进步此刻充分地显露了出来，他只用一把薄薄的竹剑就打退了好几个士兵。他将内力注入竹剑中，抵抗住了士兵使用的普通兵刃的攻击。

在士兵向他刺来的一瞬间，刘阳向后弯腰，剑也跟着变了方向，往下向他劈来，他马上卧倒在地。剑锋擦过他的脸部，险些削了他的鼻子，可他正好踢中士兵的胳膊。然后他一拧双腿，用内力将士兵的胳膊拧断了。

士兵痛得滚倒在地，松掉了手中的剑，刘阳一把抓住剑柄，又重新站稳了脚跟。很快发现又有一圈士兵围住了自己，士兵们迫不及待地向他发起进攻。

虽然士兵们训练有素，但大部分不懂多少武功，所以围着的士兵没可能打败刘阳。事实上，士兵们能在过招时保护自己毫发无损就算是幸运的了。刘阳觉得这是一个试试他自己功夫到底进步了多少的好机会。

他像一只陀螺般地转了起来，用新缴来的剑轮番出击和防守。当他感到有点眩晕的时候，士兵们早已经被他打得退到好几尺以外，谁也不敢再上前一步。可兰此时已经收拾了大部分的士兵，纵到了刘阳的身边。她将他自己的剑扔给了他，两人并肩站在一起，看着慢慢围上来的余下的士兵。

"怎么样，"可兰聊天似的说，"现在我能多受到点儿尊重吗？"

士兵们看着倒在地上的同伙，又看看可兰，然后互视着。毋庸置疑，但没有一个人开口否认或赞同。

可兰泄气地说："今天我还是没有机会炫耀自己。"

不见有人下命令，但士兵们却变了阵形来对付可兰和刘阳。他们互相对视着，然后慢慢地逼向可兰和刘阳。

与此同时，可兰和刘阳也互相交换了眼神，可兰示意她收拾左边的士兵，刘阳负责右边，然后他俩同时弹射出去。可兰用力地挥出了她的剑，差点劈断士兵的剑锋。第一个士兵吓愣了，可兰趁机踏前一步，以手肘击中他的颈部。士兵摸着自己的咽喉弯下了身子。她又添上一击用膝盖踢中他的肚子，士兵一下子趴倒在地。

然后可兰跃上空中，用脚踢中剩下士兵的脸，踢得他们飞向各个方向。她随手抓住一个向右飞出的士兵的胳膊，使出功夫，将他的整个身子转了个个儿。士兵飞过整个校场，撞上了对面的墙，慢慢地滑落到地上，再也起不来了。

她随即转身对付左边最后一个士兵。他正在挣扎着站起身来，抄起了身边同伙掉下的一把剑。可兰低头一看，有一把剑恰好在自己的脚边。她登时猛跺一脚，剑飞了起来。还没等剑完全落下，她一脚踢中剑柄，剑在空中直飞出去。

飞去的剑打落了士兵手中的兵器，刺穿了他身穿的皮甲。剑锋深深地锲进了他身后的墙中，把他右侧的盔甲钉在了上面。看到这招管用，可兰又踢起了另一把剑，恰似一把超大尺寸的飞刀一样向士兵的方向飞去。瞬间，士兵另一边的盔甲也被钉到了墙上。

刘阳纵身向前，举剑刺向第一名士兵。士兵闪身避开攻击，两人的兵刃相交。刘阳猛地一推，士兵的剑锋竟然碎成一片片飞了出去。刘阳向后一个空翻躲开了锋利的碎片，但近旁的士兵们没有这么幸运了，仅能用胳膊遮住他们的脸并退后几步而已。

碎片雨下完后，刘阳又重新出现在士兵们的身边。他挥出剑柄，击中了第一个士兵，然后是下一个。击倒两个士兵后，右边的最后一个士兵举剑向他挥了过来。

刘阳也使出他的剑，两把剑在两人的胸口处相交。正当他准备把士兵手中的剑挑开时，士兵突然瘫软倒地。他抬起头，看见小龙轻轻地落在正前面的地上。

"我自己能收拾他。"刘阳说道。

"没时间了。"小龙打断了他，"刚才你父皇被刀校尉带着一队人袭击了。"

"我早知道他是条蛇。"可兰一边走过来一边愤怒地说道，"他也替耿蜀卖命？"

小龙点点头，环视着校场："我们得赶紧去找你的皇兄他们。他们有危险。"

"他们在皇城的另外一边。"可兰说，"从这儿往北。假如我们一路打过去的话，肯定来不及赶过去了。"

"我们不用一路打过去。"小龙对可兰说，她向刘阳和可兰伸出手，"我们飞过去。"

刘阳和可兰互相看了一眼抓住小龙的手。小龙弯下腰，催动魔力，直向空中飞去。她懒得掩饰她的魔力了，此刻，尽快赶到耿蜀的府邸是最紧急的事。要是不能及时赶到，不管刘疆、马将军和梅乔的功夫有多高，都很难逃脱厄运。他们没有带多少人去拘捕耿蜀，以为耿蜀的部下会听从圣旨，压根儿不知道皇宫里大部分的侍卫已经被耿蜀和他的亲信们控制了。

小龙他们三人一飞冲天，远比刘阳和可兰以前纵得高得多。假如在平时，刘阳和可兰一定会辨认地上的标记，但现在他俩却出奇的安静以便小龙集中精力。他们在空中飞速地穿越，强劲的风力几乎把刘阳和可兰从小龙的手中吹走。

他们身下的皇宫看上去像是一个立体的地图，地上大批移动的微小点点代表着来来去去的士兵。宫殿金黄色的屋顶反射着强烈的阳光，使整座皇宫与周围的自然环境显得不很融洽甚至具有些讽刺的意味。

他们曾经看见整整一列人在下面走动，刘阳哽咽道："看，士兵正在拘捕官员们。"

小龙略微减慢了速度，证实了刘阳先前所观察到的。士兵们闯进每一个官员的家中，把他们全部抓了起来。谁都不知道耿蜀准备怎么处置被抓的官员们，小龙很想立即解救这些官员，但她必须先去帮助刘疆他们。要是能把耿蜀控制住，士兵肯定会放下武器，这场叛乱就能迎刃而解。

带着这个念头，小龙再次加速继续向北飞去。她边飞边感到自己的能量消耗得很快。以目前的速度飞行，并且带着可兰和刘阳，等到了目的地，她的魔力将消耗殆尽。只得依靠自己的功夫来保护大家了。

小龙此刻甚至有点后悔带着可兰和刘阳同行，可转念一想，要不然他俩肯定会陷入更大的麻烦。已经接近皇宫北边了，小龙以飞快的速度开始下降，地面上的房屋越来越清晰。

"那儿。"看见耿蜀的府邸了，可兰大叫道。

在呼啸的风声中，小龙听见来自耿蜀府邸里面的喊叫声，于是带着刘阳和可兰朝耿蜀府邸的方向飞奔。他们赶到后，瞧见两个人影在庭院里缠斗。庭院的四周围着一大堆士兵并且有两个人躺在地上。

37^章

可兰认出梅乔浑身是血的身形时，瞪大了眼睛。转而看见她父亲躺在地上，左肩中了一剑呻吟着。"父亲。"她挣脱小龙的手，自己坠下最后几尺，跃到父亲的身边。马将军用尽最后的力气抓住了女儿的手。

与此同时，可兰的叫声惊动了两个正在格斗的人影。一个是刘疆，他仿佛有点站不住脚，正在躲避雨点般袭来的攻击。另一个是须眉修剪得非常整齐的小个子男人，想必应该是耿蜀了。看见小龙和刘阳，他野蛮地笑笑，转身将剑刺进刘疆的腹部，把刘疆击得腾空而飞。

小龙眼中的怒火熊熊燃烧，一挥手顺势把刘阳猛力推出朝他皇兄的方向飞去。起先出于突然的惊吓，刘阳整个人僵住了，他此刻在空中迅速踏步赶到了刘疆身边，却已经迟了一点。刘疆正逐渐地失去知觉，他把戴在脖子上的一块玉——太子的信物，放到刘阳手中。

另一边，马将军咽下了最后一口气，可兰紧紧攥着双拳不知道如何是好。她忍不住失声痛哭，愤怒地跳了起来，拔出了剑，四下环视着不敢直视她的士兵们。她用眼神向每一个士兵挑战，可是没人走上前来。事实上，士兵们都为自己由于害怕未能为自己敬爱的将军奋战到底而感到羞耻。

这一切被站在耿蜀对面的小龙尽收眼底。多年来练就的自控能力也无法平息她的满腔怒火，她此刻让新仇旧恨淋漓尽致地流露在自己的脸上。

耿蜀注意到小龙充满了仇恨的表情，当看见她的剑时，他的喉咙里发出一阵笑声。

"青龙剑。你就是张步失踪了多年的女儿。你应该永远地消失，这儿的事轮不到你插手。五年前，你没能拯救你自己的家人，现在你凭什么觉得能救其他人呢？事实上，你早就失败了。"他向躺在地上的已经奄奄一息的刘疆比画着。

小龙明白耿蜀想以此激怒自己，她努力控制着，但他的话语仍然使她怒火中烧，心想耿蜀怎么会知道这么多关于自己的事情。她还没来得及多想，耿蜀已经扑向她。

他舞成一道影子，速度似乎比小龙还快。然而小龙对耿蜀的袭击早有准备，她一下子纵上半空。当耿蜀从她脚下飞过时，她向他疾冲下来。

耿蜀转过身来，以迅雷不及掩耳之势举剑向小龙掷来。她跳到一边，剑锋从身边擦过，剑转而又回到耿蜀突袭前的位置。

小龙以墙为支撑点，伸剑向耿蜀纵去。他避到一边，想打落她的剑。她紧握手中的剑，然后在半空中一翻，躲开了耿蜀的第二击。她随即拿剑在庭院对面墙上一点。剑身弯曲，使她又从反方向弹回。

小龙飞过时，在半空一扭身面对耿蜀。她这次没有直接向耿蜀出击，尝试另一种方法。就在他俩的刀锋相交之前，小龙在飞过耿蜀的头顶时转动自己下半身，落地的时候，恰好背对着耿蜀，然后一剑向身后挥出。

耿蜀挡住了这一剑，小龙扭转身子立刻扯开自己的剑。然后将剑向下侧斜，边转身边向他的腰间抹去。但耿蜀也不是庸人，没有这么容易被拿下，他登时使出了极繁复的一招，小龙勉强招架住。

她咬牙挺住，耿蜀将内力注入剑身想迫使小龙的剑脱手。小龙把她的内力也送入剑身与其抗衡。很显然，耿蜀是小龙迄今为止遇到的最强的敌手。他的一招一式不比小龙慢，这本身已经是很少见的了，加之他有相当丰富的实战经验和强大的力量做后盾。小龙思忖，自己今天非常有可能无法活着离开这座庭院，这使得她想起不久前那个老妇人对着自己大声喊叫的预言。

倘若自己杀不了耿蜀，他会毫无疑问地除掉刘阳和皇上。这样一来，整个国家就在一个毫无廉耻心的人的掌控之下，一个肯定不会关心自己臣民的小人的统治之下。要是自己命中注定死于此地，那么也非得与他同归于尽。

受了这个想法的鼓舞，小龙深吸了一口气，把耿蜀的剑推到一边。猛一跺脚，用尽她全部的力量向他刺去。耿蜀低吼一声格住了小龙的一剑，两把剑紧紧地粘在一起，直到耿蜀转身向后旋了出去。

没等小龙再出击，耿蜀开口道："你为什么为杀了你全家的人而战呢？何不助我一起杀了他们？你发誓要以血还血替你死去的弟弟报仇。何不与我联手？我能帮助你实现你的誓言。"

小龙的脸上瞬时露出很少见的惊异，猛地向后退了一步。她自己确实曾经发过这样的誓，但却是在自己独处的时候。他怎么可能知道的呢？"你是谁？"她问。

"很快我就是这个国家的皇帝。"

小龙没有上当，只是静静地站着，想看看耿蜀会怎样继续演戏。

未见小龙有任何反应，耿蜀清楚她不会屈服于自己便一笑了之。"多么坚忍和独立。谁能知道目睹自己家人被屠杀，会给你带来怎样的影响？很好，你是对的。我不仅仅是我外表所显示的。邪神选中我将来统治天堂和人间。听我的护神说，你是游侠，我护神的对手选择你作为他们的代表。你毫无疑问已经引起了许多神仙的兴致。我是第一个坦白地告诉你事实的人，你生命中的所有一切全都不是意外，当然包括你家人的死。是谁策划了这一切呢？是谁强迫你父亲的副将杀了班彪的呢？"耿蜀随之大笑起来，感觉自己震住了小龙。

五年前所发生的一切现在都合乎情理了。父母的死太奇怪了，不可能是巧合。整个事件的背后肯定有人在操作。小龙奇怪自己为什么以前从来没有这样想过。但她仍然不明白的是，为什么要这样？为什么是她？为什么是她的家人呢？

耿蜀定是看出了她脸上的疑惑："你一定在想为什么这些事会发生在你身上。至于为什么你会被选为游侠，我无可奉告。但我知道你的家人为什么必须死。我的护神，凭他无穷无尽的智慧，在很多年以前拟订了这个计划。他需要将我插入皇上的近臣行列中，同时除掉皇上的强大支持者。若是你父亲和皇上的其他兄弟们都在，我就无法挤进近臣行列。这是为什么当年会有几场洪水，以便将计划推动起来。还记得你父亲的副官吧？他是一个既坚定又忠诚的人。可是谁也顶不住我护神的诱惑，经过夜继一夜的造访，你父亲的副官变疯了。他彻底地崩溃了，完全被我护神控制在手掌里，早已没有自己的个人意志。他继而一箭射死了毫无防备的班彪。我在朝廷上激起了很多异议，假装要维护皇上的威严。一帮思想简单的官员一步步地步入我的陷阱，所以皇上只能下旨处死他的好兄弟们。你也应该死的，可不知怎么搞的却让你漏网了。告诉我，现在听了这一切之后你的感觉如何呀？"他笑着，等着看小龙被激怒的样子。

长年来习惯于压制自己的情绪，确实锻炼了小龙，她双眼怒视却一言不发。她只是转动手腕并把她的剑提到面前。她嘱咐自己千万小心，尽管恨不得一下子抹掉耿蜀脸上得意忘形的奸笑。

当小龙没有立即发动攻击时，耿蜀失望地皱起了眉头，显然他的挑衅在小龙身上不起作用。他看看环绕在庭院周围的士兵们，示意他们离开。士兵们接到命令，一会儿工夫，全出去了。

耿蜀一弹手指，一阵风刮起，将所有的门和窗都关得严严实实。风一停，锁门的门闩便落下。耿蜀向小龙扬扬眉："你不会以为你是唯一有魔力的人吧？你难道以为我的护神没有赋予我魔力吗？我只是得到一点点深不可测的魔力，但已足够置你和其他人于死地。"

小龙低头看着自己的双手，沉思着皱起了眉。

"你以为你的魔力也是来自神的吗？"耿蜀大笑着问，"不，你的魔力是来自你自身的，可是没人知道为什么你的魔力是那么不稳定。除了我的护神以外，其他的神都自身难保，更不用说赋予你魔力了。"

耿蜀甩甩手，扬起了一阵风："真好，我终于可以再次用魔力了，一直掩饰了这么久。我完全可以不费吹灰之力捏碎皇帝的头骨，可却要向他磕头，真是太恶心了。还是我的护神英明，叮嘱我不得向任何人显露魔力，使得我现在能以魔力杀了你。从今往后我就是皇帝了，谁敢来挑战我？"

耿蜀奸笑着并对准小龙伸出两根手指，两柱熊熊的火焰直向她飞去。小龙的魔力已开始慢慢地恢复，她举起双手接住两个掷来的火球。

小龙并未直接掷回火球，反而把火焰的能量输入自己的体内以利于加快恢复刚才消耗的魔力。她很清楚假若要打败耿蜀的话，需要尽快恢复自己的魔力，若能得到额外的能量则越多越好。耿蜀的能量是显而易见的，可他的护神究竟给了他多大的魔力呢？

小龙慢慢地合拢双掌，火焰随之熄灭而能量却完全被她吸收了。虽然离完全复原还相差很远，但耿蜀的火焰能量确实帮助小龙恢复了许多。小龙此刻居然已经有了突袭的力量，她踏前一步推出双掌。

瞬间一股疾风凭空飞向耿蜀，他举起一只手，轻松地改变了疾风的方向。然后朝着兵器架一挥手，长矛和宝剑等兵器猝然飞起并飘浮在他的面前。他深吸一口气，把双手放在胸前，奋力推出双掌，兵器随之直奔小龙。

第一拨兵器飞来时，小龙高高地跃上了半空，将飞来的一把剑和一支长矛先后当作垫脚石，越跃越高。同时抓住了一支迎面飞来的戟跟着转了一圈，失去了动力的戟随着小龙的手一松便径直向下掉去。戟迅即撞上了一柄短剑，两件兵器一起掉落到地上。

与此同时，小龙继续往上升。两片带着利齿的飞轮划着弧线向她飞来，她密切注视着，突然一个后空翻踩在两片飞轮的平面上。她转而使劲用内力猛地一翻，重新跳回空中，两片飞轮随即又朝着来的方向原路飞回。

要想避开迎面而来的飞轮，耿蜀必须左右挪动身子，这下子破坏了他的平衡，其余的在空中飞向小龙的兵器全部掉了下来。他很快又重新站稳了，再次把宝剑向她的方向飞去。小龙如法炮制，将砸来的兵器当作垫脚石在空中越升越高。每次她的脚脱离兵器时，她都踢上一脚使得兵器又朝耿蜀飞去。

当一支长矛向小龙的脑袋飞来时，她像赶走一片羽毛一样只是轻轻一挥。片刻，所有被耿蜀抛向小龙的兵器又都向他飞了回去。他稳稳地站在原地，双手不断地来回阻挡飞来的各种兵器。兵器仍然继续朝他而来，但突然停在离他几尺之远的地方。他迅即一翻手腕，兵器全部掉在地上。"你比我想象的要强，但不要指望你能打败我。"

这个想篡夺皇位的人深吸了一口气来催动他的魔力。要是小龙不是这样坚强，估计早就被打败了。恰好相反，小龙后退了一步，准备更好地迎接耿蜀下一步丧心病狂的攻击。很显然，这是耿蜀的最后一次攻击，他将毫不犹豫地动用他的全部魔力，而小龙也将竭尽全力抵抗。哪怕在正常的情况下小龙也未必是耿蜀的对手，可此刻她的魔力已经消耗很大，她获胜的希望似乎非常渺茫。

小龙的表情变得严肃了，她告诫自己必须尽最大的努力打败耿蜀，因为眼下只有自己一个人能阻挡他夺取整个国家。不管付出什么代价，她决心要制止他。

正当小龙在思索时，耿蜀已经放出他的魔力，强劲的疾风直奔小龙而来。在激流般的冲击波下小龙顽强地站着一动不动，并随即射出自己的魔力。令她惊奇的是，在海浪般涌来的气流中，她仍能坚持着纹丝不动。尽管她在激烈地挣扎着，但这也清晰地表明耿蜀无法轻易地制服她。

耿蜀慢慢地开始占据上风，小龙身周的气流越来越强，使她难以站直。但她想着不能跪下，自己曾经发过誓绝对不向任何人下跪，更不用说面对眼前这个人了。耿蜀随之加大功力，把她向后推去。他突然大声地吼了起来，显然已竭尽了全力，他的魔力消耗殆尽。

随着一股强劲的气流涌向小龙，她担心自己可能无力抵挡，但也绝对不能就此放弃。耿蜀使出他全部的魔力，能量带着一股粉碎性的功力把小龙猛烈向后推出。

有一瞬间，小龙甚至认为自己的魔力会被摧毁在耿蜀的强劲的气流下，虽然她不住地向后滑去，但始终坚持抵抗。后来，她竟然使出了连她自己都不知道的后备魔力，最为惊奇的是小龙越多启动她的后备魔力，便源源不断地涌出越多的魔力。

小龙的魔力逐渐地恢复到之前的水平，慢慢地停止了后退并开始迫使耿蜀向后滑去。耿蜀试图催动更多的魔力，可是他已经达到了他的极限。由于他的魔力来自外源，受限于他的护神，所以此刻无法得到任何补充。

耿蜀一路向后滑去，眼中出现了惊惧的神情，小龙知道距离最终打败他的时间不远了。她闭上眼睛，使劲送出全身现有的全部魔力。巨大的攻力猛烈击中耿蜀，仅仅一瞬间他便被狠狠地摔在了对面的墙上。

小龙突然觉得有点眩晕，她只是略微踉跄了一下，但耿蜀被摔得几乎昏死过去。小龙的最后一击摧毁了耿蜀的魔力。他靠在墙上痛得呻吟着，见小龙向他走来，挣扎着站起身来。

事实上，耿蜀的魔力也打伤了小龙。但她最后打败了耿蜀，尽管消耗了全部的魔力。眼下的情况是，小龙现在可以轻而易举地杀了耿蜀，连耿蜀自己也明白这一点。

耿蜀提起两把剑并举到自己的身前。他已经失去了以前趾高气扬的样子，而小龙依然愤怒，但她也不至于丧失理性而过早地庆祝胜利。她收起了自己的剑，踢起地上一把士兵们掉落的剑。她最终不想弄脏了自己的剑。

小龙逼向耿蜀，他很明显地吞咽着口水："我的护神会听我的话。假若你向我投降，我保证你会在朝廷里占有一个重要的位置。其实，等我的主人从老朽的神仙手里接管了天庭的时候，我相信他能让你的家人复活。"

虽然小龙知道耿蜀在编谎话，但她还是不由自主地停顿了片刻。与其说这是个有诱惑力的谎话，倒不如说这激起了她的好奇。有一会儿，小龙思忖着，难道死去的人确有可能复活吗？但她迅即摇摇头，觉得现在没有多大关系了。自己的家人已经去世多年，应该让他们安息。很久以前自己已经接受了这个事实，要是耿蜀觉得能用编的谎话来左右她，注定大错特错。

耿蜀立刻断定自己的计谋对小龙没有一点诱惑力，疯狂地大叫一声向她冲去。他妄想给小龙一个措手不及，可他没那么好的运气。他将两把剑举过头顶，向小龙砍去。

小龙轻松地举剑挡住耿蜀击来的剑，随即转身并顺势一脚踢中他的胸口。耿蜀踉跄着后退，小龙将剑锋一转，即刻打落他手中的两把剑。很显然，耿蜀此刻已无招架之力，他的死活完全掌握在小龙手里，但她似乎早已经决定把他抓起来，送进牢房。

小龙跳起迅即伸腿一旋身，一脚踢在耿蜀的头侧。他登时飞向一边，小龙紧随其后。还没等他砸到地上，小龙又随手抓住他的胳膊将他转了过来，一把推到墙上。

小龙等耿蜀挣扎着站起身，再次飞跃上前并用手掌击中了他的胸口。他趔趄着往后退去，小龙瞬间伸出两根手指点了他的肩膀，他登时变得僵硬。她随后把自己的内力输入他的体内，他的功夫立刻被废除，犹如烟雾四下散发。

刚解决掉耿蜀，小龙便后退了一步，环视着庭院四周。心中的愤恨变成了深深的悲伤和内疚。庭院的一侧，可兰坐在她父亲的身边，极力控制着自己的情绪，但她的肩膀仍在不停地颤抖。躺在可兰父亲身边的是梅乔，他压根儿没有机会战胜耿蜀。庭院的另一侧，刘阳正坐在刘疆的身边，皇太子似乎已经奄奄一息。小龙抬脚向他们走去，心想也许还不至于太晚。

没走几步，陡然头顶上传来一声雷鸣。小龙抬头瞧见一团漆黑的乌云冲破云层。一个微型风暴云似闪电般地朝庭院打来。翻卷的云团在小龙头顶上轰鸣，一转身恰见一道耀眼的闪电从云团里射了出来。闪电不偏不倚地击中了耿蜀，将他烧得只剩一堆灰烬。与此同时，闪光再次一现，漆黑一团的乌云便随之又消失了。

小龙稍停片刻又继续向前走去，心想对射杀耿蜀的乌云自己是无能为力的，何必为此而担心呢？小龙走到刘阳身边时，刘疆似乎已失去了知觉。可兰迫使自己从马将军身边来到了刘疆的边上。她随即跪在刘阳身旁，他俩一起注视着小龙，渴望着她能拯救刘疆。

小龙坐在刘疆身边，伸手摸着他的前额，把自己仅存的一点内力输进了他的体内，却依然无济于事。小龙痛苦地闭上了眼睛，绝望地咬紧牙关，悲伤地摇摇头。刘阳和可兰懂得小龙竭尽了全力。同伴的理解并没有减轻小龙的自责，她觉得应该早些赶来抢救太子他们。

刘疆对着他们三个微笑，眼神开始变暗，他瞅着刘阳："你会成为一个好皇帝的。"

刘阳本想说他从来没有奢望过皇位，但此刻自己唯一能做的只是点头而已，他的似乎从来都是战无不胜的皇兄，轻轻地颤抖着呼出了最后一口气。

就在此刻，援兵赶到了。御林军的队长带着一队侍卫冲进了庭院，他们被眼前的景象惊呆了，震惊地站在原地，试图弄明白究竟发生了什么。队长慢慢地走近，目睹刘阳戴着太子玉佩，便低头行礼。队长单腿下跪，所有在场的侍卫也跟着跪下："太子殿下，请下令。"

侍卫们一进庭院，小龙、刘阳和可兰同时站起身来，可刘阳此时仿佛糊涂了，因为他从来不习惯于有人向他请示。

虽然可兰依旧很悲伤，但及时地暗中捅捅刘阳使他方才醒悟过来。刘阳低头看看皇兄，叹了口气："队长，请让侍卫们把我皇兄、马将军和梅乔的尸体抬回父皇的御书房去。"

队长低头表示明白："是，殿下。"说完站起身，指挥侍卫们让开路以便刘阳他们先出去。

整整花了一顿饭的工夫才回到御书房。一路走过空荡荡的走廊，每个人心中都在激烈地交战着。皇兄的死彻底击垮了刘阳，刘阳不知道怎么样才能代替刘疆的位置。可兰强咽下自己的悲伤，她很清楚刘阳需要她的帮助，而小龙则为没能救下刘疆他们而感到非常内疚。

当他们一行回到御书房时，皇上迎了出来。刘阳把整件事禀报给他父皇听。当看到三具尸体时，皇上不禁踉跄了一下，深深吸了一口气后站直了身体。皇上走上前并仔细察看刘疆他们的三具尸体，最后停在了刘疆的尸体旁边。皇上清清嗓子，确保自己的声音仍显镇定，对着跪在面前的侍卫们说："起来吧。"

侍卫们起身后，皇上继续说道："厚葬梅乔，封赏他的家人。"

队长点点头，命一小队侍卫前去执行。

皇上停了一会儿，又说："作为一个军人，马将军的一生是无人可及的。不仅他的属下爱戴他、尊敬他，他还为国家献出了生命。传旨，把马将军葬在皇陵旁。可兰，你过来。"

可兰走近皇上，皇上将双手放在她的肩膀上："对你父亲的死我非常抱歉。我将永远怀念你的父亲。作为马将军唯一的孩子，你将袭领他的爵位封号。再则，我希望你能辅佐刘阳，就像你父亲辅佐我一样。"

可兰震惊于这个消息，又被悲伤冲昏了头脑，完全忘记了她长期所接受的宫廷礼仪训练。皇上下圣旨时，她本该跪下接旨的，可此刻竟忘得一干二净。

可是此时此刻皇上仿佛一点也不怪罪，伸手拍拍她的肩，转身面对刘疆的尸体。他将太子的头发向后理了理，然后微微笑着望着刘阳。皇上突然哽咽着趔趄一下倒了下去。刘阳恰在皇上倒地之前及时抱住了他，同时大声呼叫太医。

38^章

　　当士兵的脚步声如雷霆般地从大厅的门口涌进来时，朱成的视线渐渐地模糊了。她喃喃地骂着自己，却无法站起身来。与帮主的一场格斗耗尽了她全部的内力，她再也没有内力抵抗身上的毒性。就在她挣扎着快要失去知觉时，瞅见县令浮现在她视线中。身边两个她以前没见过的男女。

　　她诅咒自己把自己陷入眼下的窘境。若是有人认出自己来该怎么办呢？假使有人知道自己的人头上悬着赏金又该怎么办呢？在朱成的脑海里，当这最后的思绪如烟雾般地消失在漆黑的夜晚里，她已经管不了这些顾虑啦。确实她现在无能为力了。接着她就陷入了昏迷。

　　等她醒来时，猛地坐起身又立刻呻吟起来。她感觉到脑袋里的轰鸣声，仿佛有人在她的脑壳里燃放烟花，一阵阵地敲击她的头并持续了很久。当剧痛慢慢地变成隐痛时，她睁开眼睛，检视着四周。她坐在一间布置得很舒适的房间中的床上。有人替她重盖上了被她踢掉的被子。

　　她的目光扫过屋子，看见自己的剑放在床边的椅子上。门动了，朱成探出身去，一把抓起剑，将剑锋拉出了几寸。

　　班超探头进来，看见朱成已经醒了，他微笑着说："你已经昏迷了整整一天。"

朱成朝他皱皱眉，脚步不稳地下床站起身来。她收回剑，靠在床柱上站稳身子，同时挤出一个鬼脸："难道你没有吗？"

班超走进屋来，脸上带着一种古怪的表情："我今天一大早就醒了。大夫告诉我，我们俩险些没命，特别是你运功抗毒了那么长的时间。假如再迟一点喂解药，我们俩很可能都死了。所以我得加倍谢你。"

通常，朱成可能早就劈头盖脸地抢白了，可是她今天却转开头去。决明的话仍在她脑海中回响，她知道决明说的是实情。江湖上没有什么比使毒更卑鄙的举动了，使毒的人会叫人害怕却也让人鄙视。朱成心想要是班超得知自己有时候也使毒，他仍会这么感激自己吗？"我不是……"她咽下了后半句话，觉得自己不必向他坦白一切，"我们在哪儿？"

"我们在县令府上。"班超解释道，全没留意到朱成分了神。班超比之前对朱成更友好了，这使朱成感到更加内疚。但她瞬间斥责自己太傻，自己救了班超的命，谁会在意她用的是什么手段呢？要不然自个儿跳悬崖吧。

"孩子们怎么样了？"朱成问道。

"昨天和我们一起被救出来啦。"班超答道，"你感觉怎么样？"

"像是一个被厨子揉了很久的面团。"朱成舒展着手脚，跛着腿走到桌子边，"坐下，好吗？一直仰着头看你我的脖子都酸了。"

班超拖过一张凳子："我被毒晕了后发生了些什么事呀？你是怎么保持清醒的？"

"啊？噢，呃，我猜决明打到我的那根毒针上的毒性没有刺你的毒性强。他向我发了一堆暗器，我全打掉了。决明随后拿出暗器——一根吹管，我夺了过来并出乎意料地射出一堆毒针，扎了他满身。

紧接着我追上去踢了他一脚，记得好像差不多就这些了。"朱成耸耸肩，用桌上的茶壶给自己倒了一杯水。

多年的撒谎经验今天恰巧派上用场了，因为班超毫不怀疑地接受了朱成的说法："再一次感谢你。"

朱成对着班超笑笑："不用谢。现在你应该庆幸我跟着你去了吧？"

班超一边哼了一声，一边又点点头："我们合作得不错，对吧？"

"我猜想是的。"朱成抬头看班超，"你建议我们两人做搭档吗？"

"可能吧。"

朱成瞟他一眼，他叹了口气。"是的。我是这么想的。"他耐心地坐着等朱成笑个够，"笑完了没有？"

"可能吧。"她说，学他的话。

"你看，我们两个都是除暴安良的，对吧？我觉得要是我们互相帮助的话胜算会大很多。你觉得怎么样？"

朱成像是在仔细考虑这件事："好吧，除非你跟得上我。"

"好吧，也许我活该被你嘲笑。"班超承认，"不管怎么说，你同意合作是吗？"

"当然啦。"朱成听见门口又传来脚步声，即刻跳起了身。多年在江湖上闯荡的经验告诉她偏执有时候也是一种优点，她将这点铭记在心，但有时候她也确实太过于小心了。

一男一女进门后，望着朱成笑。她随即认出他俩是昨天跟县令一起进大厅的那两人。

"你终于醒了。"一个不高的男人，一边向前走来一边说，"我叫金煌，我内子叫田灵。我们是县令的朋友，自从三个月前到了陈柳后一直在为县令效力。"

39^章

当消息传来时，大家正聚在皇上寝宫外间的起居室里。尽管做了最坏的打算，可是真的听到皇上驾崩了的消息时，还是着实大吃了一惊。

皇上起先在御书房外倒下的时候，小龙告诉大家皇上是突发心疾。即便她的内力没有耗尽，此刻也是无能为力。因为皇上没有伤口，一味地向他体内输真气也是无济于事。皇上是寿终正寝。太医证实了小龙的说法。

慢慢地，刘阳站起了身，像是肩上担着整个天下的重量。

见刘阳站起，大家一起立即跪下："皇帝陛下，祝吾皇千秋万代。"大家一齐吟颂着。

小龙望着刘阳，依旧靠墙站着，想必新皇帝能理解她此时的感受。

可兰望着大家跪了一地，再看看刘阳。反应似乎慢了半拍，她还没从她父亲死亡的悲伤情绪中回复过来。虽然她和刘阳有约在先，两人要永远平起平坐，但毕竟是很久以前的事了，而且刘阳那时还不是皇帝。此时她犹豫着是否要下跪，刘阳突然抓住了她的手，忧伤地对她笑着。

"我俩曾经有过约定的，记得吗？"刘阳说。

"当然记得。"可兰回答，轻轻地笑笑，"我以为你早忘了。"

刘阳将所有的悲伤暂且放在一边，给了可兰一个会心的微笑："你时刻在提醒我，怎么忘得了呢？"

"我这么做的唯一原因是事实本就如此呀。"可兰说，仿佛又开始呈现她的任性。

小龙走到刘阳和可兰身后，说："真是非常抱歉，我多么渴望自己能做得更多一些。"

刘阳和可兰转过身，深情地看着小龙："你要是做得再多，恐怕太阳也无法下山了。"

刘阳说道："没有你，今天我们所有人都无法生存，耿蜀会成为皇帝而不是……"说到这里，他停住了，"我不知道会有什么样的结果。"

"可是我非常确信。"可兰说，随即双眼注视着小龙，"所发生的一切绝对不是你的错。你必须保证千万不要再自责了。"

小龙想了想说："倘若你俩也做同样的保证。"

"好，我们一言为定。"可兰和刘阳同时说。

一周之后，刘阳自己一人坐在一张曾经属于他父皇的书桌后面。刘阳的登基大典今晨刚刚结束，眼下他正盯着桌上的一叠奏折批阅。这已经不是他首次叹气了，他多么希望他的父亲和兄长依然在世，可教他如何处置奏折。

刘阳一直羡慕刘疆的才智，至今他仍然这样认为，这和刘疆与生俱来的地位无关。他虽然知道自己对民众负有责任，可是他真的不想做皇帝。他从来也没有觉得自己有能力担当起如此的重任。与其他所有事情一样，刘阳也跟着刘疆一起学习过皇帝的职责，但刘疆是最受重视的学生。原本的安排不但完全正确而且非常合乎情理，可是命运的变化是多么无常，偏偏留给刘阳一个既有重大责任又复杂的皇位，他觉得自己无法胜任。

刘阳再次叹气并将脸埋进自己的手里。他很清楚不管自己是否愿意，父皇和兄长都再也不可能给他任何忠告了。过去的一周里伤痛虽然减轻了一些，但却无法永远消失。

上周，刘阳着实没有时间考虑其他任何事情。宣布了先皇的死讯后，一拨拨繁复的皇家礼仪和宫廷程序完全把他淹没了。他至今还没有机会把耿蜀上周篡位的事件理清楚，便整天被拉来拖去地参加各种会议处理所谓重要的议题。

在某种程度上，刘阳很庆幸过去一周自己很忙碌，因为除了想着什么时候上床睡觉，接踵而来的便是使人发疯和步骤繁多的杂事，实在令自己没有时间考虑任何其他的事情。然而，自上周以来内宫官员把可兰和小龙挡在了宫外，此刻刘阳是多么怀念与她俩在一起的时光。可兰尖酸刻薄的态度及小龙的怒目而视足以赶走整日想极力讨好皇上的势利小官员。

刘阳说服自己在登基之前必须忍受一些自发来辅佐他的官员们的"礼节性的建议"。在加冕之前仅能凭自己那点微不足道的政治经验，他的权力只是象征性的。

然而现在，刘阳已经正式坐上了皇位。他计划明天召唤，或者确切地说请两位姑娘帮助自己批阅一叠高高的奏折。况且，先皇早已任命可兰为尚书即刘阳的宫廷顾问，而小龙作为她父母封地的合法继承人，必定接受过许多相关的训练。

刘阳忽然听见头上有动静，瞟了一眼大殿高处的窗子。瞧见一个窗闩自动松开，窗子接着自动地打开了。随后一个人影无声地落到地上，窗子又自动地关上了。

看着小龙步入烛火光亮中，刘阳咧嘴笑了："我早该猜到你会做出这种事情来的。只是奇怪可兰怎么没有与你一起来。"

"我没告诉可兰。"小龙答道，"我想跟你单独谈谈。"

"假若是行礼磕头的事情，没有必要再说了。我从来不想让任何人给我磕头，可这是礼仪我也没办法。要是有人议论，就说有谁见过师父向徒弟磕头的呢？"刘阳看着小龙，抬起了眉毛，"这不是你想谈的事情吧。"

小龙摇摇头，靠在一根柱子上抱着双臂："还记得上次遇上两个高手后我跟你说的话吗？"

"当然记得，非常重要的一课，我早已用心记住了。在现在的情况下，那一课仿佛更合时宜了。我绝对不会因为自我而蒙蔽了自己的理性。至少，我会尽我最大的努力。"

"这就是我要说的。我会尽我最大的努力帮助你，你永远是我的朋友，首先是我的弟弟，然后才是我的皇帝。"

"对极了，这也正是我所希望的。"

在相当长的一段时间里，小龙第一次会心地笑了。

尾　声

一团桃子大小的火焰浮在半空中，照亮了一片小小的空间。突然，火焰蔓延开去，在半空中形成一个圆盘。在火光的表面，一场未能成功的政变阴谋正在上演，自然色彩盖过了火焰的红色和橙色。

最终，画面变成一道闪光，火焰盘缩成了针尖大小，然后消失了，只剩下一片黑暗。随之一片沉默。

然后，在刚才火光出现的地方，一道蓝色的光照亮了整个房间，显现出先前神仙们集会的地方。但此时不像上次有成百上千的神仙，只是五位神仙在屋子中间围成一个半圆。

观音菩萨站在中间，转向右边一位看上去像个小男孩的神仙，鞠了一躬："多谢，哪吒三太子。"

哪吒点点头。

"各位守护者表现得非常不错。"关公靠在他的大刀上说。

"我同意，她有能力。"二郎神皱着眉说，"假如要获得最终胜利，仅凭她现有的能力还是不够的。"

"我很高兴，终于有事情发生了。"美猴王说，"我刚刚开始觉得被分配在这个团队对我是一种惩罚。"

"对团队的其他人而言还真是一种惩罚。"二郎神嘟囔道，眯起他的三只眼睛瞪着美猴王。

美猴王耍起了他的金箍棒，转身对着二郎神道："你敢再说一次吗？"

"事实上，现在没有比重复这句话更让我痛快的事了。"二郎神回道。

两位神仙各自向前朝对方跨了一步，关公将他的大刀挡在他俩中间："别让你们自己的烦躁变成发动挑衅的借口。"

"说真的，再耐心点。"观音附和道，"命运之弦绷得越来越紧了，后面还有很多事情要做。"

图书在版编目（CIP）数据

少年侠 / 陆源著. —— 南昌：百花洲文艺出版社,2016.8
ISBN 978-7-5500-1831-0

Ⅰ.①少… Ⅱ.①陆… Ⅲ.①长篇小说 – 中国 – 当代 Ⅳ.①I247.5

中国版本图书馆CIP数据核字（2016）第183976号

少年侠

陆源 著　晓瑾 译

出 版 人	姚雪雪	
责任编辑	游灵通	
美术编辑	彭　威	
制　　作	何　丹	
出版发行	百花洲文艺出版社	
社　　址	南昌市红谷滩新区世贸路898号博能中心20楼	
邮　　编	330038	
经　　销	全国新华书店	
印　　刷	江西千叶彩印有限公司	
开　　本	850mm×1168mm　1/16　印张　17.5	
版　　次	2017年1月第1版第1次印刷	
字　　数	200千字	
书　　号	ISBN 978-7-5500-1831-0	
定　　价	30.00元	

赣版权登字　05-2016-260

邮购联系　0791-86895108
网　　址　http://www.bhzwy.com
图书若有印装错误，影响阅读，可向承印厂联系调换。